槍使いと、黒猫。19

サジハリさんは先ほどと同じように
バルミントの首の上を甘く噛んで持ち上げて
後頭部にひょいと乗せた。
俺の方に顔を向けて
『行くよ。ついてこい！』というように
咆哮を発して翼を広げて飛んでいく。
「相棒、行こうか！」
「にゃお～」
BLACK CAT

STRANGER &

「……ねぇ、体の芯が痺《しび》れて、シュウヤのがほしい、の……」
「……なんだって？」
「ばか……」

槍使いと、黒猫

STRANGER & BLACK CAT

19

author
健　康
illustration
市丸きすけ

口絵・本文イラスト　市丸きすけ

迷宮都市ペルネーテ

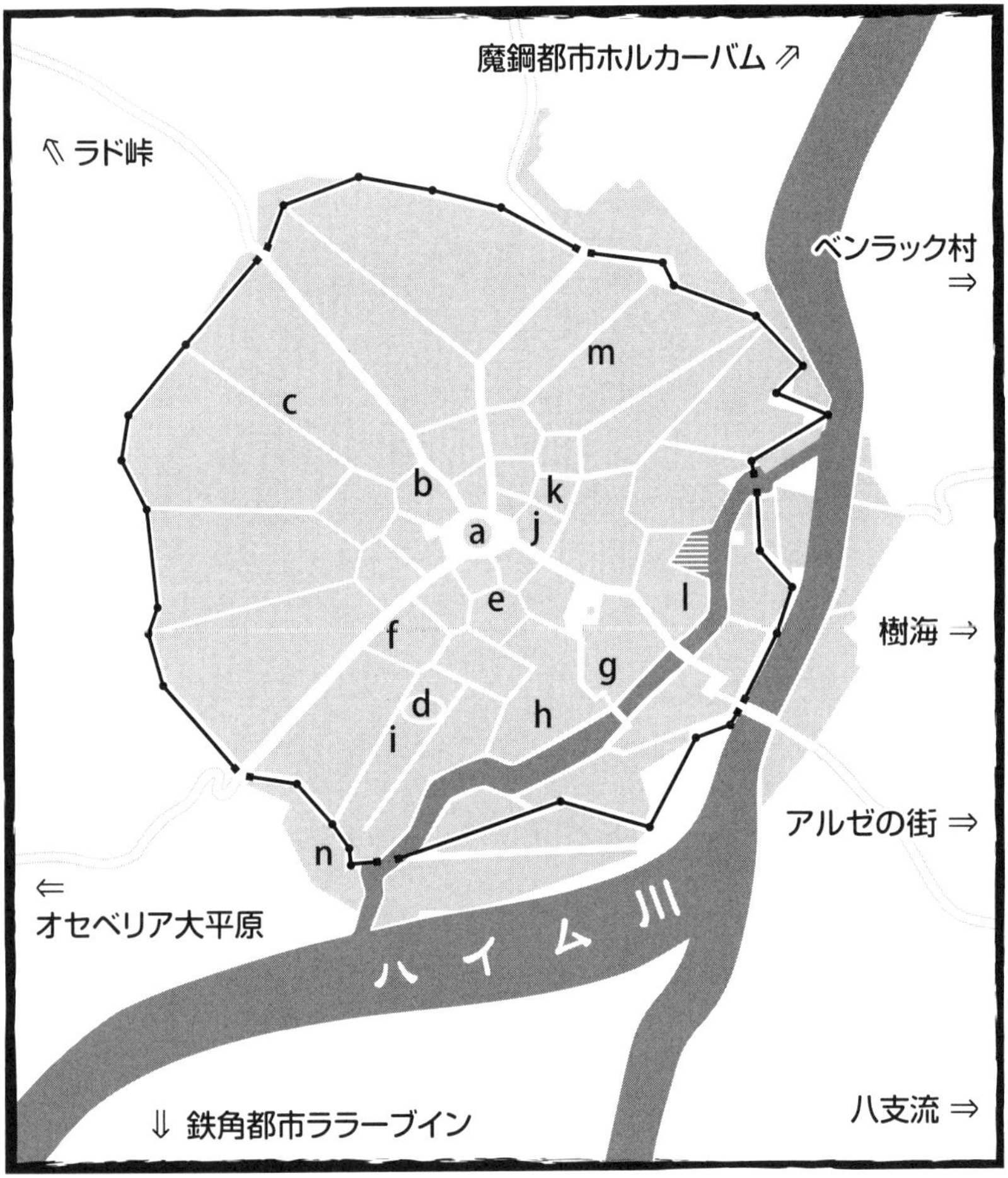

a：第一の円卓通りの迷宮出入り口
b：迷宮の宿り月（宿屋）
c：魔法街
d：闘技場
e：宗教街
f：武術街
g：カザネの占い館
h：歓楽街
i：解放市場街
j：役所
k：白の九大騎士の詰め所
l：倉庫街
m：貴族街
n：墓地

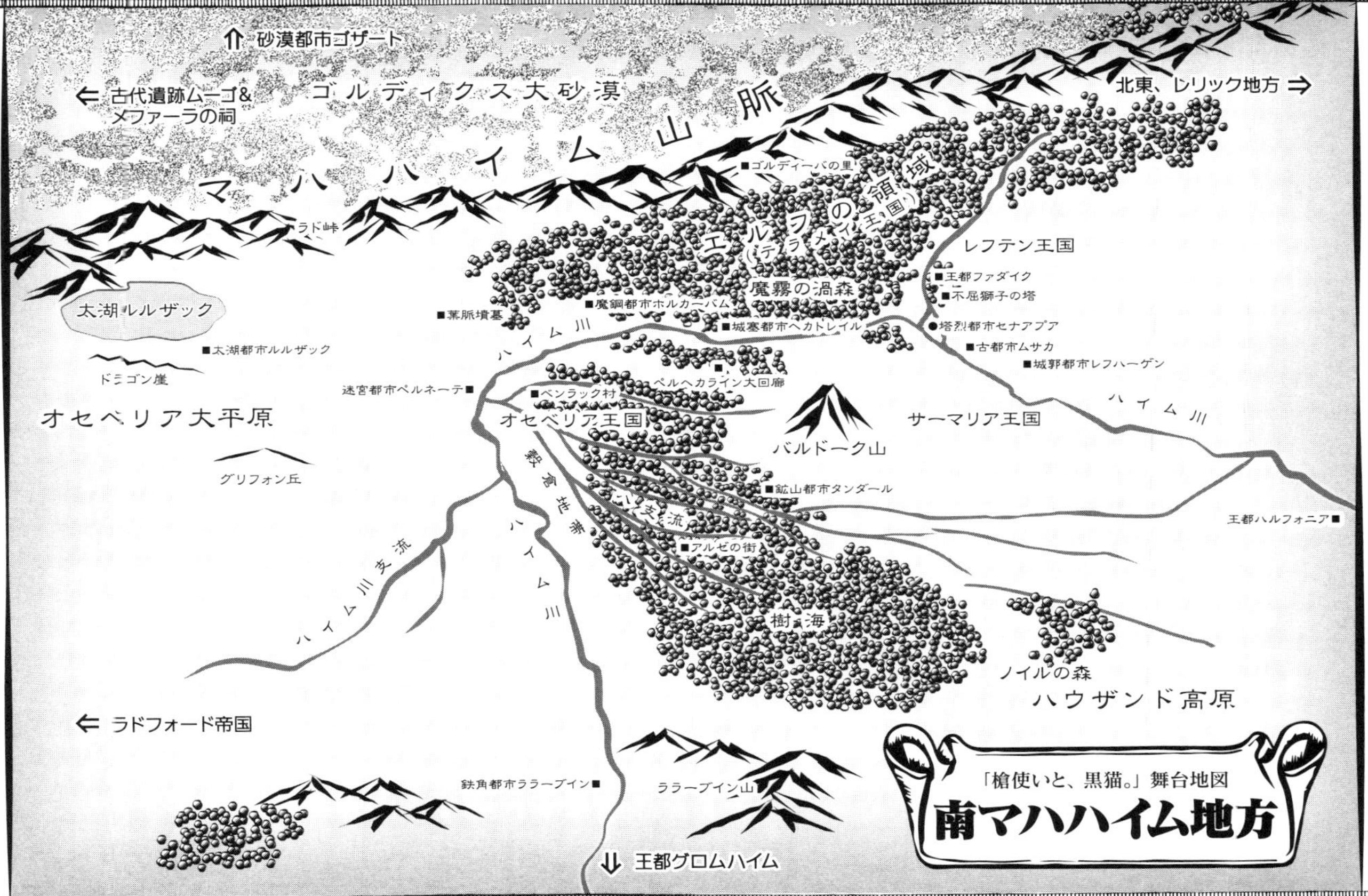

⇧ 砂漠都市ゴザート
⇦ 古代遺跡ムーゴ&
メファーラの祠
ゴルディクス大砂漠
北東、レリック地方 ⇨
マハハイム山脈
■ゴルディーバの里
ラド峠
エルフの領域
（テラメイ王国）
レフテン王国
■王都ファダイク
■不屈獅子の塔
魔霧の渦森
■魔鋼都市ホルカーバム
■城塞都市ヘカトレイル
●塔烈都市セナアプア
■古都市ムサカ
■城郭都市レフハーゲン
太湖ルルザック
■太湖都市ルルザック
■葉脈墳墓
ハイム川
ドラゴン崖
迷宮都市ペルネーテ■
■ベンラック村
ペルヘカライン大回廊
オセベリア大平原
オセベリア王国
バルドーク山
サーマリア王国
ハイム川
グリフォン丘
穀倉地帯
■鉱山都市タンダール
王都ハルフォニア■
支流
■アルゼの街
ハイム川支流
ハイム川
樹海
ノイルの森
ハウザンド高原
⇦ ラドフォード帝国
鉄角都市ララーブイン■
ララーブイン山
⇩ 王都グロムハイム
「槍使いと、黒猫。」舞台地図
南マハハイム地方

第二百三十六章「宴会の準備」

黒猫《ロロ》はルビアに前足を握《にぎ》られていたが、前足を引いて立つ。

と「ンン」と喉音《こうおん》を発しながら机の端《はし》に移動し、ムクッと後《うし》ろ脚《あし》で立つように両前足をルビアの胸に当てて寄りかかる。

「わっ、ロロちゃん～」

黒猫《ロロ》は鼻先をルビアの顎先《あごさき》に付けようとしている。ルビアは笑顔《えがお》で、

「ロロちゃん。わたしとキスしたいの？」

と聞いていた。俺《おれ》も笑いながら、

「ロロはルビアに抱《だ》きしめてほしいんだろう」

ルビアは楽しそうに「はい！」と返事をしては黒猫《ロロ》の小鼻にキス。両手を黒猫《ロロ》の背に回して黒猫《ロロ》を抱きしめてあげていた。黒猫《ロロ》は抱きしめられて愛を感じたのか、お返しにルビアの首を舐《な》める。

「ひゃう」

慌《あわ》てたルビアだったが、掌《てのひら》で黒猫《ロロ》の頭部と耳を撫《な》で、背中の毛を整えるように指で動かしていた。黒猫《ロロ》の首に耳を当てて、頭を振《ふ》る。黒猫《ロロ》の首の柔《やわ》らかさを顔で堪能《たんのう》しているのか。黒猫《ロロ》は暫《しば》くルビアの好きなようにさせていた。

優《やさ》しい。と、ルビアの髪《かみ》の匂《にお》いをくんくんと嗅《か》ぎ始め、髪を噛《か》み出した。

「ロロ、髪の毛は食い物ではない。食べちゃだめだ」

「ンン――」

黒猫《ロロ》はルビアの両手から逃《のが》れるように身を捻《ひね》り机の上に両前足を乗せた。胴体《どうたい》の一部と後ろ脚はルビアの両腕《りょううで》に抱かれたままで、腹が捻《ねじ》れたように見える。猫《ねこ》の体の柔らかさを体現している姿だ。ルビアは、

「あぁ～ロロちゃん逃《に》げちゃう～」

と言いながら黒猫《ロロ》を机の上に立たせようと少し屈《かが》んでから手を離《はな》してあげていた。解放された黒猫《ロロ》は後ろ脚で己《おのれ》の首を『ここ、かいーの』と言うように掻《か》いてから、外から戻《もど》ってきたボンの近くに移動。ボンは、

「エンチャ～」

と黒猫《ロロ》に語りかけていた。皆《みな》でその様子を見て微笑《ほほえ》む。俺はザガに、

「ザガ、話を戻す。古《いにしえ》のセヴァリルの武器製作が気になった。家の中の案内の前に少し聞

かせてくれ」

「魔槍《キそう》と防具一式の依頼《いらい》か。素材は既《すで》にもらっている。設計図も順調。しかし素材が特殊《とくしゅ》だからな」

「素材が特殊か。魔竜王《まりゅうおう》素材を用いた依頼と似ている？」

「珍《めずら》しさでは似ている。厳甲殻獣《げんこうかくじゅう》ヴァルガと剣沸烈《けんふつれつ》ドラゴンの骨などの素材は初めて見た」

「へぇ。厳甲殻獣ヴァルガと剣沸烈ドラゴンか。聞いたことがないモンスターの名だ」

「二体とも西の【迷宮《めいきゅう》都市イゾルガンデ】に棲息《せいそく》しているＳ級モンスターだと聞いた」

「古のセヴァリルはＳ級を倒《たお》したのか。凄《すご》い冒険者《ぼうけんしゃ》だな」

「本人が倒したかは聞いていないが、セヴァリルの体内魔力の扱《あつか》いは一流だった。〈魔闘術〉系統は相当数のスキルを持つと分かる」

「エンチャッ」

ボンも同意するようにそう発言。俺も自然と頷《うなず》いた。すると、ルビアが、

「ふふ、ボン君の口に黄色の猫の毛が」

ルビアがボンの口の端《はし》に付いた黄黒猫《アーレイ》の毛を指摘《してき》。ボンは黄黒猫《アーレイ》の腹に顔を埋《うず》めたようだ。猫吸いは猫が好きな人ならだれでもやるからなぁ。ボンは「エンチャント～」と言いながら太い手で口を拭《ぬぐ》い、その毛を払《はら》った。落ちた毛を思わず拾う――どう考えてもこれは

本物の猫の毛だ。陶器《とうき》製《せい》の置物やストラップ状にも変化が可能な魔道具で魔造虎《まぞうとら》が黄黒猫《アーレイ》。……生きた猫か虎の状態の時に体毛が抜《ぬ》けても体毛は陶器《とうき》に戻るわけではないのか。これが本物の猫の毛なら、魔造虎を創《つく》ったとされている〝暁《あかつき》の帝国《ていこく》ゴルディクス〟は高度な科学力と似た魔法科学力を有した超古《ちょうこ》代《だい》文明であることは確実……生命活動に必要な基幹細《さい》胞《ぼう》の塩基・糖・リン酸のヌクレオチドの鎖状《くさりじょう》に結合した高分子物質と似たモノと、デオキシリボ核酸《かくさん》のDNAにリボースのリボ核酸のRNAなどを有した魔法生体のモノに、猫と虎へ変異が可能な遺伝子発現調節が施《ほどこ》された魔法生命体を創れるということになる。

そして、ラグレンやアキレス師匠《ししょう》が歌を思い出した……ゴルディーバ族はその高度文明の子孫。その暁の帝国時代の魔法書を読めば、アーレイとヒュレミの魔造虎を作り上げた知識の一端《いったん》が分かるようになるかもしれない？　それにしても超古代文明ならば……俺の知る地球のアフリカにも『オクロの天然原子炉《げんしろ》』は存在した。天然の原子炉として有名だったが『シルリアン仮説』の可能性もあると考えていたんだよなぁ。そう地球の歴史などと合わせて考えていると、ボンが「エンチャ～」と言いながらザガの隣《となり》に座《すわ》り、机に紅茶と果実を置いた使用人に向かって微笑んでから真ん丸な瞳《ひとみ》で俺を見て、

「エンチャ、エンチャント？」

と聞いてきた。意味は分かる。『この使用人は別嬪《べっぴん》やのう！』ではない。『机の紅茶を飲

んで果実を食べていい？』と聞いているんだろう。

「いいよ、食べて」

「エンチャントッ」

『わーいッ』と喜んでいる意味のエンチャント語だろう。そのボンは嬉《うれ》しそうに紅茶入りのゴブレットに口を付け紅茶を飲み干した。果実も口に含《ふく》むともぐもぐと食べていく。そのボンに『ちゃんと噛んで食べて風呂《ふろ》入って寝《ね》ろよ～』と言いたくなった。直《す》ぐに果実を食べきった。すると、黒猫《ロロ》が食べ終わるのを待っていたのか、「にゃお、にゃお～」と、鳴いてから俺の右肩《みぎかた》に跳《と》び乗ってきた。さて、皆を案内するか。

「それじゃ家の中を案内しよう」

「分かった」

「はいっ」

「エンチャント」

「ついていきます」

皆が立つと肩《かた》にいる黒猫《ロロ》が頬《ほお》を寄せてきた。相棒の髭《ひげ》の感触《かんしょく》が気持ちいい。ゴロゴロと喉を鳴らす吐息《といき》が可愛《かわい》い。その相棒を抱きしめたくなったが行わず、皆をリビングと続きのキッチンへ案内した。そこでは使用人たちが卵と葱《ねぎ》系の野菜を整理中で忙《いそが》しそう。ボンが手伝おうとしたが、ザガに「余計なことはするな」と注意されていた。そのしょんぼりとしたボンを慰《なぐさ》めてから皆をキッチンからリビングに、廊下《ろうか》から俺の寝室《しんしつ》へと案内してあげた。すると、ルビアが、

「ここが寝室……」

溜《た》め息《いき》を吐《つ》くような呟《つぶや》きだ。ベッドと俺の股間《こかん》を見てきた。男に興味があるのは分かるが……その視線はドキッとする。ザガが、

「ここがシュウヤの部屋か！　広いしベッドも大きい。端の箪笥《たんす》はフジク産の高級木材だ。艶《つや》もいい。隣の机は黒色の木材……これはベンラック村の東の樹海《じゅかい》で伐採《ばっさい》されているトリトンの材木だろうか。ノイルの森にはまだ行ったことがないが……イノマン材の可能性もある！」

ザガは職人だからな、木材も詳《くわ》しい。

「……おっ、高そうな金庫だ」

ザガが見つけたのは銀と黒の金属製の金庫で、中には金貨と白金貨が大量に入っている。

「メイド長イザベルが用意してくれた金庫だ」

「ほう～、メイド長か」

頷いた。闇《やみ》ギルド【月の残骸《ざんがい》】の利益と使用人たちの給料が詰《つ》まっている。俺はまった

く使っていない金だ。

「中身の金は、この屋敷《やしき》と庭の維持《いじ》の経費としてメイド長イザベルたちに運用を任せている」

リガは金庫を凝視《ぎょうし》して、

「……優秀《ゆうしゅう》なのだな。しかし、銀水晶《ぎんずいしょう》鋼鉄で金属強度を上げて……錬魔鋼のリベットも丁寧《ていねい》に打ち込《こ》まれている。これはピザード大商会に関係した、あの商会の仕事と見た。あそこは金庫作りも中々有名だからなぁ」

と語った。ピザード大商会と関係した商会が作ったと分かったようだ。そのピザード大商会は冒険者依頼《ぼうけんしゃいらい》の多い大商会の名だ。

「この金庫を作ったであろう職人は、ザガと同じように腕利《うでき》きの職人なのか」

そう聞くとザガは照れたような表情を浮《う》かべてから、

「腕利き。ピザード大商会の下部商会のラーミアル商会に所属している職人と推測する。その中でも……隻眼《せきがん》のミリュンは有名だ……このリベット継《つ》ぎ手《て》を見ろ」

異世界文字の頭文字《かしらもじ》のマークか。

「隻眼のミリュンのマークか」

「うむ。金剛樹《こんごうじゅ》製の魔金庫も分析《ぶんせき》可能な人材と聞く。アイテム鑑定士《かんていし》たちや金属の鑑定が得意な者たちが幾《いく》ら鑑定しても分析できなかった金庫の素材を解析《かいせき》したミリュン。ミリュンは金庫作りの職人としても名が通っている」

金剛樹。ハンカイの武器防具、カーズドロウが封《ふう》じられていた部屋の金属と同じ名前か。

「金属の世界は広いと分かるが、金庫の世界も広いと分かる。そして、イザベルに感謝しよう」

「メイド長は物を見る目がある！」

「仕事に誇《ほこ》りを持つ女性がメイド長。格好良く美人さんで尊敬できる」

「ふふっ――」

廊下の向こうからイザベルの嬉しそうな声が響《ひび》く。

「イザベル、その目利《めき》きを、ご教授頂きたい！」

とヴィーネが真剣《しんけん》な表情を浮かべて廊下にいるイザベルに聞いていた。イザベルは、

「構いませんが資料だけでも量がありますよ？」

「望むところだ！　ご主人様のために知識を詰め込む」

ヴィーネは胸を張って廊下に出る。ヴィーネはイザベルを連れてリビングに向かう。と、
ザガが部屋の内装を見て、

「羊皮紙の束も整理《せいり》整頓《せいとん》され、小道具と袋《ふくろ》にも名札が付いて纏《まと》められている。今のイザベ

ルと使用人たちの仕事ぶりが窺《うかが》えるな」

「そうなんだ。掃除《そうじ》も完璧《かんぺき》。イザベルたちの仕事は本当に見事で毎回尊敬の念を持つから、身が引き締《し》まるんだ」

「うむうむ。素晴《すば》らしいメイドたちを雇《やと》ったのだな！」

ザガはニカッと歯を見せて笑顔を見せる。美人が良いと思うのは、男として当然だな。

「その通り。さぁ部屋の外も案内するから行こう」

ザガとボンとルビアを連れて廊下に出た。ボンとルビアは廊下を走りながら、きゃっきゃと互《たが》いの体を触《さわ》り合い、わたしが触ったから勝ち～とか子供のような遊びを楽しんでいた。ザガは屋敷の内装や素材を見て、

「廊下の幅《はば》も広い！　棟《むね》と梁《はり》の建材も見事だ。左右の部屋にはさきほどと同じ寝室と客間があるのだな！」

建材を見て興奮している友のザガ。家の見学を楽しんでくれていると思うと嬉しくなった。笑顔で、

「部屋はエヴァとレベッカの部屋。廊下の中央には螺旋《らせん》の階段もある」

「あの子たちか……で、階段か」

階段を上がり、二階の暖炉《だんろ》を備えた部屋に入るとザガが、

「凝《こ》った作りの部屋に暖炉だ。後部も石造りの熱対策が施されてある」

「二階の部屋もおしゃれです〜」

「エンチャントッ」

「ンン、にゃんお」

右肩にいる黒猫《ロロ》が自慢気《じまんげ》に応《こた》え、触手《しょくしゅ》の先端《せんたん》をクイッと動かして方角を示す。その方角はベランダ。俺も腕《うで》をそのベランダに向け「皆、見ての通り、こちらがベランダだ」と誘《ゆう》導《どう》した。

「洗濯物《せんたくもの》がたくさん干せるベランダですね〜。あ、わぁ〜庭が見えます！」

「おぉ〜庭を見下ろせる。見晴らしも良い。風も心地《ここち》いい……」

「エンチャント……」

「だろう。ここはお気に入りだ。ここで茶を飲みながらまったりと過ごすことがある」

「分かります〜」

「うむうむ」

「エンチャント！」

ベランダを歩いて棟続《むねつづ》きの小型の塔《とう》へと進む。タイルの床《ゆか》とバスタブの風呂場《ふろば》で、結構広い。ここで皆と色々なエッチを行った……むあーんでムフフな思い出がたっぷりと刻まれている。そのことは勿論《もちろん》言わず。

「人きいバスタブ～わたしもここでお風呂に入りたいです……」

「お、おう」

ルビアの視線と言い回しは少し気になったが笑顔で対応しながら、

「さ、ベランダから戻ろう」

「はい！」

「エンチャ！」

「うむ」

ベランダから暖炉の部屋を経由し廊下に出た。廊下の他《ほか》の部屋を一通り見学してもらってから階段を下りて一階のリビングに戻る。そのリビングの席に座ってもらった皆とまた談笑《だんしょう》が始まると、黒猫《ロロ》は机の上で前足を胸の中に仕舞《しま》う香箱《こうばこ》スタイルで休みだした。その相棒の小さい頭を撫でながら――ザガとルビアから迷宮のモンスターから採れる素材の話と、その素材を加工し商品にして売り出すまでのいきさつを聞いていた。更《さら》にザガから【ホワイトブラザーフット】からクランに入らないか？　との誘《さそ》いを受けたが断った話も聞いた。六大トップクランからの誘いを断るとは……そこでザガは無言になった。ザガは何かを思い出したような表情を浮かべて、懐《ふところ》から瓶《びん》を取り出し、

「シュウヤ、ボンが釣《つ》ってきた魚と一緒《いっしょ》にガラス瓶があったんだ。この瓶の中に手紙、古文書が入ってな」

と、丁寧に折り畳《たた》まれた古い羊皮紙を机の上に広げた。


「イギル」という名前は珍しい。

多くの異名も遺《のこ》したが、ベファリッツ大帝国《だいていこく》の古貴族の名にイギルはある。

同時に、帝国の多くのエルフたちに、災《わざわ》いを齎《もたら》す名前であった。

若い頃《ころ》からイギルは、黄金色《こがねいろ》の髪を靡《なび》かせ双剣《そうけん》を使い、帝国領土の各地を暴れ回る。

イギルと敵対する軍閥《ぐんばつ》貴族たちのエルフたちは、彼《かれ》を「黄金の災いイギル」と呼ぶようになった。しかし、味方からは、エルフの言葉で「黄金の双剣騎士《そうけんきし》」と呼ばれるようになる。彼が南マハハイムにいた頃、他の者《もの》たちは多くの異名をイギルの名に加えて呼んだ。

黄金色に輝《かがや》いた手刀で敵の心臓を抉《えぐ》り取るイギル・デスハートであると。血を長耳に当て、血を飲んで勝利を祝うイギル・ブラッディとも。光神ルロディスと光精霊《ひかりせいれい》フォルトナから祝福された聖戦士たちを立ち上がらせたイギル・フォルトナーであると。エメンタル大帝黄金時代での十六大神に感謝を捧《ささ》げる、勝利の化身《けしん》イギル・トライゴッド。双剣を使いこなし戦神ヴァイスを唸《うな》らせる自らの戦略についてこられない味方を叱責《しっせき》するイギル・ヴァイスナーであったと。徐々《じょじょ》にイギル・サードとも呼ばれるようになる。戦場で、三度よみがえった神の化身と言われたからだ。彼がドワーフ氏族と人族との反乱に加わる以前、聖者ヤストリンとも呼ばれる人族が自由への祈《いの》りの中で見た三番目の幻影《げんえい》が彼の姿だったとも言われているが、定かではない。

　この文書は、今は魔境《まきょう》の巣窟《そうくつ》と化しているだろう帝都キシリア図書館所蔵のいわゆるコーズマー文書から取られたものを、第二紀大帝国の初期に無名の研究者によって集められたものと推測。古文書の断章の写しなので、他にもまだ断章はあるだろう。念のため、この断章を「イギルの歌」と書き記しておく。

（学術都市エルンスト、古文研究室：研究員アイサイラム）

「へえ、エルフの大帝国時代の資料か」

「翻訳《ほんやく》された写しのようだ。しかし、貴重だとしても何故《なぜ》、資料を瓶に詰めて海かハイム川に捨てたのか、その理由が不明だ」

ザガはドワーフだ。エルフの歴史に興味はないか。

「……研究資料を海の神にでも捧げた？」

「ふむ……」

このイギルという名のエルフが活躍《かつやく》した頃のベファリッツ大帝国の歴史の一部は貴重だと思うが、捨てたくないが捨てるしかない環境《かんきょう》だった？　そのタイミングで、背筋を伸《の》ばし鼻で息を吸い、その息を口で吐きながら、後頭部に手を当てリラックス——十字窓から覗《のぞ》く庭の様子を見ながら……庭は広い。パーティや宴会を開けば面白《おもしろ》そうだ。良し！

「ザガ、ボン、ルビアたちが来てくれた祝いだ。今日は庭で宴会を開こうか？」

「宴会か！　宴会といえば酒と肉！　美味《うま》い食いもの祭り！　いいぞぉ、楽しみだ……」

提案したらザガが乗ってきた。ザガは法被《はっぴ》を着て太鼓《たいこ》でも叩《たた》きそうなノリだ。

「エンチャッ、エンチャッ、エンチャッント！」

太鼓といえばボンも嬉しいのか、ザガよりも喜ぶ。

香箱スタイルで休んでいた黒猫《ロロ》も瞳を丸くして驚《おどろ》くと背筋を伸ばして起き上がり、机の上をトコトコ歩いてボンの傍《そば》に寄り、

「にゃお」

「エンチャ！」

黒猫《ロロ》とボンが挨拶《あいさつ》を行う。ルビアは、『ふふ』と笑ってから、

「ボン君！　お酒の飲み過ぎは駄目《だめ》ですからね？」

そう語るルビアは踊《おど》り始めているボンの背中を撫でている。イザベルたちも話を聞いていたようで集まってきた。

そこに、

「ただいまー」

「ん、ただいま」

「ただいま」

レベッカとエヴァとミスティが帰ってきた。早速《さっそく》、

「おかえり。これから庭で宴会をやろうと思うんだが、どうだ？」

「ふふ～宴会かぁ。いきなり楽しそうな話題！　迷宮慰霊祭《めいきゅういれいさい》とは違《ちが》うんでしょう～？」

「迷宮慰霊祭は体験したことがないから分からない。が、派手に皆で行う祭りをやろうと思う。まつりだ、まつりだ、わっしょい、わっしょいってな！　ま、食事を外で楽しもうってノリだ。バーベキューとかかな」

「ん！　大賛成！」

エヴァも嬉しそうだ。

「派手にやるお祭りもいいかも！　お菓子《かし》もあるし手伝う。あ、ベティさんとか呼んできていい？」

レベッカは宝箱から入手したムントミーの服を着こなしている。両肩《りょうかた》に薄雲《うすぐも》が掛《か》かったような魔法のベールが見事だ。ムントミーの服の起点と呼べるブローチは胸元《むなもと》。

ムントミーの衣服の下に着ているものもセンスが良い。胸の釦《ぼたん》は銀色で上下に揃《そろ》う。全体的にモノトーンで釦の色が少しだけ目立つ。レベッカは、やはりお洒落《しゃれ》さんだ。

「ん、賛成、リリィとディーさんも呼んでくる」

エヴァもワンピースの上にムントミーの服を合わせていた。今までのワンピースとは少し異なる。レベッカから指南を受けたようだな。ムントミーの服とムントミーのブローチを活《い》かしたコーディネートは見事。とエヴァを見ていると眼鏡が似合うミスティが、

「マスター。あとで、二人だけで話がしたい」

「いいぞ」

「やった」

喜ぶミスティ。薄紅《うすべに》を刷《は》いたように頬を紅色に染めていた。眼鏡から覗く整えられた細い眉《まゆ》と鳶色《とびいろ》の瞳。その瞳の中の黒斑《こくはん》と焦《こ》げ茶色《ちゃいろ》の虹彩《こうさい》が輝く。

朱色《しゅいろ》の小さい唇《くちびる》から仄《ほの》かに魔力が漂《ただよ》っている。早速手に入れた化粧品《けしょうひん》を使っているようだ。そんなミスティの顔をジロジロと見ていると、

「ご主人様、薪《まき》を用意してきます」

イザベルとの話を中断したヴィーネだ。

「了解《りょうかい》」

ヴィーネは俊敏《しゅんびん》な身のこなしで玄関《げんかん》から外へ出ていく。

「ご主人様、大量にありますが、食材と酒の買い足しを致《いた》しますか？」

メイド長イザベルが聞いてきた。

「そうだな。酒は大樽《おおだる》を沢山《たくさん》用意しよう。ご近所の方々も準備に合わせて呼んでおいてくれ」

「分かりました」

指示を聞いたイザベルはヴィーネと同じように素早《すばや》く外へ出ていく。

「わたしたちは机、椅子《いす》、調理用の窯《かま》、食材を庭へ運び、準備を調《ととの》えます」

「よろしく」

クリチワ、アンナたちもお辞儀《じぎ》すると踵《きびす》を返し、それぞれ仕事をしていく。

「マスター、わたし、竈《かまど》と大きな鉄板を用意するから」

「頼《たの》む」

ミスティも玄関から庭に出た。

「俺たちも手伝おう」

「エンチャント！」

「そうですね」

「ザガたちはお客さんだから、リビングで寛《くつろ》いでいてくれて構わん」

「いんや、こういう祭りは準備も楽しいものだ。だから俺たちも準備に参加だ。庭に向かうぞ、ボンとルビアも祭りの準備を手伝うのだ――」

ザガはそう言ってリビングを駆《か》けて外へ出た。

「エンチャント！」

「あ、はいです！」

ボン&ルビアもザガの後を追う。ま、いっか。客というより仲間だしな。よーし、俺も手伝おう。と玄関口《げんかんぐち》から外へ出ると、

「みんな忙しそうにしているけど、何かやるの？」

訓練を終えたユイとカルードが近寄ってきた。

「おう。庭で派手に宴会をやろうかと」

「少し前のキャンプを思い出す！　楽しそうっ。お風呂で汗《あせ》を流してから手伝うから」

入り江《え》でユイと再会した時だな。

「マイロード、わたしも手伝いますので、ご指示を」

「了解。カルードはメイドたちの仕事と【月の残骸】の連絡員《れんらくいん》を通じてメル、ヴェロニカ、ベネット辺りを呼んできてくれ。仕事中かもしれないが歌い手のシャナも。ユイは、ヴィーネとイザベルたちの手伝いを頼む」

「お任せを」

「了解～」

ユイは部屋へ急ぎ戻る。カルードはイザベルたちに合流していた。メイドたちはカルードの登場にざわつく。皆、少し頬を紅《あか》く染めているしカルードは渋《しぶ》い面《つら》だからなぁ。あ、そうだ。みんなの知り合いを呼んで集まるのなら……アメリも呼んであげよう。

「ロロ、アメリの家へ直行だ」

肩にいる黒猫《ロロ》に話しかけた。

「にゃぉ――」

黒猫《ロロ》は後ろ脚で俺の肩を蹴《け》って前方へ跳躍《ちょうやく》して着地。少し肩が痛かったが、黒猫《ロロ》の爪《つめ》が深く食《く》い込んでいた防護服のハルホンクは傷ついていない。さすがは神話級《ミソロジー》の装備だ。しかし時折ハルホンクを貫《つらぬ》くこともある黒猫《ロロ》の爪は凄い。その相棒は黒馬に変化を遂《と》げた。その黒馬ロロディーヌは首と胴体から複数の触手を伸ばし、俺の体に触手を絡《から》めると、己の背中に運んだ。

俺の体に絡んでいた触手の群れは一瞬《いっしゅん》で目の前の神獣《ロロ》の体毛の中へと吸《す》い込まれるように消える。肌《はだ》の表面に波紋《はもん》のようなモノが見えていた。

水滴《すいてき》が落ちた瞬間《しゅんかん》の波紋が見えるが、常闇《とこやみ》の水精霊ヘルメのような能力でもあるんだろうか。不思議な神獣だ。あ、俺の属性が水属性ってこともあるのかな。

そんなことを考えつつ、

「――ロロ、さんきゅ」

黒馬ロロディーヌは頭部を少し上向け、

「ン、にゃおん」

猫の声で返事を寄越《よこ》すと走り始めて庭を蹴って跳躍――大門の上に着地。

相棒は並足で屋根の上を歩いてから、その屋根を蹴って通りに飛び降りて着地し通りを駆けていく。路地に入り「ひぁ～」と悲鳴をあげた通行人を跳び越《こ》えて、軒《のき》を避《よ》けながらだれもいないところに着地――そのまま四肢《しし》を躍動《やくどう》させて路地を駆けた。アメリの家へ驀《ばく》進《しん》――。

耳をツンザク風が二輪のバイクに乗っているかのように体を突《つ》き抜けた――。

耳朶《じだ》を掠《かす》めるバリバリと鳴る風音。その風をBGMにしながら気持ちよく走った。

気分はもう伝説のバイクに乗ったロードレーサーだ。バリバリ伝説！　もとい、どこかにブッコミを掛けたくなるぐらいの気持ちになった。

「マガジン～！」

と自然と叫《さけ》ぶ。曲がり角を臨界!?　とか可笑《おか》しなことを思いながら凄《すさ》まじい速度で曲がる。そうして、あっという間に南東にある貧民街の一角にあるアメリの家に到着《とうちゃく》した。

「――よく覚えていたな？」

「ンン、にゃ」

黒馬《ロロ》は触手は伸ばしてこないが『当たり前にゃ～』と言っているのかもしれない。背中の上をなでなでしてあげてから神獣ロロディーヌから降りた。

すると、馬の頭部からネコ風の頭部に変化させた神獣のロロディーヌ。ネコ科ではあるが、頭部の形は少しグリフォンにも似ているかも。

「ロロは、そのまま待機」

「にゃあ」

アメリの家にお邪魔《じゃま》した。

「あ、これはシュウヤ様！」

アメリのお父さんだ。もうすっかり元気になっている。

「どうも、元気になられたようで」

「はいっ、精霊様の水のお陰《かげ》です。その節はお世話になり、本当にありがとうございました。今はこの通り薬草から質の良い原液を作り出して、瓶に詰めている作業を行っているところなんです」

元気いいアメリのお父さんが語る。机の上の黄土色のすり鉢《ばち》の中には青紫色《あおむらさきいろ》の葉をすり潰《つぶ》したような粘液《ねんえき》が出来上がっていた。小型の魔法陣《まほうじん》が描《えが》かれたスクロールも見える。お手製の乳鉢と乳棒もあるし古びた錬金《れんきん》グッズもあった。アメリのお父さんは錬金術スキルがあるのかもしれない。お辞儀しながら、

「元気になって俺も嬉しいです。ところで、アメリさんは？」

「娘《むすめ》なら近所の互助会《ごじょかい》の活動に出ています。もうじき帰ってくるはずです」

頷いた。お父さんから、健康になったので冒険者に頼《たよ》らず、娘の目が治せるかもしれない効能を秘《ひ》めた薬草をラーブイン山の麓《ふもと》やベンラックの周辺で探索《たんさく》したいと言われた。更にラーブインで盛んな特殊な錬金術が学べる錬金商会に入って錬金学校パープルレインにも通いたいといった話で暫《しば》し盛り上がる。と、そこに、

「ただいまー」

「あ、帰ってきました」

アメリだ。

「よっ、アメリ」

アメリは真っ白い目を、俺の声の方へ向け、

「あぁぁっ、シュウヤ様の声っ！　お会いしたかったです！　わざわざ来て頂けるなんてっ嬉しいっ！」

「俺も会いたかった。それで急なんだが……今日これから俺の家で色んな人を集めて祭りをやる予定なんだ。だから良かったら、アメリも元気になったお父さんと一緒に参加してほしいなと思って来たんだ」

「アメリだけではなく、わたしも参加していいのですか？」

アメリのお父さんが遠慮《えんりょ》がちに聞いてくる。

「是非《ぜひ》、お願いしたいぐらいです。アメリは大丈夫《だいじょうぶ》？」

「はいっ、お父さんと一緒に行きたいですっ」

「では、着ていくものがこれしかないですが、宜《よろ》しくお願いします」

アメリのお父さんは頭を下げてきた。

「それで十分です。ドレスコードはありません。それじゃ外にロロディーヌを待機させていますので、外に行きましょう」

「はい、アメリ」

「うん」

外に出た二人をロロディーヌのところまで案内した。神獣ロロディーヌの胴体を撫でてから、

「ロロ、優しく乗せてあげろ」

「にゃぁ」

「きゃっ」

小さい悲鳴を発したアメリは直ぐに「わぁぁ」と神獣《ロロ》の体毛と体の感触を楽しむように抱きついていた。お父さんの悲鳴は省略。俺もその神獣ロロディーヌの前部に乗ると、神獣《ロロ》は移動を開始した。

「にゃおぉ～ん」

楽しそうに声を発した相棒。そのまま神獣としての加速は行わない。

アメリとアメリのお父さんを乗せているから、馬のトロットぐらいの速さで迷宮都市ペルネーテの通りを進んだ。

第二百二十七章「宴会とメイドたち」

屋敷に到着。アメリとアメリのお父さんと一緒に庭を歩く。そのまま屋敷へと案内しながら使用人に二人をフォローさせる。そのアメリとアメリのお父さんに向け――酒飯雪隠《さけめしせっちん》の心得で、

「……宴会が本格的に始まるまでリビングで寛いでいてください。厠《かわや》は屋敷の廊下の奥《おく》と庭にも一つあります。では、俺《おれ》は宴会の準備を手伝ってきます。用がありましたら、そこのメイドたちに伝えてください」

「はい」

「分かりました」

アメリとアメリのお父さんに頭を下げてから庭に出た。早速アイテムボックスから食材袋を出しながら庭に設置された調理台に移動。食材袋からグニグニ肉を取り出し、調理台の上に置いて、そのグニグニ肉を叩き始めた――。次に、叩いたグニグニ肉に塩とセリュの粉をまぶす。このセリュの粉は、山椒《さんしょ》の実や胡椒《こしょう》の実と少し似ている。小粒《こつぶ》のぴりりと

辛《から》い香辛料《こうしんりょう》だ。師匠とラグレンが好きだった香辛料。俺も大好きだ。このセリュの粉を入念にグニグニ肉へとすり込んでいく作業を、使用人たちと笑顔《えがお》を交えながら行った。そして、夕方になる頃――ベティさんを連れたレベッカとリリィ&ディーさんを連れたエヴァが到着。レベッカとエヴァは皆《みな》を庭から屋敷へと案内していた。

調理中だったが、そのお客さんたちに会釈《えしやく》。少し遅《おく》れてカルードが戻《もど》ってきた。メル、ベネット、ポルセン、アンジェを連れている。ロバート・アンドウ、ルル、ララの姿も見えた。【月の残骸】の幹部たち。続いてシャナ、白猫《マギット》を連れたヴェロニカが庭に入ってきた。一瞬、幹部が集合して【月の残骸】の縄張《なわば》りは大丈夫なのか？　と心配したが、ま、大丈夫か。その中でシャナが手を振《ふ》ってくる。

笑顔で走り寄ってきた。シャナは肌に密着した絹製の服を着ている。巨乳がダイナミックに揺《ゆ》れていた。ブラジャーをしていないのか？　ヌーブラか？　見事な物理法則！　否、星の力か。更におっぱい神のお力だろう――南無《なむ》。

そのシャナおっぱい女神様《めがみ》が、

「――シュウヤさん！　今日はここでパーティが行われるとか。カルードさんという方から代金を頂きましたのでがんばります～」

と、元気よく喋《しやべ》ってきた。ちゃんとカルードが金を払ったようだ。

「今日はよろしく頼む。シャナの歌声は癒《い》やされるから楽しみなんだ」

「ふふ、ありがとう。沢山《たくさん》癒《い》やしてさしあげます」

前にも見たが人差し指を胸の前に出すポーズだ。

「……総長、仲が宜しいところすみませんが、自ら調理ですか？」

メルがシャナとの会話に割《わ》り込む形で聞いてきた。

「そうだよ。意外か？」

そのメルの顔へキスする勢いで顔を寄せる。

「──あ、いえ、そういうわけでは。ただ、調理している姿も様になっているので……」

メルは俺の吐息を感じたらしく……小花が風で揺らいだような弱々しい微笑《ほほえ》みを浮かべる。頬に桜色のヴェールがかかった。

「……す、素敵《すてき》、い、いや、カズンが知ったら悔《くや》しがりそうですね」

と、ぽろっと女の気持ちが口から漏《も》れていたメル。大人の女を感じさせたメルは魅惑的《みわくてき》だったが、俺から離《はな》れながらの言葉だ。

「カズンか、この間も忙しそうに宿屋で調理していた。今日も無理だろう」

「厨房《ちゅうぼう》は部下がいるから少しくらい平気よ？」

メルとのやりとりを睨《にら》んでいたヴェロニカが話に加わる。

「そうなのか。しまったな。しかし、もうそろそろ始まるから、カズンには悪いが……」

調理を手伝わせた方が喜んだかもしれない。すまん、カズンさん。

「ふふ、カズンには、わたしが自慢気に報告しといてあげる♪」

「わたしが無難に説明しておいてあげましょう。ヴェロニカは余計なことをしないように
ね？　変異体の拳《こぶし》が向かってきても知らないわよ？」

「了解～」

笑いながらメルの言葉に応えるヴェロニカ。舌を出している。

ヴェロニカに宵闇《よいやみ》の指輪のことで話をしたいが……今は宴会の準備で忙しい。吸血鬼《ヴァンパイア》か
ら人に戻す指輪の件は後回しか。

「総長様が料理を……」

「肉だぁ。総長は、カズンと同じ？」

ルルとララだ。ルルとララは両手を調理台に乗せて調理を覗いている。

「沢山、肉と野菜を焼くから後でな」

「わかったー」

「楽しみだね、ララ」

「うん♪」

ルルとララは頷《うなず》き合う。

「ねね、あそこ、楽しそうっ」

「凄《すご》い！　魔獣《まじゅう》と猫ちゃんたちと小型のドラちゃんまでいる！」

「ロバート、あそこに行こー」

「あ、俺は、まだ総長に挨拶を……」

「変な顔～。総長はそこよ？」

ララの言葉に釣られてロバートの顔を見た。少し緊張《きんちょう》しているらしい。そんな緊張させるような態度をしているつもりはないんだが、俺から話《はな》し掛けるか。

「ロバート、元気にしているか？　ルルとララのお兄さんに見える」

「総長！　元気ですよ……しかし、お兄さんですか。そんな風に見えます？」

「ふふっ、ロバート兄ぃ」

「にぃにっ」

ルルとララは互いに頷き笑っている。

「見えているらしいぞ」

「兄ぃ～。総長に挨拶はもういいでしょ～。あそこ行こ～」

「あ、あぁ、では、総長失礼をっ」

ルルとララに腕を引っ張られていくロバート。そこに、

「ねね、その調理、あたいも手伝ったほうがいいのかな？」

ベネットが使用人たちに交ざりたいようだ。

「手伝いなら歓迎《かんげい》だ」

「ベネ姉、それは止《や》めて。料理オンチが炸裂《さくれつ》して不味《まず》くなるかもしれないから」

「なにさヴェロっ子。あたいだって野菜を切るだけならできるんだからね！」

ベネットとヴェロニカは喧嘩《けんか》を始めている。そんな折、白猫マギットがヴェロニカから離れてルルとララとロバートが移動した厩舎《きゅうしゃ》の方に向かう。ポポブムと猫たちとバルミントに合流して、猫同士鼻を突き合わせて匂《にお》い嗅《か》ぎ合う。髭《ひげ》の根元の小さい毛穴からフェロモンが出ているのかな？　アーレイとヒュレミと白猫《マギット》は鼻を合わせていた。猫の誓《ちか》い？　続いて互いのお尻《しり》の匂いを嗅ぎ合う。猫、獣《けもの》同士の挨拶だ。

その匂い合い、お知り合い《尻合い》の最中だったが……魔獣ポポブムの頭部は大きいから不思議なダンスに見えた。ミニドラゴンと呼べるバルミントもネコ科の動物のように小鼻で白猫《マギット》と挨拶をしていた。黒猫《ロロ》はバルミントをグルーミング。すると、尻尾《しっぽ》でじゃれて遊び出す動物たち。

「……総長様自ら調理とは、楽しみです」

次に話しかけてきたのは、ポルセンとアンジェ。

「パパが食べるなら食べるっ」

アンジュがそう発言すると、頷いてからポルセンに、

「ポルセン、肉は期待してくれていい。聞いていると思うが、この肉は迷宮《めいきゅう》の二十階層を冒険《ぼうけん》した俺たちイノセントアームズが得た巨大《きょだい》牛グニグニの肉。かなり美味《おい》しい肉だから期待してくれ」

「なんと！　二十階層を……あ、実に美味そうな肉ですな……」

驚いたポルセンは直《す》ぐに口を手で押《お》さえてから、誤魔化《ごまか》すように口ひげを触りながら、仕込《しこ》み中の肉を注視する。目が血走り唾《つば》を飲《の》み込《こ》むように喉仏《のどぼとけ》が動く。

「パパッ、目が……」

「ああ、総長、失礼を……」

吸血鬼《ヴァンパイア》らしい血走った双眸《そうぼう》となったポルセンの表情はかなり渋い。端整《たんせい》な顔立ちだ。

「気にするな。肉が好きなんだな」

「はい、総長！」

「ならば、気に入るはずだ、眷属《けんぞく》たちもお気に入りの肉。タレも数種類用意する予定だ」

「おぉ～期待できます……」

頷いた。タレは卵系もいいかもしれない。甘露水《かんろすい》を少し足して、塩と混ぜて麺《めん》つゆがあったらなぁ……そういえばアンチョビも作ろうと思っていた。ま、今はこれに集中しよう。と肉の仕込みに集中しようと思ったが……ポルセンとアンジェとの会話が続く。闇《やみ》社会の縄張り争いとポーカーのようなカード遊びの話を、隠語《いんご》を交えて続けた。アンジェが、その時のパパはカードに夢中でつまらないの……とか呟《つぶや》いていたが、知らんがな。

「……では、総長、本格的にパーティが始まるまで、周囲を見回ってきます」

「わたしも見回りをしてきます」

「おう」

ポルセンとアンジェは離れた。仕込みを続けながら動物たちが触《ふ》れ合うアニマルセラピーな光景を遠巻きに眺《なが》めた。アーレイとヒュレミとロロとマギットは己《おのれ》の尻尾を巡《めぐ》って争っている。ルルとララも交ざると、それを止めようとバルミントが胸元を大きくさせるように小さい翼《つばさ》を広げた。ちょびちょびと生えている体毛が可愛《かわい》い……ロバートは厩舎の建物に興味があるのか、動物たちとルルとララの遊びには参加していなかった。そこに近所のトマス・イワノヴィッチ氏と奥さんに、八槍《はちやり》神王第七位リコと八剣《はちけん》神王第三位レーヴェと武術互助会の関係者たちが屋敷内《やしきない》に入ってきた。ピンクの髪《かみ》が綺麗《きれい》なリコを見ると嬉《うれ》しくなると同時に【アーカムネリス聖王国】のアウローラ姫《ひめ》とシュアネ姫を思い出す。多数の人々が庭に集まった。祭りらしく賑《にぎ》やかな雰囲気《ふんいき》になってきたなぁ。

そして、庭の中心に集められた薪は高く積み上がっている。その薪の天辺《てっぺん》付近に上昇《じょうしょう》していたエヴァが大きな薪を最後に上に載《の》せていた。すると、周りから拍手《はくしゅ》が起こる。

その積み上がった薪を囲うように皆が集結。何か壮観《そうかん》だ……いつの間にか、この都市で出会った人々がこんなにも増えていた。他にも、ここには呼んでいないレムロナとフランとミラとリュクスがいるが、レムロナとフランは王子と大事な権力争いの最中。さすがに呼べないか。呼びに行けば来てくれただろうか。ミラとリュクスは『ラ・ドゥン族の戦士団』と冒険を行っているのだろうか。そう考えていると、

「行くわよー」

と火つけ役を自ら申し出たレベッカ。レベッカは手にグーフォンの杖《つえ》を握《にぎ》る。

その魔杖《まじょう》からドォンッと耳朶を震わせるほどの炎《ほのお》のスパークが迸《ほとばし》った。

大砲《たいほう》から撃《う》たれたような爆発音《ばくはつおん》が響《ひび》く。薪が吹《ふ》き飛んでしまうのでは？

と思ったが無事に火が薪に点《つ》いて盛大な焚《た》き火《び》となった。

さすがは火の精霊に好かれているレベッカ。魔法の才能は優《すぐ》れている。

焚き火から離れた位置には土台の竈が数個できている。土台の上には、ミスティが用意した大きな鉄板も置かれてあった。調理していた材料を使用人たちと一緒に運ぶ。

土台の底に集められた沢山の薪にも火が点けられた。火力が一気に増す。調理用の魔石《ませき》が使用されたようだ。

「食材を焼くのに丁度いいですねぇー」

「おう、じゃんじゃん切って、焼いちゃおう」

ミミも調理に参加。楽しそうなミミだ。俺も嬉しくなった。

「「――はいっ」」

使用人たちが準備した大量の食材を運び、どんどん焼いていく。仕込んでおいたグニグニ肉も焼く。戦闘奴隷《せんとうどれい》たちも、その調理に参加して酒も用意。そうして、タレ作りを含《ふく》めて……ある程度の調理をやり終えた。残りの野菜と肉の調理は……、

「ミミたち、任せるが良いかな」

「「はい！」」

使用人たちに任せた……魔煙草《またばこ》で一服中に、

「襲《おそ》わないでェ～、ロロ様がァァ」

「あはは、またか」

黒猫《ロロ》が僕っ娘《ぼくこ》のサザーを襲い、犬と似た耳を舐《な》めていた。モコモコと膨《ふく》らんだ毛が大好きらしい。すると蛇人族《ラミア》のビアが、

「主人、酒を大量に飲んでいいのだな?」

と、酒樽《さかだる》を片手に持ち聞いてきた。

「大量の酒か。程々《ほどほど》にな。周りに迷惑《めいわく》をかけない範囲《はんい》で、だぞ」

「承知」

蛇人族《ラミア》のしゅるるると音を立てる蛇《へび》と似た舌を、人族の口と似ている唇の中に仕舞《しま》うビアは色っぽい。しかし、あの酒樽はかなり大きい……まさか『酒に別腸あり』と言うように本当に酒専用の腸があるのか? 蛇人族《ラミア》だけにありえる。すると、エルフのフーが、

「ご主人様ありがとう〜。こんな楽しい行事に参加させて頂いて幸せです」

ゴブレットで酒を飲んでいた。隣《となり》にいたママニと寄り添《そ》いながら笑《え》みを浮《う》かべている。ママニの膨らんだ胸の形が分かる。ママニは酒が回っているのか少し色っぽい。そのママニが、

「はい、本当に。故郷のボルカヌの滝《たき》祭り、ミグッシュ川で行われていた大祭りを思い出します……アルガンの丘《おか》に六腕《ろくわん》のカイさえ現れなければ」

ママニは感極《かんきわ》まって望郷の念が出てきたようだ。皆で、楽しく酒を飲み食べて談笑《だんしょう》していく。そのママニと離れたところで副メイド長のアンナと使用人たちの話し声が聞こえてきたから、つい……、

「南東の大きな市場の一つで植物の祭典が行われているらしいけど」

「聞いた聞いた。花々だけでなく砂漠《さばく》地方の植物もあるとか」

「アンナは行くの？」

「ううん、お掃除《そうじ》当番と夜間勤務があるから。植物の祭典もいいけど闘鶏《とうけい》の大会も気になるの」

「闘鶏かぁ……そんな趣味《しゅみ》があったのね。闘鶏ならベンラックに続いて、ペルネーテでも大きい大会があると聞いたことがある」

「うん。植物の祭典も闘鶏大会も、どちらも見たいのよねぇ」

「闘鶏というと、アンナも闘技大会とか好きなの？」

「そういうわけではないの」

「そう？　わたしは闘技大会の方が好き。闘技といえばご主人様もいずれは闘技大会に出られるのかしら」

「どうでしょう。訓練は毎日欠かさず、凄まじい勢いで行っているのは、お見掛《みか》けしていますが……」

「うん、凄いよねぇ。エロい視線以外は本当に尊敬しちゃう。槍の他《ほか》にも剣《けん》とか斧《おの》を扱《あつか》う激しい訓練だけど、洗練されたダンスのようで見惚《みと》れちゃうし」

「そうね。美しさも感じられます。太陽の光を浴びながら、槍のポーズを取るところなんて……絵画のようでした……」

「でしょう？　優美さも感じるもん。上半身が裸《はだか》の時もあるから、ドキドキしちゃう。アンナはお側付《そばつ》きだからいいなぁ」

アンナは笑窪《えくぼ》を作ると、

「ふふ、イコルったら、でも、その気持ちは凄く分かる。普段《ふだん》のご主人様はとてもお優《やさ》しい。わたしたちの生活と体調をいつも気にしているようで、会う度にわたしの顔色を見て……『ちゃんと食べて寝《ね》ているのか？』、『いい匂いだな』、『休んでいいんだぞ』、『おっぱいの管理は大事だ』、『ここの掃除は俺がやっとく』といったように……とにかく笑顔を絶やさない方。こないだも、『いつも部屋の掃除と洗濯《せんたく》をありがとな』とか、洗濯はアメルちゃんが主に担当なのですが、わたしに仰《おつしや》ってましたし」

そりゃ、おっぱいの管理は大事だ。おっぱいはな。おっぱい体操という偉大《いだい》な体操がある。血液、リンパ液の循環《じゅんかん》をよくしなければ、ならないのだ……おっぱい委員会、研究会、特別顧問《こもん》の御業《みわざ》でケアを……しかし、何か深い意味がある格言っぽい。

「へぇ、わたしは買い物が多いから、あまり声を掛けられたことがないのよね。時々、洗濯物を干しているときにお話をしてくれるけど」

「あ、だからなのね、アメルちゃんの仕事を代わってあげていた理由……」

「てへ」

「ちゃっかりイコルっ」

「えぇー、だってミミなんて、お側付きじゃないのにさ、最近、ご主人様の側の仕事を増やしているし、わたしだって、少しぐらいはいいじゃない！」

……アンナを含めて使用人たちは俺のことをそんな風に考えていたのか。すると焚き火とメイドたちを交互《こうご》に見つめていた常闇の水精霊《みずせいれい》ヘルメが、俺に微笑みかけてきた。水の衣のような魔法の衣装に焚き火の明かりが反射して綺麗だ。そのヘルメに魅了《みりょう》されるようにそのヘルメの下に移動した。

第二百三十八章「恋の青梨《あおなし》」

ハルメが、

「……閣下、メイドたちの会話が面白《おもしろ》いです。前から聞いていましたが、植物の祭典とやらに興味を持ちました」

「千年植物と似たような植物を探すつもりか？」

「はい、千年ちゃん。あ、今は大人しく過ごしているようですが、持ってきますか？」

「いや、いい」

歌い手のシャナもいるし余計な音程は必要ないだろう。

「そうですか。しかし、閣下のお尻合いがこれほどまでに。この都市に初めて来た頃《ころ》が懐《なつ》かしい」

ヘルメの黝色《ゆうしょく》と美しい蒼色《あお》が混ざる双眸に注目した。切れ長の瞳《ひとみ》の中に、ヴィーネが庭の端《はし》に咲《さ》いている花々のところへ向かうところ、こそこそと隠《かく》れながらこちらを窺《うかが》うレベッカ、使用人と話すカルードとユイとミスティ、ヴィーネが用意したと思われるテンテンデューティーを飲みながら使用人たちと会話している様子、続いてアメリの家族、エヴァたちの家族、ザガとボンとルビアとご近所の方々と【残骸《ざんがい》の月】の面々たちが会話をしている姿が映っていた。

「……色々あった。眷属と仲間も増えて知り合いもできたし」

「はい、眷属、家族が増えたことは嬉しいです。そして、このような宴会。生まれて初めての宴会。静かな湖面もいいですが、こういった賑やかな雰囲気もいいものです」

ヘルメは周りを見てから焚き火に視線を移す。元々一日だけの泉の精霊だったんだよな。生まれて初めての宴会か。

「ヘルメ……」

「ふふ、火の妖精《ようせい》たちも喜んでいます」

「お前はどうだ？」

「はい、楽しいです。閣下がいることですべてが楽しく思えます」

可愛いことを言うヘルメの腰《こし》に手を回して抱《だ》きしめてあげた。

「あ、閣下……」

「俺もヘルメがいてくれて嬉しい。初めて会った時の衝撃《しょうげき》は、いまだに覚えているぞ」

「ふふ、閣下、ボン君が指を差して見てますよ」

「構わんさ……」

ヘルメが指摘《してき》するように、肉を食べているボンがエンチャント語を喋りながら指を差していた。ザガとルビアにも見るように促《うなが》している。言葉通りヘルメの頬《ほお》にキスし、直ぐに唇《くちびる》を重ねたところで、

「はいっ、そこまでー」

レベッカの素早《すばや》いツッコミが入る。ヘルメから唇を離して、

「魔素の気配は感じていたさ――」

ヘルメの腰から手を離し、ツッコミを入れてきたレベッカの手を逆に掴《つか》んで強引《ごういん》に抱き寄せた。

「あぅ」

レベッカは抱きしめられると思わなかったようで、変な声を出して驚《おどろ》いていた。優しいシトラス系の匂いを得た。エルフの女性に多いような気がする。

「驚かせたか？」

「うん。けど、脇腹《わきばら》をくすぐられるよりマシかな？」

まんざらじゃない様子のレベッカ。

「お？　それは、くすぐられたいというアピール？」

「違《ちが》うわよっ、でも、みんなで楽しむこういう宴会はいいわね」

「あぁ、これを機会に顔合わせもできるだろうし、たまには宴会もいいだろ」

「うん、知らない人と話をしたら、実は武術街に住んでいた方でベティさんの紅茶が好きなお客さんだったんだ。会話が弾《はず》んだの」

「縁《えん》があったんだな」

「うん、隠れた縁。皆、どこかで繋《つな》がっているものなのね」

「あぁ、そうだな。ベティさんとレベッカが売っているから紅茶を買いに行こうって客も多いかもだ」

「ふふ」

「レベッカの売り子がカワイイからなぁ」

「……真顔で言わないでよ。ドキッとしちゃうでしょ」

視線を逸《そ》らしたレベッカは、気を取り直し、キリッとした表情を浮かべる。そのレベッカは、俺の唇を見てから、

「わたしが売り子している時は、武術街の面々と接点がなかったし、少し驚いちゃったんだから。意外とベティさんの紅茶、この辺りで人気なんだと実感した。ザガさんも客から聞いたことあるって言っていたし、ベティさん何も言わないんだもん」

レベッカは笑顔で話す。その細い腰に手を回した。レベッカの柔《やわ》らかい肌。が、肉付きはあまりよくない。

「ちゃんと肉とか食ったか？」

「変なことを聞くのね。グニグニの焼き肉と野菜をいっぱい食べたから。迷宮で散々食べたけど飽《あ》きることはないと思う。あ、買っておいたお菓子《かし》はまだ食べてなかった～。あとでエヴァと食べよっと」

食いしん坊《ぼう》なレベッカだ。

「そっか、安心した。よしよし」

そんな調子でレベッカを軽くハグ。背中を優しく撫《な》でていると、

「おやおや、見せつけてくれるじゃないかァ」

御婆《おばあ》さんの声だ。

「あ、ベティさん」

レベッカは恥《は》ずかしいらしい。レベッカは急ぎ俺から離れて、取り繕《つくろ》う。

「いいんだよ。若いんだから、もっと抱き着きなさい」

「ううん、いいのよ。ベティさんのお酒とおつまみを持ってくる――」

レベッカはベティさんの両手が空なのを見て気を使ったのか、使用人たちの下に走った。

「ふふ、シュウヤさんといったね？　レベッカが信頼《しんらい》しているようだ」

「あ、はい、お世話になっています」

ベティさんは酒やつまみを張り切って用意しているレベッカの様子を母親のように眺めて……目を細めて微笑《びしょう》を浮かべていた。皺《しわ》が減ったように見える幸せそうな笑顔だ。そんなベティさんの表情を見ていると解放市場街で買った青梨を思い出した。決して、ベティさんの顔が青梨に似ているわけではない。ベティさんは何も食べていないようだし、その青梨をあげよう。アイテムボックスから青梨を取り出す……魔力漂《まりょくただよ》う美味しそうな青梨。少しかじりたくなる魅力《みりょく》がある。

「ベティさん、これを受け取ってください。要《い》らなかったら捨ててもらって構わないです」

「これの青梨を、わたしにかえ？」

ベティさんはきゅっと口角を引き上げ、微笑む。

お婆《ばあ》ちゃんだが、可愛らしい笑顔だ。青梨を受け取ってくれた。

「はい」

ベティさんは喜んでいたが、途中《とちゅう》でキッと鋭《するど》く睨み出す。

「まったく天然の男なんだねぇ……」

「えっと？　天然？」

「この青梨さね、この下の表面に紅《あか》い斑点《はんてん》があるだろう？」

ベティさんは青梨の下部にある斑点を、枯《か》れた枝のような指で差す。確かにあった。これが意味があったりするのか。

「……あ、はい」

「これは、最近、滅多《めった》にお目に掛《か》かれない青梨なんだよ」

「魔力を感じたのはそのせいでしたか」

「魔力？　それは分からないねぇ。昔から、この紅い斑点がある青梨は、とびきり美味しく質の良い青梨なんだ。別名、恋の青梨。これを、男が女にプレゼントしたり、愛の言葉と共にプロポーズをしたり、デートをしましょうという意味もある。恋の青梨だったのさ」

なんだと……俺はベティさんと結婚《けっこん》!?　なわけねぇ。

「し、知りませんでした」

「まぁいいさね、このことは、あの子に内緒《ないしょ》だよ？」

ベティさんは、にこやかに片目を瞑《つぶ》りウィンクを繰《く》り出してから、青梨を食べた。

「ふゃっふゃっふゃっふゃ……」

やべぇ、ベティさんはふざけているのか変な笑い声をあげて食べている。逃《に》げよう。

「で、では、向こうに行きます。楽しんでください」

「あぁ、そうするさね」

その場から足早に離れて、ボンが踊《おど》っている火の周りへ歩いていくと、

「この素晴《すば》らしい催《もよお》しに呼ばれて嬉しいですぞ、シュウヤ殿《どの》」

大通りを挟《はさ》んで向かいにある道場主のトマスさんが挨拶《あいさつ》してきた。カルードが傍《そば》にいたので、彼《かれ》と何か話をしていたらしい。そのカルードは闇ギルドの面々たちのグループに合流してメルと話し合っている。

「……あ、どうも、トマスさん。ご近所ですからね」

「はい。連れてきた武術街互助会《ごじょかい》のメンバーたちも楽しんでいるようです」

トマスさんと武術街互助会のメンバーか。

「それはよかった」

「今日は、家内のナオミも連れて参りました」

トマスさんは隣にいる女性を紹介《しょうかい》してくる。奥さんか。

「……シュウヤ様。はじめまして、トマスの妻のナオミと申します」

おぉぉ、美人のナオミさんは丁寧《ていねい》な所作で頭を下げてくる。

トマスさん、やるな。禿《は》げて無精髭《ぶしょうひげ》が目立つが、渋《しぶ》いマッチョなだけはある。

「これはご丁寧にナオミさん。はじめまして。シュウヤ・カガリといいます」

「はい、わたしは、互助会の会長代理も務めさせてもらっています。今日はお招きありがとうございます」

ナオミさんは、細身だが筋肉が多い。武芸者だろう。

言葉の端々に、武の雰囲気がある。

「……互助会という活動は素晴らしいですね。今後も暇《ひま》があれば協力したいので、気軽にこの家を訪ねてきてください」

そう心を込めながら語り、紳士的《しんしてき》に頭を下げる。美人である前に、その活動が素晴らしい。

「こちらこそ、宜しくお願い致《いた》します。夫は仕事がら家にいないことが多いですからお邪魔《じゃま》するかもしれません」

「はい」

そうして、古風美人のナオミさんと会話を続けていく。途中で筋骨隆々《りゅうりゅう》なトマスさんから、互助会仲間の剣術家《けんじゅつか》と思われる男性と虎獣人《ラゼール》の槍使いに人族の槍使いの男性と、鱗人《カラムニアン》の格闘家《かくとうか》のような女性を紹介された。近くにいたアメリとナオミさんが話を始める。

アメリのお父さんは、ミスティや使用人たちと錬金商会の魔石の取り扱いについて話し込んでいた。更《さら》にザガもその会話に参加し、錬金と鍛冶《かじ》についての話で盛りあがっていく。

ボンは火の周りでスキップを始めていた。ルビアは笑いながらもボンの真似《まね》をしようとしている。俺はアメリとナオミさんの会話が気になった。さりげなく聞き耳を立てた。耳がピクピクと動いているかもしれない。

「こんばんはです。アメリといいます」

「あら、貴女《あなた》は……厳しい貧民街での互助会活動に参加している？」

ナオミさんは、アメリのことを知っているようだ。

「はい」

「聞いたことがあります。目の不自由な方が、身寄りのない貧しい人々を助ける活動に参加していると」

ナオミさんは感心した様子でアメリの姿を見る。

「そうなのですか？」

「ええ、はい。今宵《こよい》は素晴らしい方に出会えました……わたしも、この武術街で互助会の活動を行っている、ナオミと申します」

「ナオミ様ですね。わたしこそ同じ思いです」

アメリはイイ子だな。神はどうしてこんな素晴らしい子に枷《かせ》を……。

しかし、この出会いは良縁《りょうえん》になりそうだ。アメリを呼んで良かった。その彼女《かのじょ》たちは、

「今後は連携《れんけい》して互助会の活動を行いましょう」

「はいっ」

そう語り合うと、神咎《かみとが》をうけて盲目《もうもく》になった話、病に臥《ふ》せっていた父のために薬草を売り歩いていた話、俺とヘルメにその父が救われた話など、話を続けていく。

その様子を微笑んで見ていると、ルビアがアメリに近寄っていった。

第二百三十九章「アメリの思い」

ルビアがアメリに、

「アメリさんというのですね。わたしはルビア、クラン【蒼い風】で冒険者《ぼうけんしゃ》をしています」

「はい、ルビアさん」

「……いきなりですが、そのアメリさんの目に、わたしの癒やしが効くか試《ため》してみたいのです。癒やしの魔《ま》法《ほう》を掛けても宜《よろ》しいでしょうか？」

ルビアは魔命を司るメリアディ様の加護を受けているから回復魔法を無詠唱《むえいしょう》で使える。

魔界の女神の一柱のメリアディ様も他の魔界の神々と同じく負の感情を好むようだが、生命力を回復させることも好むようだ。そんな神界セウロスの神々っぽい、魔界の女神に愛されている神の子ルビアの力なら神咎に効くかもしれない。

「え、この目にですか？」

「わたし、回復魔法を使えるんです」

「回復……神聖教会の関係者の方なのですね。でも、多分、効かないと思います」

アメリは遠慮《えんりょ》して断ろうとしているようだ。

「光神ルロディス様を信奉《しんぽう》し神聖教会に通ってはいますが、関係者ではありません。そして、貴女がおっしゃっているように効かないかもしれません。ですが、アメリさんのお話を聞いて、とても感動しました。貴女のような尊敬できる女性は中々いない！　アメリさんのために行動したい……わたしを助けると思ってお願いします」

ルビアは言葉は本音だろう。

「ふふ、でも、わたしが尊敬できる女性だなんて……」

アメリはそう呟いた。ルビアは頭部を振《ふ》り、

「これも光神ルロディス様のお導き。わたしもシュウヤ様に救われた者として共感する思いもあります」

ルビアは俺《おれ》を見ながらそう語る。真摯《しんし》な態度だ。照れを覚える。

「シュウヤ様に救われた……納得《なっとく》です。愛の女神《めがみ》のような方ですからね」

アメリも俺を見て呟く。傍にいるナオミさんとトマスさんはアメリとルビアの会話を聞いて、これまた真剣《しんけん》な眼差《まなざ》しを寄越《よこ》してきた。思わず視線が泳ぐ。そこに、

「しかしです。正直に言いますが、わたしは、この不自由さが楽なんです！」

アメリの強い口調が場を制す。皆《みな》、アメリを注視。

「……ですので、わたしが尊敬に値するかどうか……オカシイと思われるでしょうが、わたしにはわたしの価値観があります。目が治って父が喜ぶのは素直《すなお》に嬉しい。それも救いです。しかし、わたしは嬉しくない。わたしはこの不自由さが自由であり、神様がお与《あた》えになった祝福だと思っているんです……この神咎があるお陰《かげ》で、他の人の痛みと辛《つら》さが分かち合える……だからこそ有意義に生きられる。そして、この神咎があるからこそ、シュウヤ様と出会えた──」

アメリは宴会《えんかい》が行われている庭へ視線を巡らせて語りつつ、頭部の動きを止めた。凄い。アメリは目が見えないが、第六感で、俺を見ているのだろうか。しかし、アメリは清《きよ》い。いや、俺が清いと思うだけでアメリにとっては極《ご》く自然な……むしろ受け入れている事象か。寛容《かんよう》と愛。それが彼女の生きる指針。自分の価値観があると言ったように、アメリにとって盲目が当たり前。人間は自然と老衰《ろうすい》する。

それは目が見えていようが、見えまいが、変わらない。

裕福《ゆうふく》だろうが貧乏《びんぼう》だろうが変わらない。

だから、普通《ふつう》に在るがままを受け入れ自然に生きていく。そんな心境なのかもしれない。

一方的にアメリから受け取った思いだが……ルビアは、

「……そうですか……でも」

力なく発言。アメリを治してあげたいと思うのは当然だ。しかし、目が不自由なアメリは治療《ちりよう》を望んでいない。アメリの言葉は本当だと思う。沈黙《ちんもく》が流れた後、アメリはルビアの優しさを受けて考えが変わったのか、微笑《ほほえ》む。

「ルビアさん、優しい貴女にも出会えた。そして、愛の女神のような女性のようです……ふふ。回復魔法をお願いできますか？」

「あ、はい！　勿論《もちろん》です。では、いきます！　準備はいいですか？」

遠慮がちに聞いてくるルビアにアメリは盲目の目を向ける。胸を張り、

「はい、お願いします！」

と、力強く答えていた。

ルビアはアメリの応じる態度を見てから、静かに微笑む。ルビアは少女だが、ベテランのヒーラーの雰囲気を漂《ただよ》わせながら、アメリに近寄って手を翳《かざ》した。

「……大癒《グランド・ヒール》」

ルビアの鈴《すず》の音を感じさせる声が響くとルビアの瞳の色が青から赤へと変わる。すると、ルビアの頭上に血に塗《まみ》れた赤黒色に輝《かがや》く杖を両手に持った女神が出現。神々《こうごう》しい女神は三つの目を持ち慈愛《じあい》の表情を浮かべている。

そして、その三つの目の内の中央の瞳が動く――。

俺を見つめてきた。え？　なんで俺？　女神は意味あり気に微笑み、口を動かす……ルシ・ヴァ…？　リップの動きだけでは分からない。その女神は消えてしまった。

同時にルビアの翳している細い手が赤く輝く。

ルビアの手から放たれた赤い光がアメリの頭から全身に掛けて覆《おお》われる。その赤い光は染《し》み入るように皮膚《ひふ》の表面の中へ消えていった。アメリに大癒《グランド・ヒール》の魔法は掛かったと思うが、アメリの二重の瞼《まぶた》と真っ白な瞳は前と変わらず。

「……駄目《だめ》でした。ごめんなさい」

「ううん。気持ちだけで嬉しいです。そして、深い愛、深遠の闇を併《あわ》せ持つ深い愛を感じました」

神咎強し。そう都合よくいかないか。

メリッサを癒《い》やした聖なる花弁も効かないようだし、魔法では無理か。父親に話をしていないが……俺が眷属化をアメリに実行したら……しかし、〈筆頭従者長《選ばれし眷属》〉か〈従者長〉にして、俺の螺旋《らせん》にアメリを巻き込む？　それもまた違う気がする。傲慢《ごうまん》だろう。なにより、眷属化しても目が治る保証がない。

そして、アメリの価値観《倫理》を捻《ね》じ曲げてしまうかもしれない。ま、治してあげたいから話すだけ話してみよう。

「ルビア、少しアメリを貸してもらうぞ」

「あ、はい」

「――シュウヤ様？」

アメリの手を握り、

「いいから、少しついてきて、個人的に話がある」

「わかりました」

アメリを俺の部屋に誘導《ゆうどう》。そこで、不死になれば、その目が治るかもしれない。と、ルシヴァルの血について語り、眷属にならないかと勧誘《かんゆう》した。

「……今のことは内密に頼《たの》むが、どうだろう」

「重大な秘密。誰《だれ》にも言いません。そして、労わりの心を持つシュウヤ様。やはり、愛の女神のようなお方ですね。その気持ちは凄《すご》く嬉しいです。でも、わたしは普通に生きてお婆ちゃんになって死にたい。歳《とし》を重ねて腰が曲がり骨と皮が目立つ盲目のお婆ちゃんに……そして、できたら互助会の活動を続けて孫たちに囲まれながら、その幸福をみんなへ分け与えるように不自由な子供たちを救っていきたいのです。ですから……不死の命は要りません」

断られてしまった。しかし、お婆ちゃんになりたいかよ……その言葉は楔《くさび》のように俺の胸を穿《うが》つ。不死の命を断るとか……清い。清すぎる。あまりに神々しいアメリの姿に、胸が震《ふる》え——思わず片膝《かたひざ》を突《つ》く。両手を組みアメリのことを拝んでいた。自然と、身に着けているハルホンクコートの胸元《むなもと》、暗緑色の布が左右に開く。俺の左胸が露出《ろしゅつ》した。そして、その胸に刻まれている十字のマークが光を帯びる。

「あれ、光、十字架《じゅうじか》……」

え？　アメリが俺の方を見ている。

「今、光の十字架が、見えました。そこにシュウヤさんがいると分かります。あ、でも、十字架は消えて……」

アメリの反応の通り、俺の左胸にある十字架の光はもう消えていた。

「目は治っていないか」

「はい、不思議ですね。一瞬《いっしゅん》ですが……本当に十字架が見えました。そして、光神ルロディス様の声も聞こえたような気もします」

「声？」

俺は聞こえなかったが。

「この者に幸《さち》あれ、光あれ、と……」

心に響く。しかし、そんな声が。アメリを凝視《ぎょうし》すると……真っ白い双眸《そうぼう》の中に光る十字の模様が浮かんでいた。

「アメリ、本当に目が見えていないのか」

「はい、変わらないです」

アメリは瞬《まばた》き。双眸から光る十字の模様は消えていた。俺の錯覚《さっかく》？　だとしても、まさに聖女アメリの誕生なのかもしれない。が、アメリは光神ルロディスより愛の女神を信じているような感じがするが……。神界セウロスの神々も細かいことは気にしないのかな。前にルビアが語っていたように『心の中に教会と信仰《しんこう》』があれば……。

「……シュウヤさん。ルビアさんとお話がしたいので、戻《もど》りますね」

「あ、うん、送るよ」

「いえ、大丈夫《だいじょうぶ》です。ちゃんと手で触《さわ》って確認《かくにん》していましたから」

そう言って、アメリは手を空に伸《の》ばし壁《かべ》に指を当てると小さく頷《うなず》く。そのままスムーズにすたすたと部屋を出た。心配だから付いていく。アメリはちゃんと地に足をつけて立派に廊《ろう》下《か》を歩いてリビングに向かった。

「ふーん、今の子、シュウヤの眷属化《けんぞくか》を断るなんて信じられない……」

廊下にいたヴェロニカだ。俺の部屋の扉《とびら》は常に開きっぱなしだからなぁ。今のやり取りを見ていたらしい。

ヴェロニカの皺眉筋《しゅうびきん》がぴくぴくと見事に動いている。

「イライラしてきた、何なの！　生意気よ！　何がお婆ちゃんよ！　フザケンナっ、わたしは、わたしは……」

価値観の相違《そうい》を目《ま》の当たりにして機嫌《きげん》が悪い。当然か。普段は絶対に交わらない者同士。光側の知り合いと闇《やみ》側の知り合いだ。しかし、これは俺の混沌《性》でもある。ま、フォローしようか……泣きそうな表情を浮かべて機嫌も悪いが、あることをヴェロニカに話せば……分かってくれるはず。

第二百四十章「ヴェロニカの眷《けん》属《ぞく》化《か》」

「わたしだって大人に憧《あこが》れて、大人になりたい！　という強い思いがあったの」

アメリの言葉でコンプレックスが刺激《しげき》されたようだ。そのヴェロニカは、

「三百年間ずっと、子供だったから……アメリが眩《まぶ》しく見えた。けど……眷属化を断るなんて！」

「眩しいか。同感だ。しかし、人の価値観は異なることが多い。眷属化を断ったのもその理由からだろう。アメリはアメリで尊い考えだ」

「そんな価値観なんて分からない。わたしは、シュウヤの新しい宗主《そうしゅ》様の眷属になりたい……濃厚《のうこう》な血、純粋《じゅんすい》な血の匂《にお》い……あの子には分からないのよ、種族が違うから仕方がないんだけどね」

ヴェロニカは憂鬱《ゆううつ》そうな表情で語る。ヴェロニカは子供の姿で三百年生きた吸血鬼《ヴァンパイア》。血を欲《ほっ》する種族で人族とは違う。その胸が詰《つ》まる想《おも》いを聞いて、

「……ヴェロニカ、そのことで重要な話があるんだが」

「なあに？」

「実は、宵闇《よいやみ》の指輪を鑑定《かんてい》してもらったんだが……」

古魔術屋で鑑定してもらった内容のことを告げる。吸血鬼《ヴァンパイア》が人族に戻れる宵闇の指輪について説明。人族に戻れば、光魔《ま》ルシヴァルの眷属になることが可能だと。

「……宵闇の指輪。凄い……」

ヴェロニカは小さい口を両手で押《お》さえて、動揺《どうよう》を示す。

「神話級だ。驚くのは分かる……」

「本当に凄い。吸血鬼《ヴァンパイア》の血の呪《のろ》いを取り除けるなんて……噂《うわさ》では聞いたことがあったけど……そんな神話級のアイテムを総長が持っているなんて……レベル五の魔宝地図を探索《たんさく》して金色の宝箱とか虹色《にじいろ》の宝箱を出現させたとか……あ、六大トップを超《こ》えて英雄《えいゆう》ムブランの【青竜団《ブルードラゴン》】……いや、もっと昔の伝説の【クラブアイス】を超えた冒険者なの？」

過去の有名な冒険者クランの名前か。クラブアイスとは何だ？

青竜団《ブルードラゴン》なら、カザネが所属していたところだったはず。

「超えているかは分からない。で、この宵闇の指輪、魔族が持っていたアイテムボックスの中に入っていたんだ。だから、その魔族が独自に魔界と通じて手に入れたのか……もしくは、この宵闇の指輪自体が元々、アイテムボックスの中に入っていた可能性もある」

「ふぅん。どちらにせよ魔族なら納得。魔界の神様と直接関係あるアイテムだからね。そして、効果は三回のみ。そんな貴重な物をわたしに使っても……」

「いいから言ってる」

「ふふ！　うん！　でも、その指輪を使うと、スロトお父さんの血を失うのと同じ……どうしよう」

そのヴェロニカは表情を暗くしてしまった。苦悩《くのう》しているのかな。

三百年間の記憶《きおく》が走馬灯《そうまとう》のように心の中を駆《か》けめぐっているのかもしれない。その長い時間を想像すると胸が締《し》め付けられる。大人になりたいという想い。スロトさんの思い出などか……脈絡《みやくらく》もなく浮《う》かんでは消えるような儚《はかな》い情景を感じさせた。俺も幼い時に亡《な》くなった父……事故の前の父さんの顔は朧気《おぼろげ》ながら覚えている。

「……ヴェロニカ、良く考えてから決めるといい……焦《あせ》らずじっくりと」

とヴェロニカを見つめながら話していた。そのヴェロニカは泣くように肩《かた》を揺《ゆ》らす。チラッと上目遣《うわめづか》いで俺を見た。その頬に瞳から零《こぼ》れた涙《なみだ》の跡《あと》がある。

「……グフフッ、総長――」

と、急に顔色を変えるヴェロニカ。もう、泣いていなかった。笑っている。

「そんな顔してェ、もしかして、わたしに惚《ほ》れちゃったァ？」

切り替《か》えハヤッ。しかし……ヴェロっ子めが、調子に乗り出したか。わざと視線を鋭くしながら、

「やはり指輪の件は止《や》めておくか？」

「えええええっ、うそうそっ、ダメよ！」

「冗談《じょうだん》だよ。ヴェロニカ先輩《せんぱい》。血のことを教えてくれたお礼はする」

「シュウヤのいじわる、総長のばか！　でも、わざとなごませようとしてくれているのは……分かるから嬉《うれ》しい」

ははは、理解していたか。さすがは三百年も生きているだけはある。転生前も含《ふく》めたら、結構な歳《とし》だが、ヴェロニカに比べたら、まだまだ若造の俺だ。俺の心理は読みやすいか。

「言い当てられると、少し恥ずかしい」

「……ふふ、その照れた笑い、スロトお父さんみたい……」

「スロトお父さんか……」

想像しかできないが、エロい吸血鬼《ヴァンパイア》さんだったのかな？

「……わたし、本当に人族に戻れて人族からシュウヤの光魔ルシヴァルの眷属になれるのね？」

「そうだよ。が、せっかく人族に戻れるんだからヴェロニカが憧れていた大人に成長して

からでも遅《おそ》くないと思うが。数年後、ヴェロニカが成長してから迎《むか》えに来るぞ？」

「ううん、いいの、子供のままで。先ほどはイライラしてしまったけれど、アメリちゃんの言葉がわたしの胸にも浸透《しんとう》したみたい。三百年間、ヴァルマスク家の刺客《しかく》から逃げる日々は大変だったけれど、この少女の体の吸血鬼《ヴァンパイア》だから生き延びられた。そして、シュウヤと出会えた。三百年間、体が成長しない、大人になれない私は、子供の私を受け入れることはできずにいたの。とても辛かった。でも克服《こくふく》できた。そのすべての苦労に意味があったってことだからね。そして、アメリちゃんの言葉から学んだ気がするの。変ね、わたしのほうが歳を取っているのに、人族の少女がお婆ちゃんになりたいだなんて……普通の少女の方が達観しているなんて……あぁ、だからこそ、わたしの感情を深く抉《えぐ》ったのね。ふふ、不思議な子。お礼に、あの子、アメリちゃんの一生を遠くから見届けてあげるんだ。お婆ちゃんになっても孫に囲まれて過ごせるように」

ヴェロニカの片方の目尻《めじり》から一筋の涙がすぅっと流れていく。

アメリを守るつもりなのか。

「ヴェロニカ……」

「ふふ」

ヴェロニカは優《やさ》しく笑《え》みを浮かべてから、視線を斜《なな》め上へ向ける……近くを見ているようで遠くの景色を見つめているような視線だ。幸福の眺《なが》めだろうか。目が出ているように見えるほど涙が溢《あふ》れていた……また睫毛《まつげ》を濡《ぬ》らしていく。ヴェロニカはその涙を封印《ふういん》するように一回、瞼を深く閉じると小顔を左右に振った。涙を糸が切れた飾《かざ》り玉のように周囲へ散らばせる。

そして、キリッとした力強い瞳《ひとみ》を作ると、俺を見据《みす》えてきた。

「……シュウヤ、わたしを人に戻して、眷属にしてください」

見た目は幼いが、その力を感じる表情が……確かな時間の積み重ねと、経験の豊富さを感じさせた。しかし、ヴァルマスク家の血を捨てる選択《せんたく》をするか。

「……後悔《こうかい》しても知らないぞ」

一応、釘《くぎ》を刺《さ》す。

「――いいの！　〈血魔力〉のスキルも失わずにシュウヤの眷属になれるのなら、スロトお父さんだって祝福してくれるはず。それに、ヴァルマスク家から解放されるのよ？　あんなヴァルマスク家なんて四分五裂《しぶんごれつ》なんだから！」

ヴェロニカは興奮しているのか声を荒《あら》らげる。

「シュウヤのルシヴァル家の一員になれば【大墳墓《だいふんぼ》の血法院】に、わたし一人で対処可能となる。宗教国家から流れてきた教会騎士《きし》にも負けない。【月の残骸《ざんがい》】の大好きなメルとべネ姉を守れるし、マギットの力を解放せずとも【月の残骸】の最終絶対防衛ラインになれる」

興奮していたが、やはり、内実は三百年生きたロリババア。冷静に力を得ることで将来像を膨《ふく》らませている。俺は吸血鬼《ヴァンパイア》の一年生に過ぎない。ヴェロニカは吸血鬼《ヴァンパイア》の先輩《せんぱい》であり、人生の大先輩だ。尊敬もしている。これからも学ぶことがあるかもしれない。『故《ふる》きを温《たず》ね新しきを知るは、以《もっ》て師たるべし』と、論語を思い出す。自らの糧《かて》にしなければ、と考えていると、そこに魔素を感じ取った。

「ン、にゃ」

「にゃぁー」

黒猫《ロロ》と白猫《マギット》だ。黄黒猫《アーレイ》と白黒猫《ヒュレミ》はいない。まだ庭かな。

「あ、マギット。わたし人に戻れるみたい。そして、シュウヤの、総長の眷属になれるの！」

「にゃ、にゃぁあん」

白猫《マギット》は喜びの鳴き声を出すと、ヴェロニカの足に近寄った。

「ふふっ」

ヴェロニカは白猫《マギット》を抱《だ》き上げて頬《ほお》をスリスリ。

「マギット、早速《さっそく》、シュウヤに光魔ルシヴァルの一族に加えてもらうから見ていてね」

「にゃお」

床《ゆか》に下ろされた白猫《マギット》は黒猫《ロロ》の隣《となり》に移動していた。二匹《ひき》は両前足を胸の前に揃《そろ》えて待機。

その間にアイテムボックスから宵闇の指輪を取り出す。

「ロロとマギットは、ベッドの上にでも乗って見ててくれ」

「にゃ」

「ンン――」

白猫《マギット》はトコトコと優雅《ゆうが》に歩き跳躍《ちょうやく》。黒猫《ロロ》は駆けてベッドの上に乗っていた。その様子を確認してから振り返り、

「いくぞ」

「うん、それが指輪……」

右手に持った指輪へ魔力を込《こ》めてからヴェロニカが伸ばしていた右手の皮膚へ押し込む。

スロザのダイハード店主の言葉を思い出しながら、

「……レブラとルグナド！」

と、声を発した直後、宵闇の指輪からレブラとルグナドの幻影《げんえい》が現れた。淡《あわ》い光を身に纏《まと》った神々の姿。否、神々の幻影か……その神々の幻影は螺旋しながら一つの球体となり

中央が窪《くぼ》む。と、その窪みは細胞分裂《さいぼうぶんれつ》を起こしたように割れては、くっ付き、回転を起こし、陰と陽のマークを作りながら分裂を繰り返し銀色の粒《つぶ》となった。その銀色の粒はヴェロニカの全身を包み込みながらヴェロニカの体の中へ染み込むように消えた。その直後、ヴェロニカは苦悶《くもん》の表情を浮かべ体から血が溢れ出す。

ヴェロニカの漆黒《しっこく》のノースリーブ衣装が真っ赤に染まったかに見えた。

しかし、それは一瞬。真っ赤な血は立方体を作るように指輪の中へと内包された。

吸収というより瞬間的《しゅんかんてき》な格納に近い。神業《かみわざ》だ。やはり神が関《かか》わるアイテムなだけはある。

感心していると、宵闇の指輪の表面に罅《ひび》が入る。罅は血の筋として、罅と罅の周囲から血が流れ出すと、血が浮かび上がった。宵闇の指輪の中で、血の液体が攪拌《かくはん》し回転しているると理解できた。不思議な宵闇の指輪……残り一回のみか。いつか、この指輪を用いて吸血鬼《ヴァンパイア》を人に戻す機会があるかもしれない。ポルセンとアンジェはどうだろう……が、男に使ってもなぁ、アンジェもポルセンがいいだろうし。

「……終わった？　痛いのは最初だけだった。これで、もう、わたしは吸血鬼《ヴァンパイア》ではないのね」

あっけらかんと喋《しゃべ》るヴェロニカ。姿はノースリーブの膝丈《ひざたけ》ワンピ服で少女のままだ。

「魔力が減退したとか、感じるか？」

「うん。感覚も異常に重い。腕《うで》を振り上げるのも億劫《おっくう》……」

ヴェロニカは細い手を上げながら話す。

「〈血魔力〉のスキルも使えるけど――」

と、ヴェロニカは腕から血を放出し、血の剣《けん》を現していた。しかし、血の剣は小さい。

「この通り変な感じ。前は自然に血の流れが止まっていたのに、今は果てしなく流れ続けていく……これが人の体。人もいいかなと一瞬でも考えたけど……駄目みたい。だから、もう大人になれなくてもいい！　シュウヤ、眷属にして、お願いっ！」

憂《うれ》いの表情で懇願《こんがん》してくる。吸血鬼《ヴァンパイア》生活が長かったせいか実際に人に戻ってしまうと、不安なようだ。

「了解《りょうかい》。〈筆頭従者長《選ばれし眷属》〉の一人の女として迎えよう。その前に扉を閉めておく」

光魔ルシヴァルの身体能力で扉を閉めると、扉が端《はし》に衝突《しょうとつ》して鈍《にぶ》い音が扉と端から響《ひび》いた。聞こえない振りをする。

「……扉、大丈夫？」

「あ、あぁ、大丈夫と思う」

一瞬、ヴェロニカの声にびくっと反応してしまった。後でイザベルに報告しよう。

「では光魔ルシヴァルの〈筆頭従者長《選ばれし眷属》〉に迎えよう！」

「うんっ」

期待しているヴェロニカに向け〈大真祖の宗系譜者《そうけいふしゃ》〉を発動させた瞬間《しゅんかん》――。

ドクンッと心臓が高鳴るや寝室《しんしつ》の空間が漆黒世界へ移行する。灰色っぽい光も時折感じられた。時空属性が関係していると分かる。そして、俺の体から光魔ルシヴァルの輝く血が人量に迸《ほとばし》った。俺の輝く血は漆黒世界を黄金と銀を帯びた血に染め上げながら海のように拡《ひろ》がってヴェロニカの体をも呑《の》み込んだ。血に呑まれたヴェロニカは手足を慌《あわ》てて動かし必死に血の中を泳ごうとした。そのヴェロニカへ『大丈夫だ』と笑顔《えがお》を送ってあげた。

ヴェロニカは微笑むと頷いた。小さい足を前後に僅《わず》かに動かすだけとなった。

この、俺とヴェロニカを包む光魔ルシヴァルの血海は不思議だ。

一種の〈大真祖の宗系譜者〉の能力で血の結界だろう。すると、その血の中を泳ぐヴェロニカの周囲に空気の泡《あわ》と似た銀色の魔力が出現。その銀色の魔力は子宮を模《かたど》りヴェロニカのことを囲った。銀色の子宮に囲まれたヴェロニカは興味深そうな表情を浮かべて銀色の魔力の粒に手を伸ばした。指が触《ふ》れても銀色の魔力の粒は消えず。ヴェロニカは手を泳がして銀色の粒の層を触っていくが子宮の形は崩《くず》れない。空気の泡にも見える銀色の粒は不思議だ。すると、ヴェロニカを囲う子宮がルシヴァルの紋章樹《もんしょうじゅ》の大きな幹へ変化。血のシェアが始まった。その半透明《はんとうめい》ながらも銀を帯びた幹の樹皮《じゅひ》に大きな円が幾《いく》つも刻まれた。

大きな円の数は十個。続いて、ルシヴァルの紋章樹の枝に小さい円が二十五個刻まれた。それらの大きい円と小さい円が魔線で繋《つな》がる。最初の大きな円の中にはヴィーネの名が古代文字で刻まれている。次の大きな円にはレベッカの名が刻まれている。その次の大きな円の中にはエヴァの名。更に次の大きな円にはユイ。五個目の大きな円の中にはミスティの名が刻まれていた。小さい円の中にはカルードの名もある。

この大きな円は〈筆頭従者長《選ばれし眷属》〉の証明。

小さい円に刻まれている名が〈従者長〉の証明。

要するに光魔ルシヴァルの一族の証明か。〈筆頭従者長《選ばれし眷属》〉と〈従者長〉は家族で、巨大《きょだい》な家系図をルシヴァルの紋章樹に現しているのだと理解した。樹状図か……。

血が滴《したた》るルシヴァルの紋章樹がヴェロニカの体と重なった。

ルシヴァルの紋章樹は半透明のままヴェロニカの体と同一化する。

そのヴェロニカの体から大量の血が放出。俺の血の海に潮流が生まれるようにヴェロニカの血と俺の血が混ざり始めた。その大量出血しているヴェロニカの胸から目映《まばゆ》い光の粒《りゅう》子《し》が迸った——ヴェロニカの胸から出た光の粒子と血は宙空で混ざり渦《うず》となり、光と闇を意味する陽と陰を作ると、回転を始める。その回転していく陰陽《いんよう》太極図のような血と光は、ひまわりの種や松ぼっくりを血の世界の中に描《えが》くと螺旋状《らせんじょう》に変化しつつヴェロニカの体の中へと突入《とつにゅう》した。ヴェロニカの眉間《みけん》に輝く王冠《おうかん》のような幻影が装着される。

その王冠の幻影は消えると周囲の血も吸《す》い込み始めた。

ヴェロニカは切なそうな表情から苦しそうな表情へと変化していく。

美しい少女のこの顔はあまり見たくない……目を逸《そ》らしたくなる。

が、しかと見届けなければならない。〈大真祖の宗系譜者〉の制約の一つ。

そうして、俺の血をすべて吸い取ったヴェロニカと重なっていたルシヴァルの紋章樹に印《しる》されていた大きな円の一つにヴェロニカの名前が新しく刻まれた。

その半透明のルシヴァルの紋章樹がヴェロニカの中に消えると世界は元通り。いつもの寝室となった。これで新しい〈筆頭従者長《選ばれし眷属》〉の誕生だ。

そのヴェロニカは気を失ったように倒《たお》れてしまう。ヴェロニカの傍《そば》に駆け寄った。

「――ヴェロニカ、大丈夫か？」

「大丈夫」

起きていたか。

「にゃ、にゃ、にゃああ」

一部始終を見守っていた白猫《マギット》はヴェロニカの前に移動していた。

俺を警戒《けいかい》するように胸の緑色の魔宝石から多頭を持つ白狐《びゃっこ》の幻影を見せている。

「ばかっ、心配性《しんぱいしょう》なマギット！　相手は宗主様なのよ！」

「にゃ？」

白猫《マギット》はヴェロニカを振り向いてから警戒を解き、謝《あやま》るように俺の膝《ひざ》へ小さい頭を衝突させる。脛《すね》から脹《ふく》ら脛《はぎ》にも胴体《どうたい》を当ててきた。

「ンン、にゃおん」

黒猫《ロロ》も『気を付けるにゃお～』とでも鳴くように、甘《あま》えている白猫《マギット》の頭へ猫パンチを当てている。ぶたれた白猫《マギット》はイラッときたのか、左前足のフックを黒猫《ロロ》の頬へ当てていた。

そこから、黒猫《ロロ》はガゼルパンチを繰《く》り出すがごとく、猫脚《ねこあし》アッパーはないが、そんな勢いで、喧嘩《けんか》を始めてしまった。二匹は二本脚《あし》で立ちつつ両前足を前後に振るい連続でジャブを放つ。フリッカージャブは打たないが、二匹のカンガルーボクサー風の機敏《きびん》な打ち合いだ。思わず実況《じっきょう》したくなる。

「ふふふっ、わたしは〈筆頭従者長《選ばれし眷属》〉！」

ヴェロニカは勢いをつけて回転しながら舞《ま》うように立ち上がる。

「〈血魔力《ちまりょく》〉は前と変わらず！　既《すで》に〈第三関門〉こと〈血道第三・開門〉も獲得《かくとく》済みだから新しいスキルの女帝《じょてい》と同じ〈眷属作成〉が可能になった！　うふふ、凄い……シュウヤと繋がりも感じられるぅ嬉しい♪」

ヴェロニカはタップダンスを踊《おど》るとスキップスキップランランラン♪　と跳《は》ねて抱きついてきた。俺は片膝を床につけていたからヴェロニカの姿勢と合う。しかし、〈眷属作成〉か。

ヴェロニカの小さい両肩《りょうかた》を手で持ち、

「〈眷属作成〉とは、〈筆頭従者長《選ばれし眷属》〉の女帝として、俺の系譜《けいふ》を受け継《つ》ぐ新しい吸血鬼《ヴァンパイア》を、光魔ルシヴァルの一族を独自にヴェロニカが作れるということか」

その体を少し離《はな》してから聞いた。

「大本はそう。でも、わたしの血と魔力を犠牲《ぎせい》にしての家族作成、あ、違《ちが》う、〈眷属作成〉で作れるのは三人。名は〈筆頭従者〉。総長の〈筆頭従者長《選ばれし眷属》〉や〈従者長〉とは異なる。だから、わたしの名前は、ヴェロニカ・ラヴァレ・ルシヴァル・シュウヤね。シュウヤはルシヴァル神♪」

神とか止めてくれと思うが、名前にあるラヴァレの意味はなんだろう。

「ラヴァレとは何なんだ？」

「あれ、前に話していなかった？　ラヴァレとは吸血鬼《ヴァンパイア》系という単純な意味。スロトお父さんもそんなニュアンスで話をしていた覚えがある」

「へぇ、覚えておく」

曖昧《あいまい》だが、ま、名前に力があるわけではないからな。

「うん。早速、〈眷属作成〉のことだけど……気に入った人物を眷属にしていい？」

ヴェロニカは気軽に語るが、結構重要だ。宗主として、新しい眷属を作る心構えとして
……ヴェロニカを睨《にら》むように、

「好きにしろ。ヴェロニカが欲《ほ》しい人材を自分の家族に迎え入れればいい、俺にも挨拶《あいさつ》は不要だ。お前の新しい家族の〈従者〉、あ、違うか。名は〈筆頭従者〉。その三人の新しい家族はお前がしっかりと選ぶんだ」

と、語る。

「もう、そんな目付きで言うと、じゅんっときちゃうでしょっ！」

「知らん、真面目《まじめ》に言っただけだ。俺は……初めて眷属を迎えようとした時……散々、頭部に円形の禿《は》げができるぐらいに、本当に悩《なや》んだんだからな……」

「ふふ、シュウヤらしい、どうせ、種族の誇《ほこ》りがどうとか、性格が変わったらどうしようとか真面目に考えていたんでしょう？」

ぐ、糞《くそ》っ、当たっている。

「さ、さぁなー」

「ふふっ、ルシヴァル神、カワイイー♪」

また抱きついてくるヴェロニカ。

「こら、神とか言うな、俺は槍使《やりつか》いだ」

またヴェロニカの肩に手を掛《か》けて体を離す。

「もうっ、なら、神槍《しんそう》使いでいいじゃない、とにかく、わたしにとっては宗主様で大好きな人なのっ！」

怒《おこ》っているようで怒っていない表情のヴェロニカ。

「……そっか、ま、これからも宜《よろ》しく頼むよ、ヴェロニカ先輩」

「うん、ということでぇっ、いただきまーす♪」

ヴェロニカは俺《おれ》の首筋に噛《か》みつく。血を吸い始めやがった。

まったく……調子がいいやつだ。俺も吸ったるか。

「──調子に乗るな〈筆頭従者長《選ばれし眷属》〉──」

小柄《こがら》なヴェロニカの背中を抱き締めて、細い首筋に唇《くちびる》を添《そ》えるように噛みついた。血を吸ってやった。

「──あっあぁぁあんっ」

ヴェロニカは俺の血を吸っていたが、あまりの快感に途中《とちゅう》で血吸いを止めて、体をぴくんぴくんと揺らしていた。

「……調子に乗ってないもんっ」

ぎゅっとルシヴァルの力と分かる身体能力で俺をきつく抱き締めてくる。凄《すさ》まじい力……暗緑色のコートが歪《ゆが》む。ハルホンクが目覚めるかもしれない。

だが『ングゥゥィィ』と声は出ず、ハルホンクは目覚めなかった。残念。しかし、凄まじい力なので、血の受け継ぎは成功したと分かる。そのタイミングで、強引《ごういん》にヴェロニカの体を引き離す。

「血文字も使えることは理解しているな？」

ヴェロニカは頷きつつ血文字で『勿論。この血文字は便利♪　だけど〜わたしは直接伝える方がいいかも』と伝えてきた。

「了解、それじゃ外へ行こうか」

「うん。ふふ〜。メル、驚《おどろ》くだろうなぁ。他《ほか》の〈筆頭従者長《選ばれし眷属》〉にも個別に挨拶しとくから」

「おう、俺が見ている前で派手な喧嘩はするなよ」

「はーい」

〈筆頭従者長《選ばれし眷属》〉のヴェロニカを皆《みな》が受け入れてくれると嬉しいが、ま、喧嘩しても互《たが》いに死なないし、ほどほどに抑《おさ》えてくれるだろう。と部屋の扉を壊《こわ》さないように慎重《しんちょう》に開けた。

「――ロロもリビング経由で庭に戻ろう」

「――にゃ」

「マギットもいらっしゃい～」

「にゃん」

廊下からリビングを駆け足で抜《ぬ》け、庭に出た。宴《うたげ》はまだ続いている。ヴェロニカは、

「総長～眷属化ありがとね！」

ヴェロニカの笑顔を見ると幸せな気分になる。そのヴェロニカはスキップしながらメルたちの傍に寄った。メルとベネットはヴェロニカの様子を見て、何かを察したような表情を浮かべていた。二人は笑顔となる。温かさを感じた。メルとベネットとヴェロニカは家族と同じ……白猫のマギットはヴェロニカの足に頭部をぶつけて匂いを嗅《か》いでいたが、時折ヴェロニカの足に猫パンチを繰り出しては、ヴェロニカの表情を窺《うかが》うように見上げていた。ヴェロニカが光魔ルシヴァルの〈筆頭従者長《選ばれし眷属》〉となったと理解したのだろうか。そんな思いのまま視線を横に向ける。と、アメリとルビアが見えた。ルビアはボンとザガの紹《しょう》介《かい》をしている。ボンがアメリに抱きついてハグをしていた。ルビアがそのボンを叱《しか》り、ボンがエンチャント語を連発しながら逃《に》げ出して惨殺《ざんさつ》姉妹のところへ駆けていく。そのボンと一緒《いっしょ》に走る黄黒猫のアーレイもいた。

白黒猫のヒュレミは俺から離れていた黒猫のロロと合流。和《なご》やかでいい雰囲気《ふんいき》。

が、油断はしない。焚《た》き火《び》の周りで酒を飲んで談笑《だんしょう》している皆の様子を窺うように右目

の横の十字のアタッチメントを指の腹でタッチ。カレウドスコープを起動。フレームの視界が加わり視力が上昇《じょうしょう》。アイテムボックスと連動した簡易レーダーも起動。この場にいる全員をカレウドスコープで見ていく……シャナがいるから大丈夫とは思うが……大丈夫、良かった。邪神《じゃしん》ヒュリオクスの蟲《むし》に寄生されている方はいない。ま、邪神の使徒になりうる人材がそうポンポンと生まれる状況《じょうきょう》もオカシイからな……。

しかし、その邪神ヒュリオクスの眷属の蟲には色々とタイプがある。蟲に寄生されながらも個人の意思を保ちつつ邪神ヒュリオクスから逃《のが》れて都市の外へ出たという謎《なぞ》の人物もいるようだからな……すると、ドワーフの女性と目が合った。何処《どこ》かで見たような？　あ、思い出した。通りで喧嘩をしていた女性ドワーフ。ん？　目にカレウドスコープを装備している？　ナ・パーム統合軍惑星《わくせい》同盟の技術体系のスコープを持つドワーフとか、珍《めずら》しい。実は宇宙人なのか。カレウドスコープを装備したドワーフの女性は屋敷《やしき》の大門から外に出てしまう。庭にカレウドスコープを装備した怪《あや》しい人物がいないか見ていくと、カレウドスコープは装備していないが、見慣れない人物を発見。ボーイッシュで眉が細くて紺碧《こんぺき》のブルーアイズ。黒マスクで口が隠《かく》れている。骨と革《かわ》の肌《はだ》と密着したコスチューム系の鎧《よろい》。骨《こつ》の柄《え》の短剣《たんけん》が腹周りに六本付いている。暗殺者か盗賊《とうぞく》か、軽戦士のスタイル。あの装備……前にも見たかもしれない。

視線が合うと近寄ってくる。歩き方からして手練、体を巡《めぐ》る〈魔闘術〉の攻防力《こうぼうりょく》の配分が絶妙《ぜつみょう》……攻撃《こうげき》を仕掛《しか》けてくるとしたら右手か左手か足か、読めない。あの胴回《どうまわ》りに並ぶ短剣《たんけん》が主力だとは思うが……カレウドスコープで強者の女性を凝視――。

炭素系ナパーム生命体＃XV0EVES＃＃9T8
脳波：安定
身体：正常
性別：女
総筋力値：25
エレニウム総合値：１０５６
武器：あり

エレニウム値が高い。人外に近い能力なのかもしれないが、筋力もエレニウム値も絶対値ではない。戦いではスキルを含めての技、経験、運が作用する。頬の十字の金属を指で

触り、カレウドスコープを閉じて元の視界に戻す。と女性が、側頭筋や眼輪筋の表面に展開されているカレウドスコープの金属素子が、卍《まんじ》から十字に変化したことを不思議に思ったのか、俺の右目を凝視しながら近付いてきた。

「こんばんは、他の客の態度からして貴方《あなた》が、ここの家主、魔槍《まそう》の覇塵《はじん》といわれるシュウヤさんですね」

聞いたことがない渾名《あだな》だが、彼女《かのじょ》の声音《こわね》は喉《のど》を潰《つぶ》したようなガラガラ声だ。

「その渾名は認知外《にんちがい》ですが、そうです。俺が、ここの家主のシュウヤです。で、貴女《あなた》は？」

「これは失礼を。わたしの名はキルビスア。武術連盟の【蚕《かい》】に所属している者です」

蚕か。その名なら知っている。武術連盟会長の屋敷にいた。

「蚕。会長の屋敷でキルビスアさんの姿を見たことがあります」

「そうでしたか。ネモ会長と……ですが、闘技《とうぎ》大会でシュウヤさんの名前を見たことがない」

「当然です。登録しましたが一度も出場したことないですから」

「出場するつもりがないのに登録ですか？　謎ですね、まさか」

と言葉を止めるキルビスア。黒マスクを煌《きら》めかせる。黒色のインナーも光を帯びている。

魔力を循環《じゅんかん》させているようだ。

「それはご尤《もっと》も。俺は気まぐれな性質でして……槍使いとしてならば、挑戦《ちょうせん》してもいいんですが」

「ふっ、可笑《おか》しな方だ。武に興味はありつつも名声には興味がない。任侠心《にんきょうしん》がお有りのようだ。それならば安心しました。裏武術会からの接触《せっしょく》もないと予想できます」

前にも聞いたことがあるが、なんなのだその裏武術会とは。

「裏武術会とは何なのですか？」

「武術連盟に反抗的《はんこうてき》な組織が裏武術会。わたしたちに対抗《たいこう》できるほどの手練《てだ》れが集まる集団です。神王位の下位戦に交ざり一方的に殺戮《さつりく》を行える人材の集まりでもある。他に賭《か》けの胴元《どうもと》と用心棒なども行う。闇ギルドとは、また違う組織で、都市ごとにメンバーはいるようですが……しかし、【月の残骸】の盟主で総長が、知らないのですか？」

「知らんな」

そこに、メルが凄《すご》い顔付きで近寄ってきた。

話を聞いていたようだ。怒った表情のメルが、

「裏武術会とは、揉《も》めたことがありますが、うちの総長に何か意見があるのですか？　蚕のキルビスアさん」

「いえ、そんなつもりでは……」

「メル。彼女の相手は任せた」

「はい」

メルは即座《そくざ》に目配せをする。すると、【月の残骸】メンバーたちへ小波のように意思が伝わった。阿吽《あうん》の呼吸か。熟練の冒険者《ぼうけんしゃ》パーティのように、ベネットが相手の退路を断《た》つように近付く。その様子は見ないで、焚き火の近くに移動。燃え滾《たぎ》る火へ視線を移す。火を眺めながらリラックス。焚き火とか、暖炉《だんろ》とか、燃えている映像は人を寄せ付ける魔力があるのかもしれない。まったりと……すると、

「シュウヤ！　今日は呼んでくれてありがとう」

桃色髪《ももいろかみ》の槍美人、リコだ。先ほどからうろうろしていたし、彼女は話し掛けるタイミングを計っていたらしい。

「……槍の調子はどうだ？」

「順調よ。〈刺突《しとつ》〉に始まり〈刺突〉に終わる。という偉大《いだい》な言葉を思い返して毎日修練に励《はげ》んでいる。シュウヤに負け越《こ》しているからね。次はちゃんとした技で勝つから！」

青白い穂先《ほさき》の短槍を回転させて華麗《かれい》なポーズを決めるリコ。揃えた前髪がチャーミングだ。悶《もだ》える顔も見たいかもしれない。衣装はノースリーブで胸が少し強調されている。

「おうよ、美人なリコなら何度でも戦うさ。次は近近距離《きんきんきょり》戦《せん》をアピールしてやろう……」

そして、抱きついてやるのだ。リコはジッと頬を朱《しゅ》に染める。

「……ねぇ、今、背筋が寒くなったのだけど、変なこと考えていたでしょっ！」

鋭《するど》いな、ブルースカイの瞳といいレベッカのような反応だ。と、本当にそのレベッカがベティさんから離れて此方《こちら》に来た。

「シュウヤ、何、鼻の下を伸《の》ばしているのかしら？　あ、リコさん、こんばんはです」

「はい、こんばんは」

「美人には美人の態度とい――」

俺に喋らせないように目の前に割《わ》り込むレベッカ。

「はーいそこまで。リコさん、シュウヤは綺麗《きれい》な人に目がないので気をつけてくださいね」

「ふふ、気をつけます。ということで、シュウヤ。レベッカさんが怒る前に、この間話をしていた神王位を紹介しておく。フィズ～、こちらよ」

フィズと呼ばれた方は、肉を食べながら片手に皿を持って歩いてきた。

大柄《おおがら》で筋骨隆々《りゅうりゅう》。青竜刀《せいりゅうとう》を背負っている。三國志《さんごくし》なら関羽《かんう》が持つような青龍偃月刀《せいりゅうえんげつとう》。刃《は》の色が違うが魔槍グドルルと少し似ている。

「……リコ、今、ルンガ肉より美味《うま》い未知の肉を食べている最中なんだが」

「いいから、渡《わた》りをつける約束でしょう。こちらに来なさい。この方がシュウヤよ。わたしよりも強い、凄腕《すごうで》の魔槍使い。風槍流を基礎《きそ》としている武人」

「な、なんと、そうであったか！」

大柄の戦士と呼べるフィズさんは肩幅《かたはば》が広い。そのフィズさんは、

「シュウヤ殿《どの》、私は八槍神王第四位であるフィズ・ジェラルド。今度、槍の手合わせをお願いできないだろうか」

大騎士のガルキエフと筋肉量は同じぐらいか？　槍の実力なら神王位のフィズさんの方が上だと推察できる。八槍神王第四位の実力を間近で見たい気もする。槍の穂先の形も輪が重なった特殊《とくしゅ》なモノだった。どんな機構なんだろう。

「……いつかお願いするかもです」

「はい、ご都合がいい時で構わないです。戦えずとも知り合えただけで、結構」

フィズさんは、律儀《りちぎ》に頭を下げてきた。

「フィズ、渡りはつけた。約束は守ったからね」

「分かっている。貸し借りはなしだ」

「うん。それじゃ、少し気になる子たちもいるし、挨拶してくる。後、美味《おい》しそうな肉もあるし、わたしも食べるわよ～」

リコのブルースカイの瞳に、ルルとララがボンに挨拶しているところが映っている。

青白い刃先《はさき》を持つ愛用の短槍を少し弄《いじ》りながらリコは離れた。ボンは気にせずロバートの両手剣を叩《たた》いて調べる。ルルとララがボンの髪《かみ》の毛を触《さわ》り悪戯《いたずら》をするとボンがやり返そうと追い掛けていた。あの三人にリコが何を話すのか気になるが……フィズさんに向け、

「では、フィズさん、肉と野菜は沢山《たくさん》ありますから、食べて楽しんでください」

「ありがたい、では早速――」

フィズさんはお辞儀《じぎ》をすると邪界《じゃかい》ステーキを焼いている場所へ移動。さて、エヴァたちが見えたからディーさんと料理の話をフってみるか？　納豆《なっとう》系が最近欲しいから……似たような料理がないか聞いてみよう。とエヴァの近くに行こうとしたが八剣《はちけん》神王位の友、レーヴェが近付いてきた。

第二百四十一章「レーヴェとエヴァの家族」

猫獣人《アンムル》の四剣のレーヴェが酒入りのゴブレットを掲《かか》げ、

「シュウヤ、このような場に呼んでくれてありがとう」

「当然だろう。野試合を楽しんだ仲だからな？」

「野試合といえば槍の神王位のフィズ殿と野試合を？」

今のやりとりを見ていたか。

「フィズさんと戦うかは、まだ分からない。が、俺は槍の基礎技術を伸ばしたい。槍と剣に格闘《かくとう》の武術を強者から学んで成長したいという思いは強いんだ。だから、フィズさんと戦うかもしれない。しかし、俺は気まぐれ屋で冒険者の一面もある。散歩と旅と女も好き。だから戦わず旅を優先するかもだ」

レーヴェは笑顔を見せた。そして、

「武人であり冒険者。依頼《いらい》があれば懐《ふところ》が暖かいが、依頼がないとトコトン貧乏《びんぼう》となる。が、何者にも拘束《こうそく》されない自由がある。どこで寝《ね》ようと、起きようと、散策しようと、勝手気《き》儘《まま》に他郷をさすらい女を抱く。それも良い。男の冒険者道を感じます」

しみじみと語る猫獣人《アンムル》のレーヴェは哀愁《あいしゅう》を感じた。彼《かれ》も男だからな。色々とあるだろう。

俺が「あぁ、その通りだ」と言うと、武人然としたレーヴェは三つの目を鋭くし、

「では、旅に出る前に真の神王位と男を感じさせる魔槍使いと、また手合わせをお願いしたい」

レーヴェの灰色の眉毛《まゆげ》が夜風に靡《なび》く。自然と頷《うなず》いた。

友のレーヴェは八剣神王第三位。己《おのれ》の武術の成長を確かめる相手にはもったいないほどの強者。その相手に尊敬の眼差《まなざ》しを送りながら、

「了解した。祭りの邪魔《じゃま》にならないようにな」

「分かっている」

レーヴェは笑顔を見せると得物を抜き構えた。四剣の峰《みね》を異なる方向に向ける。左右の上腕《じょうわん》が持つ刃が少し反《そ》った青い魔剣《まけん》はシャムシールと似ている。

太い左下腕が持つ短剣の刃は幅《はば》が広い。出刃《でば》包丁的か。

右下腕が握《にぎ》るのはノコギリ状の刃が特徴的《とくちょうてき》な長剣。

そのレーヴェと俺は宴の喧騒《けんそう》から離れるように芝生《しばふ》と土の地面に移動。レーヴェは、

「再戦を待ちわびていた！　シュウヤ・カガリ、準備は良いか！」

渋《しぶ》い声で宣言すると、俺とレーヴェの戦いを見ようと皆が集まってきた。レーヴェは俺の左側をゆっくりとした歩法で歩く。威風堂々《いふうどうどう》さは前よりも増している。そのレーヴェを見ながら魔槍杖《まそうづえ》バルドークを右手に召喚《しょうかん》。その魔槍杖バルドークを斜《なな》め下に向けた。穂先が芝生に触れるのを感じながら左手を前に出した。掌《てのひら》を相手に見せる……レーヴェは、

「オレンジ色の刃の魔槍は今回は使わないのですかな」

「あぁ、今は使わないつもりだ」

「ふむ……」

新しい腕《うで》の三槍も今は使わない。最初は基本に忠実。俺の土台でもあるアキレス師匠《ししょう》ゆずりの風槍流でレーヴェに挑《いど》む。

「……レーヴェ、来いよ」

左の掌を返し、数本の指先で誘《さそ》うようにちょんちょん《来いよ》と指を手前に動かす。レーヴェは笑顔を見せた。

「参る――」

戦いを楽しむように低空を跳《と》ぶような機動で間合いを詰《つ》めてきた。

左右の上腕の手が握る魔剣の〈刺突〉のような剣突《けんつく》を繰り出してきた。

レーヴェの両腕が伸びたようにも見える両腕が揃った魔剣の切っ先を見ながら――。

丹田《たんでん》の〈魔闘術〉を強めつつ、上半身を引く――スウェーの動きでレーヴェの剣突を避《よ》けてから二歩後退――速《すみ》やかに横へ移動して、剣の突《つ》き技を避けた。

俺を追ってくるレーヴェの歩幅《ほはば》と呼吸のリズムを把握《はあく》しながら前に出た。

左足の踏《ふ》み込みから腰《こし》を捻《ひね》り、右腕ごと魔槍杖バルドークを前に出す〈刺突〉を放つ。

レーヴェの太い左下腕が微《かす》かに動いた。その手が持つ緑色の短剣で脇腹《わきばら》を守るように〈刺突〉を受けた。レーヴェは、その緑色の短剣の角度を変えながら左下腕を横に払《はら》う。

その短剣の刃の上を滑《すべ》る紅矛《べにほこ》が左へと誘導《ゆうどう》された――。

さすがのレーヴェ。が、〈刺突〉は序の口。流れた魔槍杖バルドークを引く。

引き際の動作を極限まで縮めるイメージで柄《つか》を押《お》し、後端の竜魔石《りゅうませき》をレーヴェの胸元《むなもと》に衝突させようと狙《ねら》う。が、青白い魔剣に石突《いしづき》の竜魔石は弾《はじ》かれた――。

構わず、引いた魔槍杖バルドークで〈刺突〉を繰り出す――。

再び、青白い魔剣で〈刺突〉は弾かれてしまうが、想定内。

もう一度、魔槍杖バルドークを突き出す。紅矛でレーヴェの胸を狙うように突く。

防がれるが、再びレーヴェの胸を狙うように突いて突きまくる。

時折〈魔闘術〉の配分を変える。〈刺突〉と普《ふ》通《つう》の突きも交ぜた――。

「――く、速く重い〈刺突〉と早い牽制《けんせい》の〈刺突〉……なんという緩急《かんきゅう》……一の槍の〝〈刺突〉に始まり〈刺突〉に終わる〞の意味はこれにあるのか……」

レーヴェは急激にギアを上げた俺に驚いたようだ。三つの目は見開いている。

四つの武器を胸の前に掲げるように四腕を活《い》かす防御剣術《ぼうぎょけんじゅつ》を続けた――。

畳《たた》み掛けようか！　〈魔闘術〉を腕と腰に込《こ》めて攻防力を微妙《びみょう》に変化させた魔槍杖バルドークで〈闇穿《あんせん》〉を繰り出した。が、二つの青白い魔剣に〈闇穿〉は防がれた。

その魔槍杖バルドークを掌で回転させるフェイクから消して再召喚。

レーヴェの三つの目が回る。フェイクに掛かったところで迅速《じんそく》に〈刺突〉を繰り出すが、これも左下腕の手が握る幅広《はばひろ》な短剣に防がれた。直ぐに石突の竜魔石を振《ふ》るうが、その竜魔石の一撃《いちげき》も青白い魔剣に防がれた。回転しながらの下段斬《ぎ》りの〈豪閃《ごうせん》〉も防ぐレーヴェ。

竜魔石の〈刺突〉を交ぜるが、レーヴェは青白い魔剣と幅広の短剣を重ねるように竜魔石の〈刺突〉も防ぐ。防御剣術も巧《たく》みだ。少し退いたレーヴェに向け、〈刺突〉のフェイクから、右から左へ振るう〈豪閃〉を繰り出す。が、これも防がれた。

下段蹴《げ》りのモーションを見せると素直《すなお》に足を引くレーヴェと数合打ち合う。

再び〈刺突〉と〈豪閃〉の突きと薙《な》ぎ払いのコンビネーションを狙うが防がれた。

矛と刃と紅斧刃《べにおのば》と柄が衝突を繰り返し、キィン、キィィンッと硬質《こうしつ》な金属音が何回も鳴り響く。

紅矛と紅斧刃がレーヴェの持つ武器と衝突する度、衝突した箇所《かしょ》から蛍《ほたる》のような花火が散った。レーヴェも四つの武器で反撃を強めてきた。

互いに突き、払い、蹴り、斬り、を繰り返した。三十合、四十合と打ち合う――。

と、レーヴェだけが頬《ほお》と耳に傷ができた。切れた毛が中空に舞った。

「――くっ、基本スキルの〈刺突〉が、ここまで洗練されるとは――」

〈魔闘術〉の強弱を交ぜた〈刺突〉こそ奥義《おうぎ》かもしれない。

先ほどのレーヴェの言葉にもあったように、アキレス師匠の言葉が想起される。

レーヴェのブラックコートは破れて体の傷口が見えたが、レーヴェが持つ魔剣の力により傷は瞬時《しゅんじ》に回復していた。俺のハルホンクの防護服に傷はない。

――暗緑色の布に刃が当たっても滑るように弾かれるのみ。

しかし、レーヴェは隙《すき》があった前回とは違う。レーヴェは避けながら反撃を行う緩急の間に傷の回復を終えていた。レーヴェもまた成長している。

その武人レーヴェは右下腕を振るった。ノコギリ刃の長剣の薙ぎから、

「〈黄泉返《よみがえ》し〉――」

とスキルを発動、上腕の青白い魔剣を交互《こうご》に振るってきた――。

その三腕が交差する斬り払いの〈黄泉返し〉を魔槍杖バルドークの柄で弾き、叩き、弾

く──防ぐ。続けてレーヴェは、「〈魔馬殺し〉──」とスキルを発動──。

右下腕《みぎかわん》の手が持つ長剣のノコギリ刃を活かすスキルか──。

螺旋《らせん》したノコギリ刃からえげつないほどの魔力が迸っていた。

〈魔闘術の心得〉──体幹を強く意識しながら、両手で握る魔槍杖バルドークの柄を上げて〈魔馬殺し〉を受ける。これが威力《いりょく》の高い剣突技の〈魔馬殺し〉──衝撃《しょうげき》で背後に移動してしまった。

「見事な槍防御《やりぼうぎょ》！」

レーヴェは俺を褒《ほ》めるが──痛いッ、ノコギリ刃には魔力の刃も内包されていたのか、頬と耳に切り傷を負う。レーヴェは後退した俺を狙う。レーヴェの左右の魔剣を螻蛄首《けらくび》と柄の後部で受けて、魔槍杖バルドークの柄を回転させる。レーヴェは、

「〈指節斬り〉──」

スキルを繰り出してきた。俺は魔槍杖バルドークでノコギリ刃の引っ掛けを狙ったが、レーヴェは〈指節斬り〉で俺の指を狙ってきた。ノコギリ刃の角度を変える。更《さら》に、俺の下腹部を青白い魔剣で狙ってくる。魔槍杖バルドークの握りを変更《へんこう》しつつ、柄を回転させて斜め下へと魔槍杖バルドークを動かし──ノコギリ刃と青白い魔剣を連続的に叩くように弾く。柄が振動《しんどう》、指と腹を狙う攻撃は鬱陶《うっとう》しいが──何とか防ぐ。レーヴェの激しい攻

撃を往《い》なした直後、魔槍杖バルドークで力の反撃を意識した。

腰に魔力を強めた回転運動の威力を乗せた〈豪閃〉を発動。紅斧刃でレーヴェの胴《どう》を抜くイメージだったが、その〈豪閃〉の薙ぎ払いをレーヴェは姿勢を低くして避けた。その低い体勢を逆に利用し、俺の足を掻《か》っ攫《さら》うような水面蹴《げ》りを繰り出してくる。前と同じだ。蹴《け》りは喰《く》らうかよ――と地面を蹴って跳躍《ちょうやく》して蹴りを避けると同時に、振り上げると見せかけた魔槍杖バルドークを下から振るう。竜魔石でレーヴェの顎《あご》を狙った――。

が、レーヴェは仰《の》け反《ぞ》って竜魔石を避けてきた。風を孕《はら》んでいたのか、レーヴェ猫《ねこ》の毛が逆立つ――その瞬間《しゅんかん》、周りの見学者から拍手《はくしゅ》が沸《わ》きあがる。

「ご主人様！　フェイントと素晴《すば》らしい連撃です！」

「閣下、水の援護《えんご》を！」

「きゃ、冷たい。精霊《せいれい》様、今は抑えましょう」

「マスター、また動きが速くなってない？」

「ん、なってる！　カッコイイ！」

「何か戦いというより芸術作品を見ている気分なんだけど」

「ユイ、喩《たと》え上手だな。しかし、マイロードの質の攻撃を平然と受けきっている猫獣人《アンムル》のほうも尋常《じんじょう》ではない」

「エンチャ？　エンチャーーン！」

「にゃおん、にゃぁ」

「ン、にゃん」

「ニャ？」

「ニャオォン！」

周りのことは気にせず紅斧刃の薙ぎ払いから、下段蹴りをレーヴェに繰り出していく。

「──ちっ、素早《すばや》い」

レーヴェは右へ側転を行う。下段蹴りの範囲《はんい》から離脱《りだつ》すると素早く反転。

袈裟懸《けさが》けを仕掛けてきた。俺の鎖骨《さこつ》と肋骨《ろっこつ》を狙い斬《き》るように青白い刃を見せる袈裟斬りを魔槍杖バルドークの螻蛄首で受ける。螻蛄首から火花が散った。両手の握りを緩《ゆる》めつつ左の掌底で柄を押すように魔槍杖バルドークを縦に動かした。

下から竜魔石がレーヴェの顎先に向かう。

レーヴェは反った青白い魔剣を斜めに傾《かたむ》け竜魔石を斬るように剣刃《けんじん》を衝突《しょうとつ》させ、斜め下へ竜魔石を弾いてきた。レーヴェは横回転を行うがまま、左右の上腕が握る青白い魔剣を振るってきた。俺も、そのレーヴェの体に合わせるように、足の爪先《つまさき》を軸《じく》とした回転避《ルーレット》けを行う。反った魔剣による薙ぎ払いを避けた。師匠仕込《ししょうじこ》みの回転避けのあと動きを止める。

歩きながら……同じく動きを止めたレーヴェを見た……。

呼吸に乱れはないが、レーヴェは前と違い表情に余裕《よゆう》さは感じられない。

しかし、それはフェイクの可能性もある。その途端《とたん》、

「〈疾刃魔蹴刀《シヴァ・マシユウトウ》〉――」

と――四つの腕が握る剣突？　否、薙ぎ払いと蹴り技のコンビネーションスキルを繰り出してきた。すべてのコンビネーションを、爪先半回転の技術を用いて避けきった。

風槍流のアキレス師匠に感謝。視線によるフェイクも行うレーヴェは、やはり神王位だ。

「ふっ、初見で〈疾刃魔蹴刀〉を往なすとは、さすがですね！　ですが〈回狐《かいこ》六式・円襲《えんしゆう》斬《ざん》〉――」

左右の反った青白い魔剣を振るい回す剣術《けんじゆつ》スキルか。

俄《にわか》に魔槍杖バルドークの柄を左右に動かし反応――穂先と螻蛄首と竜魔石を、連続的に迫《せま》る青白い魔剣に衝突させ続けた。〈回狐六式・円襲斬〉を防ぐ。レーヴェの顔色を変化させた。視線が変化。表情でも心理戦を仕掛けてくる――面白《おもしろ》いっ！

俺も〈刺突〉からの突きを合わせる――。

レーヴェの突剣技《とつけんぎ》と俺の〈刺突〉の連携技《れんけいわざ》がぶつかった。金属の不協和音が響《ひび》く。

一つの魔槍杖バルドークから繰《く》り出す紅矛の〈刺突〉と突きのコンビネーションとレー

ヴェの三つの魔剣とノコギリ刃を用いた剣突同士が激しく衝突した。互角《ごかく》だ。

そこから爪先半回転でレーヴェの側面に移動して、脇腹を狙い突く。しかし、レーヴェの三つの目の内の一つが俺の動きを捉《とら》えていた。

レーヴェは右上腕の青白い魔剣を振るう――。

魔槍杖バルドークの紅矛が、またも刃に滑らされるようにして往なされた。凄い。

リコのような技術。魔槍杖バルドークが力のベクトルに傾き僅《わず》かにバランスを崩《くず》す。

レーヴェは、左下腕の短剣と左上腕の青白い魔剣を振るう。いや、中段斬りのフェイクだ。そして、肩《かた》を畳ませる勢いで上段から体を斜めに巻き込むような斬り下げを実行。

急ぎ、体勢を持ち直しつつ魔槍杖バルドークを上げた。青白い刃が伸びたように感じた刃を柄で受け持つ――金属の硬質な音が衝突面から鳴り響くと力の押し合いへと移行。

粘《ねば》り気《け》のある音を立てた押し合いとなったが、身体能力なら俺が優《まさ》る。

前回と同様にレーヴェの持つ魔剣を押し返す。

「――くっ、相変わらず、重く力強い……組み手は分が悪いです」

…………レーヴェに押し勝った。

土の中へ埋没《まいぼつ》させるように――上から青白い刃を紅斧刃で地面に押し付けた。レーヴェの右上腕が握っていた魔剣は土に埋《う》まる。しかし、レーヴェは前の記憶《きおく》が残っているのか……バランスに気をつけているようだ。力の均衡《きんこう》を崩す機会を窺うが、無駄《むだ》だった。

レーヴェは凄い。細かい技術を警戒《けいかい》している神王位。コンマ何秒の世界が命取りだということを分かっている。さすがだ……が、一気に締《し》めさせてもらう。

〈魔闘術〉を全開――左手に神槍ガンジスを召喚。唐突《とうとつ》に、その神槍ガンジスで〈刺突〉を繰り出した。螻蛄首付近にある蒼《あお》い毛の槍纓《そうえい》が揺《ゆ》れる。槍纓は展開させない――。双戟《そうげき》とも似た三日月状の月刃が中空に綺麗な軌跡《きせき》を残す。

「――ぐぁ」

レーヴェは神槍ガンジスの蒼い雷光《らいこう》を彷彿《ほうふつ》とさせる突きに対応できず――脇腹に方天画戟《ほうてんがげき》と似た穂先が突き刺《さ》さった。間髪《かんはつ》を容《い》れず、右手の魔槍杖バルドークも前方に伸ばす。〈刺突〉がレーヴァに向かう。

「――ぐおおぁぁ」

レーヴェは、脇腹に傷を負いながらも、魔槍杖バルドークの紅矛の〈刺突〉に対応し、見事に防ぐ。

「……武術の質が向上している！」

俺を褒めてくれたレーヴェだったが、苦悶《くもん》の表情を浮《う》かべていた。太い腕が持つ短剣を地面に落とす――良し、練習していた二連の〈刺突〉が絶妙の間で決まった。レーヴェは、

「参った、降参だ」

その刹那《せつな》、ドッと歓声《かんせい》が周りで沸き起こる。

見学していた武術街のメンバーも皆拍手をしていた。

レーヴェはまた回復薬ポーションの瓶《びん》の蓋《ふた》を――。

「あ、待ってください、回復はお任せください！　《大癒《グランド・ヒール》》！」

レーヴェは突然《とつぜん》の魔法《まほう》に、三つの目で瞬《まばた》きを繰り返す。

「……おぉ」

驚きの声を上げつつポーションを仕舞《しま》う。

レーヴェは鎖帷子《くさりかたびら》を捲《めく》って、神槍ガンジスが貫《つらぬ》いた脇腹を見る。

「素晴らしい回復魔法。わたしのオズヴァルト&ヒミカの魔剣より回復が早い。いや、そもそもこれは回復魔法なのか？　詠唱《えいしょう》がなかったが……貴女は……」

「あ、突然すみません。名はルビアです。クラン【蒼い風】に所属している冒険者です」

ルビアは丁寧《ていねい》に頭を下げて自己紹介《しょうかい》した。

「これはご丁寧に、わたしはレーヴェ・クゼガイル」

「はい、レーヴェさん。宜しくです――では」

レーヴェにまた頭を下げてから、

「シュウヤさん、回復は？」

と、駆《か》け寄ってくるルビア。

「必要ないよ」

「あ、はい。その暗緑の色合いの防護服、凄い防御《ぼうぎょ》能力を持つのですね」

「冒険者活動の賜物《たまもの》さ」

レーヴェに向けていた眼差しとは、あきらかに違《ちが》うルビアの眼差し。その眼差しは女を感じさせる、熱い。そこに隣人《りんじん》のトマスさんとナオミさんが近寄ってきた。

「あなた、あのお方は……」

「あぁ、レーヴェ氏だ。戦武会議で優勝したこともある神王第三位の四剣使い。しかし、シュウヤ殿は……風槍流を基礎とした二槍流とオリジナル武術で組《く》み伏《ふ》せるとは……シュウヤ殿は凄まじい強者」

トマスさんの言葉に照れた。魔槍杖バルドークと神槍ガンジスを消失させるように仕舞う。

「トマス、向かいに住む者としていい機会です。シュウヤさんと、そのご家族と、お知り合いの方とも交流を持ちましょう」

「うむ。……わたしも刺激《しげき》を受けた。両手剣の技術を伸ばしたい」

トマスさんの言葉に頷いてから……レーヴェに視線を向ける。背中の肩口《かたぐち》の鞘《さや》と腰の鞘へと魔剣を含《ふく》む四つの武器を同時に納めていた。仕舞う所作がすこぶるカッコイイ。憧《あこが》れの気持ちを込めて、

「……レーヴェ、楽しかった」

「わたしもだ。しかし、シュウヤは本当に強い。今回は、切り札を使わせてもらえなかった。それだけシュウヤは成長が速いということだ」

「自分で言うのもなんだが、槍の才能だけはあると思う」

剣はいまいちだ。あ、魔法も才能ある？

「分かる。戦いの最中に〈魔闘術〉の技術と足の動きを吸収して、自らの風槍流の技術に活かそうと、新しい戦い方を模索《もさく》しようと考えている。それが実に素晴らしい。常に己の武術の昇華《しょうか》を狙う心意気は、まさに武人の中の武人。わたしは非常に感銘《かんめい》を受けた……」

「ありがとう。レーヴェが強いからこそだ。〈魔闘術〉の切り替《か》え直後の微妙な体の動かし方は参考になった。剣の動作は、正直、今の俺《おれ》には無理だが……いつかはレーヴェの剣に関する技術と剣に活きる〈魔闘術〉の技術の一端《いったん》を実践《じっせん》できるように研鑽《けんさん》を続けていきたい」

「素晴らしい。槍だけでなく剣も学ぼうとしているのですな」

「今できる範囲の話だよ。八剣神王位の技術は見るだけでも価値がある。それじゃ、ジュースを飲んでくる」

と踵《きびす》を返す。

「分かった、またの機会に再戦を」

背後から聞こえるレーヴェの声に片腕《かたうで》を泳がせつつ――。曖昧《あいまい》な返事をしながら錬金ティーのテンテンデューティーが置かれた場所へ向かった。そこに、

「――シュウヤさん！　よくもよくも、お嬢様《じょうさま》を！」

リリィだ。スカートの裾《すそ》をたくし上げると、近寄ってくる。

そういえば、エヴァたちの下に行くつもりだった。

「リリィか、すまんな」

「ん、リリィ、怒《おこ》っては駄目《だめ》。シュウヤは今戦ったばかり」

エヴァが俺のことを守ろうと魔導車椅子《くるまいす》を動かして、目の前に移動してきてくれた。

「そうだぞ、リリィ、あれほど話したのに、まだお嬢様を困らせるつもりか？」

「ディーさん、でも、でも、お嬢様を取られたという思いが……」

「リリィはお嬢様の幸せを受け入れられないと？」

渋い表情で語るディーさん。

「……いえ、お嬢様の幸せは嬉《うれ》しい……」

一応、フォローしとくか。

「リリィ、大丈夫《だいじょうぶ》だ。安心してくれ」

「……その言葉、忘れないでくださいね」

リリィはキラリと光る双眸《そうぼう》で、俺を睨《にら》む。この前、二階でエヴァとエッチなことを行ったからな……許せないようだ。

「あぁ……了解《りょうかい》した」

少しリリィが怖《こわ》い。

「ん。リリィ、睨んじゃ駄目、シュウヤと一緒《いっしょ》にいると幸せを感じるの。シュウヤと不思議な繋《つな》がりもある。だから、近くにいても離《はな》れていても、ずっと傍《そば》にいるように、この間、シュウヤはがんばってくれたの。わたしの想《おも》いを感じてくれて、わたしを大切にしてくれた。今も心の中に幸せを感じる事が出来るのはシュウヤのお陰《かげ》――」

エヴァは天使の微笑《びしょう》で詩人のように語る。魔導車椅子を瞬時に金属の足に変化させた。小さい車輪が足首に付いている。そのままくるりと横回転しながら、俺に身を寄せてきた。柔《やわ》らかい巨乳さんの膨《ふく》らみを胸に感じる。

「お嬢様……」

「お嬢様の、あの顔を見ろ。わたしは幸せだ。リリィ、わたしたちは幸せだな？」

「はい……」

ディーとリリィは、エヴァの表情を見て嬉しそうに微笑《ほほえ》む。しかし、今にも泣きそうな浮かぬ顔となったリリィ。少し彼女たちだけにしておくか。エヴァへ優《やさ》しくハグを返しエヴァの黒髪《くろかみ》の頭にキスをしてから体を離して、

「……肉とか野菜は食べたか？」

「ん、まだ。ミスティ、ザガさん、ルビアさん、アメリさん、彼女のお父さんとお話をしながらテンテンを飲んでいただけだから」

「まだ食べていなかったのか。食べたら、あの美味しさだ。びっくりするかも？　気に入ったら肉の素材なら少しだけ提供の用意があると話してくれ」

「んっ、大丈夫。もう提供した。わたしも個人用だけど、それなりに回収してあるから」

「あ、そっか、エヴァはアイテムボックスを持っていたな」

「うん。シュウヤ、忘《わす》れん坊《ぼう》？」

エヴァは天使の微笑だ。エヴァはディーさんたちに肉のことを説明していく。そんな愛情あふれるエヴァの家族から離れた。邪界牛グニグニの料理が、エヴァの店を中心に東のハイム川沿いの街エリアを席巻《せっけん》するかもしれない。

第二百四十二章「宴会クラゲ祭り」

テンテンジュースを飲み邪界牛ステーキを食べていると、美しいシャナの歌声が響いてきた。後光を感じさせる焚《た》き火《び》をバックに歌っている。深みのあるアカペラで透《す》き通る音。宇宙と自然、すべてを網羅《もうら》しているような高くて切ない歌声だ。心に沁《し》みる。

すると、穏《おだ》やかな声質に変わった。この歌声も、ふあふあと空を漂《ただよ》う妖精《ようせい》たちが声を発して踊《おど》っているような気持ちにさせてくれる。テクニック溢《あふ》れる歌声に釣《つ》られてシャナの周りに人が集まってきた。リコもルルとララとの話を止《や》めてシャナを注目している。

子供も大人も関係なく歌に聴《き》き入っていた。

「ご主人様、いい歌ですね」

ヴィーネだ。両手を背中に回している。

「あぁ、最高だ」

何かを隠《かく》し持っている？　気になったが構わずヴィーネを抱《だ》き寄せた。ヴィーネの体重を脇《わき》に感じながら寄り添《そ》う。一緒にシャナの歌を聴いた。そういえば、この恋人《こいびと》モードのヴィーネは先ほど庭の端《はし》にいた。何をしていたんだ、とヴィーネの顔を注視。

「……」

銀色の瞳《ひとみ》と目が合う。ヴィーネは少し考えるように間を空けた。すると、己の背中に回していた両手をさっと胸に運ぶ。そこには綺麗な花があった。月見草のような黄色い花か。カンパニュラにも似ているホクシアの花？　もう一つの花は、紫色《むらさきいろ》の提灯《ちょうちん》のような火垂《ほたる》袋《ぶくろ》が可愛《かわい》い花。

「……これを俺に？」

「はい。このような宴《うたげ》は初めてです。何かお礼はできないかと思い、庭の端で咲《さ》いていた花々からわたしの気持ちに合いそうな花を選び、摘《つ》んできました」

可愛い乙女《おとめ》だ。ヴィーネと初めて会ったとき、ヴィーネの姿を花にたとえていたことを思い出す。

「綺麗な花をありがとう」

シャナの歌声を聴き、ヴィーネの顔を見ながら月見草を詠《よ》んだ歌を思い出す。

「……ご主人様、それは月草花《エ・ウリオウ》。日が暮れてから咲く花」

へえ、さすがは聡明《そうめい》な女性。

「いい匂《にお》いだ」

花の匂いを感じていると、歌も終わっていた。周りは歓呼《かんこ》の嵐《あらし》。拍手と歓声により焚き火がスパークしたように見える。そんな歓声に加わらずヴィーネに、

「この花はリビングに飾《かざ》ろうか」

「はい」

花を彼女《かのじょ》に返すと、歌っていたシャナが近寄ってくる。

「シュウヤさん、最新の歌です、どうでした？」

「美しく感動した。詩は単調でも音程が微妙に変わるし、その巨にゅ、おっぱいさん、ううん、鳩胸《はとむね》を活かしたテクニック溢れる歌声は見事に尽《つ》きる。やはり、天然の歌姫《うたひめ》だと強く思った」

性格も天然さんだし。

「ふふ、おっぱい、でいいですよ。ありがとう。単調なのは、詩が未完成だからです。あと、歌を作るとき思い浮かべたのはシュウヤさんですよ」

それは光栄だ。が、

「俺か。照れるが、ありがとう」

「命の恩人、友としての招きに加えて、お金まで頂いていますし、わたしにできることは、これぐらいしかありませんから」

歌だけでも十分なんだが、シャナは色々と気を使っているようだ。

「シャナ、俺たちは友達だ。一々気にするな。その宝石のような歌だけでも十分感謝しているさ」

「……友に宝石に感謝ですか……シュウヤさんは女殺しですねぇ。そういう率直でなんでもない風に自然と出てくる詩のような言葉……ドキドキしてしまいます」

「そのドキドキを直に聞いてみたいなぁ、なんて」

「……ドキドキ、こうですか？」

こけそうになった……天然ちゃんは天然のままだな。

「そうではなくて――」

「ご主人様――」

「おぉ!?」

突然、ヴィーネが飛ぶように抱きついてきた。と、ヴィーネの腰にある赤鱗《せきりん》の魔剣の柄が、首の後ろに衝突――痛い……が、柔らかいグラマラスな双丘《そうきゅう》さんが頬に当たっている！

これがあればすべてが許される。ヴィーネはムントミーの衣服を着ていない。麻《あさ》の服のみだ。柔らかいおっぱいの感触《かんしょく》を直に頬に得ている。思わず唇《くちびる》がヴィーネのおっぱいの蕾《つぼみ》を探していた。ヴィーネはふふっと微笑んで、

「ご主人様、直に聞いたか？　血が滾《たぎ》るほどドキドキしているはずだ」

ヴィーネは素で聞いてきた。

「わぁ……」

ヴィーネ越《ご》しにシャナの息を吞《の》むような声が聞こえる。

「十分聞こえた。噛《か》み付きたくなるほどにな！」

と、ヴィーネの背中を片手で支えながら――グラマラスな双丘に聳《そび》える蕾ちゃんを手の指で爪弾《つまび》いた。更に新しい腕の指を使う。必殺、百五十九手の御業《みわざ》の一つ『片手崩し』を行った！　感じたヴィーネは「――アゥ」と仰け反る。そのヴィーネを地面に優しく下ろしてあげた。ヴィーネは両膝《りょうひざ》を石畳《いしだたみ》につけ快感の余韻《よいん》を味わうように体を震《ふる》わせていた。顔と首の皮膚《ひふ》の表面を斑《まだら》に朱《しゅ》に染める。そのヴィーネが落とした花々を拾っていると、

「ふふ、仲がよろしいんですね。愛の歌の詩に活かしてみせます！」

愛の歌……ヴィーネが感じた思いを表現するのか？　そこからシャナは、宿の歌い手の仕事と冒険者《ぼうけんしゃ》の活動も順調で旅用の資金が貯《た》まりつつあると、笑顔《えがお》を交えて話した。

「それじゃ、宴会を自由気ままに楽しんでくれ」

「はいっ、では」

シャナはお辞儀《じぎ》をすると、メルたちが、蚕のキルビスアを囲んでいる場所へ向かう。カ

ルードとユイも交ざっているから剣呑《けんのん》な雰囲気《ふんいき》だ。ま、シャナがなんとかするだろう。と、焚き火の傍に戻《もど》っていたボンが踊っている姿が見えたから、

「俺も参加だぁ――」

と砕《くだ》けた口調の言葉を発しながら、ボンの傍に向かった。

「エンチャッ、エンチャーン、エンチャント♪　エンチャン♪　エンチャン♪　エンチャント♪」

ボンの踊りに合わせて、リズムよく踊る。異世界葉っぱ隊を結成っ。

「あはは、ボン君が服を脱《ぬ》ぎだした！」

ルビアが大笑い。ボンは脱いだ。本当に葉っぱ一枚になる気か⁉　と思ったら、さすがに全部は脱がなかった。上半身が裸《はだか》になったボン。ゆらりゆらりと両肩《りょうかた》をゆらしつつ恍惚《こうこつ》とした表情を浮かべる。完全に酔《よ》っ払《ぱら》った？　ボンは両腕に魔力《まりょく》を集中させると手の甲《こう》の紋章《もんしょう》を光らせた。光る両手を焚き火に向ける。何をする気だろ……すると、額にも光を帯びた紋章が現れる。その瞬間、

「エンチャントォォォ!!」

ボンは雄《お》たけびのようなエンチャント語を叫《さけ》ぶ。同時に両手から膨大《ぼうだい》な魔力を放出させた。膨大な魔力を受けた焚き火がドドドドドォォォォッと激しい地鳴りの轟音《ごうおん》を響かせる。

焚き火の炎《ほのお》が持ち上がる。炎は、天を突き抜《ぬ》ける竜《りゅう》のように上昇《じょうしょう》した後、巨大《きょだい》な炎の柱となった。すると、炎の柱は環《わ》の形に変化。炎の環は上下左右に打ち上げられた大きな花火のように拡《ひろ》がり茄子紺《なすこん》の夜空を明るく照らした。美しい火花。この星を囲う宇宙のヴァン・アレン帯を見ているようにも思えた。その炎の環は弾けるように綺麗《きれい》に消えた。

「――うはぁぁ」

皆《みな》、度肝《どぎも》を抜かれた。そして、なんだ？　何かが、空から落ちてくる。え？　クラゲか？　綺麗な夜空からクラゲの死骸《しがい》が大量に墜《お》ちてきた。名付けて、クラゲ流星群――。

「にゃごぉぉ」

「にゃォ」

「ンン」

「にゃァ」

黒猫《くろねこ》のロロと白猫のマギットと黄黒猫のアーレイと白黒猫のヒュレミは、口を拡げて落下してくるクラゲを食べていた。猫たちは、豪華《ごうか》なパン食い競争でも行っているように落ちてくるクラゲに飛びついたり石畳に捕《つか》まえたクラゲを叩《たた》きつけたりして、沢山《たくさん》のクラゲを食べていた。ポポブムは厩舎《きゅうしゃ》の中に避難《ひなん》している。バルミントがいない。そういえば、先程《さきほど》からいなかった。ザガ＆ボン＆ルビアが家に来た頃《ころ》はいたが。

「バルミント〜」

周りが騒《さわ》がしいから俺の声は掻き消える。バルミントはどこかと、見回していると……。

「きゃっ、気持ち悪い変なのが降ってきたー。アメリちゃんとルビアもベティさんと一緒に屋敷《やしき》の中に行こう？」

「なんだい？　このへんてこりんな生き物は……」

「あっ――」

レベッカは拳《こぶし》に宿した蒼炎《そうえん》でベティさんに当たりそうなクラゲを粉砕《ふんさい》。

「ベティさん、いいから屋敷に行くわよ」

「はいはい、頼《たの》むよ」

レベッカはベティさんの枯《か》れ枝《えだ》のような手を握《にぎ》り、一緒に母屋《おもや》のほうへ走っていった。

「アメリさん、お父さん、わたしたちも母屋の中へ行きましょう」

「はい、騒がしいですが、何かあったのですか？」

「うん、変な生き物が落ちてきたの。当たっても害はないですが気持ち悪いので。ささ、屋敷はこちらです」

「あ、先程お邪魔《じやま》させてもらいましたので、位置は分かります」

「アメリ、いいから手を出しなさい」

「父さん……はい」

アメリとアメリのお父さんはルビアに連れられて母屋に向かう。

「――何、この気持ち悪いのはっ」

メルは蚕のキルビスアとの会話を止めて機敏《きびん》な動作でクラゲを蹴り飛ばしている。

「あたいの弓の練習にいいかもしれない！」

ベネットは矢筒《やづつ》から矢を数本取り出し、つがえて弓を構えると、矢を連続で空に放つ。

空から落ちてくるクラゲに矢を命中させている。

「凄ッ。三つ同時に貫いているし。ベネ姉、弓の腕をあげた？」

「新しい弓の効果さ！　そして、あたいの妙技《みようぎ》はまだまだこれから――」

ヴェロニカに褒められて調子に乗ったベネットは続けて矢を二本、三本と中空へ放つ。

「わーまた当てた！　あ～でも、ベネ姉の弓技を見ていたいけど、ぐにょぐにょしている
クラゲは少し苦手……だから、屋敷に避難するから」

「あたいはここに残るっ」

「わたしも屋敷の中に行こうかしら、蹴りの練習をしに来たわけではないし――」

メルはスラリと伸《の》びた足をムチの如《ごと》く扱《あつか》う。スパッスパッスパッとスパッツではないが、
パンティを露出《ろしゆつ》しつつ連続で見事な蹴りを放っている。

「メル、後で少し話があるから、聞いてくれる？」

「——話？　何かしら。あぅ」

メルの頭にぶちゃっと潰《つぶ》れたクラゲが……。

「ぷぷ、顔にクラゲー」

豊満な胸にもトコロテンらしき物体が飛び散って付着している。あれはあれで美味《おい》しそう。メルは己《おのれ》の胸を見て、ため息。

「もうっ、いやっ。ヴェロニカ、屋敷に行きましょう」

「うん」

ヴェロニカはメルに付着したクラゲの肉片《にくへん》を取ることに協力しながら、母屋に向かう。

そんな彼女たちの頭の上には、多数の血剣《ブラッドソード》が舞《ま》っていた。しかも、血剣の形が少し変わっている。ルシヴァルの紋章樹《もんしょうじゅ》を彷彿とさせる血剣だ。ヴェロニカはさり気なく血を操作していたらしい。あ、そんなことより、バルのことを捜《さが》していたんだった。そこに、

「余興は、まだ始まったばかりよっ——」

ユイはクラゲ祭りが気に入ったのか、ボンの裸踊《はだかおど》りに影響《えいきょう》されたのか分からないが、長《なが》袖《そで》の薄着《うすぎ》一枚のまま魔刀《まとう》を持って踊りに参加。魅力的《みりょくてき》な白肌《しらはだ》を露出しながら魔刀を迅速《じんそく》に振《ふ》るい踊る。剣舞《けんぶ》のようなクラゲ斬《ぎ》りの舞《まい》を披露《ひろう》してくれた。クラゲの肉片は切断される

と爆発《ばくはつ》したように散る。鼠花火《ねずみはなび》的なネオンのエフェクトが非常に美しい。ユイの剣舞も冴《さ》える。すると、そのユイの素晴らしい剣舞に触発《しょくはつ》されたのか、

「わたしも参加ですっ」

「ご主人様、見てください！　古代邪竜《じゃりゅう》ガドリセスの剣の力を！」

常闇《とこやみ》の水精霊ヘルメは両腕《りょううで》を氷の剣に変更。ヴィーネは古代邪竜ガドリセスの剣を持ち乱入。二人は、ユイの即興《そっきょう》の剣舞に合わせる。ユイの袈裟斬りの後、ヘルメとヴィーネは目の前に落下していたクラゲの肉片を払《はら》うように斬って引いた三人は背中を合わせた。ユイとヴィーネとヘルメは互《たが》いの髪《かみ》を合わせるように体を反《そ》らす。笑《え》みを見せ、

「「「ふふ」」」

三人の綺麗な髪が交ざったように見えた。それぞれの横顔を見ると本当に楽しそうで嬉しくなる。そのユイとヴィーネとヘルメは、息が合った踊りをするようにお揃《そろ》いの動作で前進し得物を振るう。と、三者の前の落下してきたクラゲの肉片がスパッと切断された。見事と言いたくなった。更に切断されたクラゲの肉片が散る方向に鼠花火のような美しい魔力が発生。周囲から「「おぉ」」と歓声が上がる。更に、返す武器を振るう三者の動きが合う。花火の美しいエフェクトと武器を振るう動きのすべてが揃っていた。偶然《ぐうぜん》だと思うが、凄《すご》いネオン芸術と武芸だ。武芸百般《ひゃっぱん》という言葉があるように、敵を倒《たお》すだけが武芸で

はないと改めて強く感心させられた。

「ん、皆《みんな》綺麗《きれい》！」

エヴァの言葉に同意する。戦いには、素晴らしい芸術的側面が秘《ひ》められていると思う。

拍手している方々が多いのも頷《うなず》ける。今も皆が剣舞を披露するようにクラゲを斬る。

ヴィーネの銀色の髪が舞う動きを追った。細い腕がしなやかに伸びて、突《つ》きのガドリセスの刃《は》が少し伸びると、クラゲの肉片を突いて払う――。

火を発したクラゲの肉片は宙空で散った。そのヴィーネは俺にウィンク。

ヴィーネは己の体に薄《うす》い炎の膜《まく》を纏《まと》う。〈魔闘術〉ではない。

あの薄い炎の膜はガドリセスの剣に魔力を通した証拠《しょうこ》。

そのヴィーネは赤色の鱗の鞘を横に振るってクラゲの肉片をぶっ叩いた。

そのクラゲの肉片は潰れたように散る。肉片から無数の火花の魔力が歪《いびつ》な形で散った。

クラゲの肉片は正直気持ち悪いが、歪な形で散る火花は新しいネオン芸術に見えて美しい。

美しいネオンの明かりに映《は》えるヴィーネに笑顔を送る。とヴィーネも微笑みを返してくれた。そのヴィーネの古代邪竜ガドリセスの剣が斬っているクラゲの肉片は爆発しないことが多い。ヴィーネは前進しながらガドリセスの剣を迅速に上下左右に振った。

クラゲの肉片は幾重《いくえ》にも斬られて塵《ちり》となる。再び赤い鱗の鞘を振るう。

白子のようなクラゲの肉片と赤い鱗の鞘がドッと衝突――クラゲの肉片はバフッと音を立て小さい花火を発して消えた。ヴィーネの腰《こし》には、今まで愛用していた蛇剣《じゃけん》がない。胸ベルト式のアイテムボックスは装着していないが、今はその中ってことかな。

そこに拍手していたカルード、リコ、トマス、レーヴェ、フィズが飛び入り参加。

続いてルルとララの元惨殺《ざんさつ》姉妹もロバートを置き去りにしつつカルードに斬りかかるようにクラゲ斬りの演舞《えんぶ》に参加する。皆で剣舞と踊りに槍の演武を即興で、しかもサーカス団を超《こ》えるように繰り広げていく。模擬《もぎ》戦《せん》も始まった。

武術街のメンバーたちも関心を示す。

「わたしも参加したいけど、怪我《けが》をしてしまいそう」

「あぁ、特に美人の槍の神王位と打ち合っている二剣を扱う中年の男は、何者だ？」

「暗刀系の使い手かしら。飛剣《ひけん》流、絶剣《ぜつけん》流とも違う、オリジナルの戦場の武術系……」

「サーニャは拳系《こぶし》だが、興味を持ったか」

武術街互助会《ごじょかい》のメンバーたちの会話だ。頭にクラゲの肉片が載《の》ったままの鱗人《カラムニアン》の女性が家族の鱗人《カラムニアン》の男性に頷いている。たしかに、この光景は興味深い。見るだけでも価値がある。この宴を不思議なエンチャント魔法《まほう》で作り上げたボンを見た。夜空から落下してくるクラゲとクラゲの肉片を叩いて遊んでいた。はは、まさに宴会クラゲ祭りだな。さて、相棒はどこかな？

黒猫《ロロ》の姿だから夜だし見つけるのは……と直《す》ぐに発見。

黒猫は茄子紺《なすこん》の夜空を見上げたまま、動いていない。クラゲも追わず、もっと遠い虫か鳥でも見ているのだろうか？　クラゲが落ちてきているのに飛びつかないのは珍《めずら》しい――。

〈夜目〉を発動。魔察眼も意識しつつ相棒が見続けている夜空の方角を凝視《ぎょうし》。

すると、一瞬《いっしゅん》何かクラゲとは違うモノが見えた気がした。あれ？　クラゲの一部？　あ、消えてしまった。他《ほか》の方角の夜空を見ていくが……いない。もしかしたら、ＵＦＯ？

空飛ぶスパゲッティモンスターか！　黒猫《ロロ》も消えた何かを見ていたのか、姿を黒豹《くろひょう》に変化させながら、

「カカカッ、ンン、にゃご、カカカッ」

とクラッキング音を発していた。

未知との遭遇《そうぐう》だろうか。にわかに興奮しているとザガが、

「ボンがすまんな、あんなことは滅多《めった》にやらないんだが」

と、話しかけてきた。夜空を見るのを止めて、

「いいさ、祭りの締めにもってこいだ。しかし、鯨《くじら》が落下してきたら俺が対処しよう」

「鯨だと？　海に住むと言われる巨大な生き物。空にも棲息《せいそく》しているのか」

ザガは片眉《かたまゆ》を下げた顔を見せてから、星空を見上げた。俺も釣られて再び茄子紺の夜空を見上げる。落ちてくるクラゲが星々の明かりと交ざり幻想的《げんそうてき》な夜空が広がっていた……。相棒が見つめていた不自然な光景はもう現れないか……。

空高く飛んでいるはずの巨大な鯨の群れは落ちてくる気配はない。

ボンのエンチャント風の魔法攻撃《こうげき》は巨大な鯨に当たらなかったようだ。良かった。巨大な鯨が墜落《ついらく》してきたらペルネーテが混乱してしまう。というか今もクラゲはペルネーテに落ちているはず。少なくとも武術街には落ちている。レムロナとか王子に怒られるかもしれない……ま、原因がボンだとは誰《だれ》も思わないか。あ、そういえば、

「……ところで、ザガ、工房《こうぼう》を見たいと言っていたが」

「あぁ、そうだった」

「案内しよう、ミスティ、仕事部屋にお邪魔するぞー」

芸術といえる演武大会を真剣《しんけん》な眼差《まなざ》しで見ていたミスティは見学を止める。

「——え、あ、うん、今行く」

ミスティは俺に話があるらしい。ザガの見学が終わったら聞いてみるかな。ミスティの鍛冶工房《かじこうぼう》へ三人で向かう。

「あれ、また開いているし」

ミスティが開いた扉《とびら》を見て呟《つぶや》く。扉の表面には竜の爪跡《つめあと》らしきものが沢山刻まれている。

もしかして……バルミントか？　メガネ先生ことミスティの後ろ姿を見ながらザガと一緒にミスティの作業場《工房》の中に入った。ガレージを思わせる工作室。奥《おく》には布で隠した大きな物体が吊《つる》されている。

「どうぞ。散らかってるけど許してね。右奥の机で普段《ふだん》は作業しているから」

ミスティは細い指を向ける。

「この光の棒、羊皮紙を照らして見るのに便利な魔道具だ」

「最近、文献《ぶんけん》を読むことが増えたので」

ミスティは説明しながら、俺に視線を向ける。迷宮《めいきゅう》二十階層の邪界《じゃかい》小旅行のことを暗に示した？　すると、工房の隅《すみ》から音が響《ひび》いてきた。

「あれ？」

「音がするな」

「なんだ？」

ミスティを先頭に俺とザガは音の方向に向かう。そこには、

「もうっ、またなのっ、バルちゃん！」

バルミントは口に足袋《たび》を咥《くわ》えていた。ザガが、

「口の周りに金属の粉が付着しているが、もしや……」

そう指摘《してき》すると、バルミントは四つの翼《つばさ》を広げて飛ぶように駆け寄り、咥えていた足袋を俺の足下《あしもと》に落とした。足袋を得物に見立てて、得物の分け前をくれたのか。えらいな、バルミント。とりあえずミスティに、

「バルが足袋を食べる前は金属の粉を食べていた？」

第二百四十三章「宴会の締め」

「あ、うん。貴重な粉をね」

「その素材は？」

「鳳凰角《ばうおうつの》の粉末、朧黒蠍兵《おぼろくろさそりへい》の脚《あし》、水晶猿《すいしょうざる》の額、ワームの雫《しずく》、アムロス真珠《しんじゅ》の欠片《かけら》、アッガルマの蜜《みつ》の素材を融合《ゆうごう》させてから、キンキリの刃を使って削《けず》って出来た貴重な粉よ。主に金属加工の材料に使うのだけど、いつもバルちゃんが食べちゃうのよ。この間も……あれ？」

ミスティはバルミントがいた場所の隣《となり》を見る。

「これ、もしかしてバルちゃんのおしっこ？」

「ガオォォ」

バルミントは『そうだガオ』といわんばかりに鳴いた。犬のように尻《しり》をふりふりしている。バルミントのおしっこがかかっている金属板は変色し、竜の鱗のように変化を遂《と》げていた。

「たまげた。竜が金属の加工だと？」

「いつも色々な素材におしっこをかけていたのは知っていたけど、こんな副次効果があるなんて」

ミスティは手袋《てぶくろ》を嵌《は》めて変色している金属を持ち上げた。言っては悪いが……臭《くさ》そうだ。

「ガオオオォ」

バルミントは『竜のおしっこは偉大《いだい》ガオ』とか言っているのかもしれない。

「がははははッ、面白《おもしろ》いドラゴンだ！　シュウヤ、このドラゴンをくれ！」

「えええ？」

「ガォォォォ――」

バルミントはザガの迫力《はくりょく》を感じて驚《おどろ》いたのか、トコトコと走り工房の外に出た。黒猫《ロロ》たちに合流するんだろう。

「逃《に》げられてしまったわい」

「ザガ、バルミントはあげるつもりはないからな。それに、これから成長するドラゴン。ザガの家で扱えるとは思えない」

「たしかに。巨大なドラゴンとなったら、この都市の住民に迷惑《めいわく》が掛《か》かる。しかし、それはシュウヤの屋敷とて同じではないか？　巨大なドラゴンに成長したら庭に収まるとは思えない」

ザガは髭《ひげ》を弄《いじ》りながら当然のことを語る。

「そうだな。今だけだと思う。専門的な教育も必要だろうからな」

「ドラゴンの教育か……テイマーや魔物《まもの》使い、魔獣《まじゅう》使いなどでも、ドラゴンを育てた者となると珍しい」

「あぁ」

「国ではなく個人で飼っている者は珍しいからな」

ザガの言葉に頷いた。すると、ミスティが、

「ねぇ、バルちゃんの教育も大事だと思うけど、今は、このおしっこで変化した金属を見て――」

「ふむ――」

「了解」

その金属は茶色の鱗が表面に多い。ミスティは、

「金硬鋼《きんこうこう》と錬魔鋼《れんまこう》を交ぜた鋼板だったのだけど、尿《にょう》の一部に何かを誘発《ゆうはつ》させる秘薬のようなモノが入っているみたい。鱗の素材は古代竜《エンシェント・ドラゴン》の鱗と似ているけど、表面が少し柔らかい。それに茶色の鱗の中は緑色に変化している部分が多い。その茶色と緑色の境目には

強力な魔力が隠《こも》っているの」

「実験に使えそう？」

「勿論《もちろん》、使える。他にも使えると思う。これは仕舞《しま》っておく」

ミスティは魔力炉《まりょくろ》らしき物の近くにあった工具箱の中に、その竜の尿で変化した鋼板を入れていた。ザガは近くにあった魔力炉らしき物に興味が移っている。

「なるほど……この古い魔力炉、中々洗練されている。この革袋《かわぶくろ》と鋼鉄を活《い》かした魔力《まりょく》鞴《ふいご》も見事。この繋ぎ目のジョイントは、もしや、圧力対策に鳳凰角の粉末を用いているのか？　素晴《すば》らしい。こちらの物は見たことがない。自動的に羊皮紙を巻き取る機構だな？」

ザガが興奮している。俺《おれ》もその視線に釣られて注目した。魔導人形《ウォーガノフ》作りの設計図が描《えが》かれた羊皮紙を巻き取る機械かな？　筒の両端《りょうたん》に小型の巻き軸《じく》がある。軸をくるくると回し羊皮紙を筒に巻き込《こ》んでいく作りとなっているようだった。全体的に魔力が漂っているから魔道具だろう。

「はい、そうです」

「台の両端に嵌められた魔鋼筒も金硬鋼と木材を網目状《あみめじょう》に組み合わせた特殊《とくしゅ》な合成か。魔機械類は、魔鋼技師の職人が魂《たましい》を込めたような品だ」

周りを照らす蝋燭《ろうそく》の炎も黄色いから魔道具の炎か。魔石が嵌まる歪な骨型顕微鏡《けんびきょう》で分析《ぶんせき》途中《とちゅう》の白い謎肉《なぞにく》、大小様々な魔石群《ませきぐん》、ルーン文字が刻まれた小石類、光る石棒、ネクロノミコンを彷彿《ほうふつ》とさせる魔術の本、触媒《しょくばい》の枝、藁《わら》の糸、何かの目玉が沢山盛られた器、麺棒《めんぼう》、パステルカラーのパレット、羽根、金属のバネ、ミステリーカラーのネイル瓶《びん》、オウム貝の。さらには壺《つぼ》の中に硝子《ガラス》製の棒が沢山入っていたりと、机の上は混沌《こんとん》としていた。

ザガは品を手に取り調べてから、ミスティと会話をしつつ工房の奥へ移動していった。

奥には小型の階段がある。二段下りた先は低地。奥行《おくゆ》きがある作りとなっていた。その階段を下り、ひんやりとした空気の中を進んだ壁際《かべぎわ》で「この大きい物体は……」と身長の低いザガが見上げながら呟いていた。確かに大きい。布で中身が覆《おお》われ隠されているが一際大きい物体が隠れていると分かる。

「待ってね、今、布を取るわ――」

ミスティが紐《ひも》を引っ張ると掛けられていた布が落ちた。

「おお」

魔導人形《ウォーガノフ》だ。

「おぉぉ……これは魔導人形《ウォーガノフ》の骨格か」

重厚感《じゅうこうかん》のある魔導人形《ウォーガノフ》の骨格。天井《てんじょう》と壁に繋がった鉄鎖《てつさ》と磁石で吊している？　あ、クレーンのような機構で吊しているのか。驚きだ。

骨組みは、世紀末物に登場するパワーアーマーの胴体《どうたい》を彷彿とさせる。素晴らしい。

いずれは小型バージョンを身に着けたい。その魔導人形《ウォーガノフ》の手前には長い脚立《きゃたつ》も設置されている。普段あれに乗って作業をこなしているんだな。

俺も意味もなく作業着を着てモビルアーマー、もとい、この魔導人形《ウォーガノフ》作りに参加したいが無理か。横には壁に備えつけの長台があり、その上に魔導人形《ウォーガノフ》の頭部たちが展示されていた。鬣《たてがみ》が付いたローマ兵が被《かぶ》りそうな兜《かぶと》パーツ。額に角、目に十字溝《みぞ》。その真ん中に単眼がある頭部パーツ。口の横にノズルが付いたガスマスクと似た頭部パーツ。すべてが渋《しぶ》く格好良い。これらの頭部の一部と胴体の骨格はカーボンファイバーの表面か何かの樹脂《じゅし》にも見えた。

「骨組みでこの大きさだと、標準的な魔導人形《ウォーガノフ》より少し大きめか」

ザガが骨格の一部を触《さわ》りながら、ミスティに聞いていた。

「うん。まだまだ、試作だけど……マスターに見せるのは初めてだから、照れちゃうし恥《は》ずかしい」

眼鏡美人のミスティが恥ずかしいのか身を反らしている。

可愛い動作で、中々の破壊力《はかいりょく》だ。

「中心にあるのは、高密度水晶《すいしょう》コアを超える、ベルバキュのコアか？」

「あ、そうです。さすがに分かりますか」

「うむ。高級アイテム。軍の工廠《こうしょう》や貴族が持つようなもの……しかし、あの虹色《にじいろ》の金属の接合技術と繋《つな》ぎの技術は見たことがない。霊銅糸《オーガルカッパー》を融解《ゆうかい》させた物とコーンアルドを用いたスフッシュプレートか？　これは分かる。ホイルリムとセキュアのバランスもいい、シンプルな円形の穴は上下左右から集まる振動《しんどう》の悪影響《あくえいきょう》を受けないように間隔《かんかく》を空けてあるのか……全体の金属は、銀水晶鋼《ぎんすいしょう》鉄、いや、白銀だが……質が違《ちが》うな。これも虹色同様に未知の金属と見た」

　ザガは凄い。見ただけで金属がある程度分かるらしい。

「素晴らしい知見を持つザガさん。あ、まだちゃんと名乗っていませんでした。わたしの名はミスティ」

「おう、アメリの父と一緒《いっしょ》の、錬金にも詳《くわ》しかったお嬢《じょう》さんの名はミスティか。宜《よろ》しく頼む。俺の名は知っての通りザガ。しかし、これほどの素材に加工技術を持つミスティは、元貴族か？」

「はい……」

「なるほど」

　ザガのストレートな言葉にミスティは、眉をひそめて視線を少し逸《そ》らした。

「すまん、過去はどうでもいい。しかし、この魔鋼技術と素材ならばもう少し性能の高い魔力複合炉《ふくごうろ》も欲《ほ》しいところだな？」

「えぇ、確かに。でも、高いので……」

ミスティは俺に視線を向ける。俺に期待を寄せているのは分かる。

「……幾《いく》らぐらいするもんなんだ？」

「この都市だと、最低でも大白金貨四枚はするだろう。俺とボンが買ったのは白金貨四百枚以上した。それでも安く手に入れた値段だ」

「た、高い……」

「当然だ。炉を作る素材も貴重。集める冒険者も貴重。そして、錬金組合、魔金細工師、錬金局などに所属している優秀《ゆうしゅう》な人材が求められる。王都と違い、ここならば貴族からの横槍《よこやり》も少ないと予想できるが値段は覚悟《かくご》するしかない。セナアプアにもそれらしき炉が出回っていると聞いたが、魔機械もスキルの応用で色々と使い道が変わるからな」

地下オークション用に金は取っておきたいから、ミスティには我慢《がまん》してもらおう。

「ミスティ、今買うとすっからかんになる。何《いず》れ金が貯まり次第《しだい》だな」

「うん、時間は無限にある。無理しないで。でも、いずれ買ってくれるつもりなの？」

「いつかな」

「――嬉《うれ》しいっ」

華奢《きやしや》な細い手で俺の袖《そで》を引っ張り、静かに寄り添《そ》ってくるミスティ。右腕《みぎうで》にミスティの胸が当たり感触が気持ちいい。髪から綺麗なお姉さんを感じさせる清潔な匂いが漂《ただよ》う。

「……ありがとう、マスター」

メガネ美人もいいねぇ。ミスティの笑顔が映える。

「でもね、あったらあったらで、便利なだけで、この炉でしかできない研究もあるんだ。その研究の積み重ねが重要で大切なの」

ミスティの言葉に、ザガは感心した様子を見せる。

「基本が応用に活かせることを熟知している幅《はば》が広い鍛冶《かじ》技術者、魔甲《まこう》人形師クラスか……素晴らしい技術者だ。良い人材を仲間、部下にしたな、シュウヤよ」

「あぁ、貴重な人材だ。自由に研究を続けてほしい」

「それにしても、ザガさんは色々と詳しい！　魔導人形製作《ウォーガノフ》の経験があるのですか？」

「いや、ない。が、ある程度は、魔機械類と金属の素材から予想はできる」

「へぇ、それでも凄いと思います」

ザガは物作りのプロだ。ボンも魔法技師と魔金細工師の域を超えた賢者技師《サージエンチャントクラフター》で凄《すさ》まじい職人だが、高レベルな鍛冶屋《かじや》の腕前を持つザガがいるからこその、ボンの凄さなんだ

と思うからな。そのザガは目を輝《かがや》かせて、

「で、ミスティよ。俺も職人だ。気軽にザガと呼んでくれ」

「了解《りょうかい》。ザガ、でも『さん』とつけるわ」

「がはは、好きにすればいい。んでは、そろそろボンのところへ戻る。二人共、ありがとうな」

「はい。また、この工房に来てください。ザガさんの鍛冶の腕と合作できたら、何か面白いものができるかもしれない」

ミスティとザガ&ボンか。どんなケミストリーとなるか想像できない。エヴァの足の改造も進むかもしれない。俺も、

「ボンのエンチャント、ミスティの金属加工があるからな……」

そう呟くと、ザガは頷き己の顎《あご》を触り目付きを鋭《するど》くしては、唸《うな》り出す。

「ザガさんとボン君が加われば、魔導人形《ウォーガノフ》作りにも応用ができそう」

「何かしらの協力は可能だろう。しかし、仕事が山のようにあるから、おいそれと工房は離《はな》れられない……だから、暇《ひま》を見て、この作業場に遊びに来るだけとなる予定だが、それでもいいか?」

「はい! 是非《ぜひ》! あ、わたしも忙《いそが》しいので都合がつく日を……」

羊皮紙に走り書きして、ザガへ渡《わた》していた。

「殆《ほとん》どスケジュールは埋《う》まっている。ミスティは、俺以上に忙しいのだな。互いに切磋琢《せっさたく》磨《ま》しよう」

「はい」

「では、戻る」

ザガはニカッと歯を見せながら語ると羊皮紙を懐《ふところ》に仕舞う。とことこと歩き、開いた状態の扉を潜《くぐ》り外へ出た。ミスティと二人っきりだから先ほどの件を聞いてみるか。

「……ミスティ、二人で話したいと言ってたが」

「誰にも話していない秘密を打ち明けたい。少しだけいいから、話を聞いてくれる？」

「おう、バッチこい！　なんでも聞こう」

「……実は……夢のことなの」

俺の口調を聞いてもミスティは真剣な表情を浮《う》かべたままだ。過去から再生した、健《すこ》やかな強さを持ったミスティの気持ちが表に出ている……俺も真剣に応《こた》えよう。少し深呼吸をするように「夢？」と聞いた。

「うん、幼い時から見続けている夢……」

そしてミスティから過去話を交えて夢の内容を聞いていく。

ミスティと同じ額に紋章が刻まれている人族が暮らす見知らぬ都市で、未知の魔導人形《ウォーガノフ》が生活している未来都市のような夢。その都市が破壊《はかい》される夢か。

「今も、見ているのか？」

「……うん。わたしが作る魔導人形《ウォーガノフ》とは違う、ずっと前、最初に会った時、マスターが話していた意思をもった魔導人形《ウォーガノフ》かもしれない。わたしは自分の技術が否定された気がして、作るのは無理と強がって喋《しゃべ》っていたけど、あの夢が事実だとしたら……」

なるほど。考察するに、ミスティや紋章を持つ一部の貴族たちは古代の都市に住んでいた者たちの末裔《まつえい》？　そうなると、エヴァもその血筋を引く可能性があるのか。まぁ、魔族を含《ふく》めてあらゆる血が混ざった結果なのだろうと予測。

「古代都市か、何か特徴《とくちょう》はある？」

「空が真っ暗で、街はいつも不思議な魔道具で輝いていた」

電気、ネオンの光かな。魔法と合わさった光源だと思うが。

「空が暗いとなると、地下かもしれない。それか……」

数千億年前、この惑星《わくせい》が恒星《こうせい》系、木星系の重力圏《じゅうりょくけん》に囚《とら》われず、漂流《ひょうりゅう》していた可能性も考えられるか……いや、星ではなく、実は宇宙船の中とか？　コロニーを内包した宇宙船が豊かな惑星を目指して漂流を続けていたが突如《とつじょ》エイリアンに襲《おそ》われ、この惑星にたどりついた一族？　想像すると果てしないな。

「……それか？」

ミスティが片眉を傾《かたむ》けながら聞いてくる。宇宙のことを説明しても分からんだろうし、説明のしようがないから、とりあえず、

「地下都市かもしれないということだよ」

「……うん。幻《まぼろし》の地下王国の話なら聞いたことがある。それにマスターから直接、地下都市の冒険譚《ぼうけんたん》を聞いたからね。登場した【独立地下火山都市デビルズマウンテン】。その地下世界の情景が、わたしの夢に出てきた都市と少し似ていたから、個人的に話をしてみようとタイミングを待っていたの。それに……二人っきりだから、その……」

ミスティは顔を赤らめる。小さい睫毛《まつげ》と眼鏡が似合う美人の博士なだけに、口元に漂う笑みは俺の心を弾《はず》ませた。

「まだ、ちゃんと――」

最後まで言わせない――ミスティの腕を引っ張るようにして抱《だ》きしめた。

「分かっているさ、皆で一緒に抱いていたが、個人ではなかったからな」

「……マスター」

ミスティは顔を上向かせる。眼鏡越《ご》しに潤《うる》んだ目を瞑《つぶ》った。ミスティの求めに応じ、上《うわ》

唇《くちびる》を優《やさ》しく撫《な》でるようにキスを行う。柔《やわ》らかい唇の感触《かんしょく》を味わいながら顔を離し、潤んだ瞳《ひとみ》のミスティに、

「……眼鏡が似合う。可愛《かわい》い」

「マスターのばか、真顔で言わないでよ」

顔を逸らすミスティの顎に指を当て、まっすぐにしてから、もう一度キス――。

今度は、ミスティの心の奥へ潜るような……深い根に絡《から》む小さい鈴《すず》を鳴らし解《ほぐ》すような……濃厚《のうこう》なキスを行った。そのままミスティの体を持ち上げ工具机の上に尻を乗せる。細い背中に両手を回し、掌《てのひら》と指先で肩甲骨《けんこうこつ》の溝をなぞると……ミスティは、そのお返しをするように細い腕を俺の首に回す。

「ふふ、興奮してる？」

その言葉と指先で俺の耳裏をなぞってくるから、煩悩《ぼんのう》が刺激《しげき》された。「あぁ」と応えると、ミスティは両腕を離し、上半身を後ろへ反らしながら、細い両足で俺の腰を挟《はさ》み絡めて厭《いや》らしい笑みを浮かべ、

「マスター、今日は強くしていいから」

「……了解」

服を素早《すばや》く脱《ぬ》ぐ――互いの唇が衝突《しょうとつ》するようにキスを再度行った。

花が開くような切ない音が響く。机の上の金属の素材と様々な鍛冶道具が床《ゆか》へ落ちた。

そんなことは互いに構わない。キスを終えても視線は絡み合ったままだ。悩《なや》ましく物欲《ものほ》しそうに厭《エ》らし《ロ》い《い》視線を向けてくるミスティ。そんなミスティの唇をもう一度奪《うば》い激しいキスを行う。ミスティの唇から離そうとしたが、唇を引っ張られた。

が、素早くミスティの乳房《ちぶさ》を右手で揉《も》み拉《しだ》く。ミスティは俺の唇を引っ張るのを止めて「アッ」と喘《あえ》ぎ声を発して臍《へそ》を見せるように体を反らした。両足が左右に開き、濡《ぬ》れたパンティを晒《さら》す。そのパンティを強引《ごういん》に剥《は》がした。潤んだ秘部は魅力的だ。

その陰核《いんかく》に唇と舌を押《お》し当てると、「アンッ」とミスティの強い喘ぎ声が響く。

構わず膣口《ちつこう》から漏《も》れた愛汁《あいじる》を舌で掬《すく》うように愛撫《あいぶ》を続けてから、陰唇に唇を押し当てる重いキスを敢行《かんこう》――「アァァ」ミスティの恥丘《ちきゅう》と細い腰の肉感は良い。鼻でミスティの小さい陰核を刺激しながら、唇と舌でミスティの陰核を転がし陰唇を吸う。

「アンッ、アァ、あそこを吸うなんッ、アンッ、いぃ……アンッ」

とミスティは喘ぎまくる。可愛い反応だ。ミスティの陰核を舌で舐《な》め回し、唇でミスティの陰唇を引っ張っては素早く膣の中に舌先を突っ込む――。

「アァァッ――」

唇と舌と歯も使いながらミスティの秘部の愛撫を続けた。

更《さら》に、両手を尻に回して、尻のすべてを揉み拉きながら、唇と舌で陰核と膣を吸いまくると、ミスティは頭部を揺《ゆ》らし悶《もだ》えながら「アァァァアッ、アンッ、アンッ、アァ……」と感じまくる。俺の頭部を両手で持ち上げるようにして髪の毛をかきむしると、

「……摘《つ》まんで引っ張るの、禁……アゥ……、イクッ……」

ミスティは果てた。体を弛緩《しかん》させる　俺は上半身を上げて一物を虚《うつ》ろなミスティに晒した。

「……アゥ……来て……」

「おう」

一物を振動させながら膣の中に入れた。

「アァァ――」

連続的に腰を前後させてミスティの細い腰を突く――。

「アンッ、アンッ、アァァ――」

一物を膣の中にさし込んだままミスティの体を持ち上げ「あぅ――」と横回転。

「アンッ、アァ、ち、違うところに当たって気持ちいい――アンッ」と、膣の振動で分かる。イったようだ。俺の肩に項垂《うなだ》れるミスティは肩を舐めている。そのままミスティの尻を両手で弄りつつ、膣に一物を挿《さ》したままソファに移動――「アンッ」と体位を松葉崩《くず》し

に変更後《へんこう》――ミスティの腰を持ちながら、

「もっと激しくなるが……」

「……うん。もっとわたしを愛して……」

「おう――」

そうして、黒猫《くろねこ》ロロディーヌが呆《あき》れるぐらい情事を繰《く》り返し、祭りの日は過ぎていった。

第二百四十四章「ガトランス＆ムラサメブレード」

朝、横で寝《ね》ているダークエルフのヴィーネに、

「今日はこのアイテムボックスへ魔石を納める」

と、右腕に嵌まるアイテムボックスを見せながら話していた。ヴィーネは銀色の長髪《ちょうはつ》の一部を首の横から背中へ流すと振り向き、

「はい。円い硝子の真上にアイテムボックスの映像が浮かんでいました。そこに魔石を入れるのですね」

澄《す》み切った声で聞いてきた。ヴィーネの銀色の目に映る俺を見ながら、

「おう。俺が【独立地下火山都市デビルズマウンテン】から帰還《きかん》したときヴィーネが着ていた黒い外套《がいとう》も、この特殊なアイテムボックスに魔石を納めた結果、アイテムボックスから出現したナ・パーム統合軍惑星同盟の品だ」

「あ……はぃ」

ヴィーネは黒い外套を羽織り自らを慰《なぐさ》めていたことを思い出したらしい。顔を逸らして

腰をくねらせた。背骨と背筋にくびれた腰を見せる。タオルケットがキュッと締まった腰に悩ましく巻き付いて綺麗《きれい》な腰椎《ようつい》の一部と半分の尻が見えていた。純粋《じゅんすい》に美しい。絵画の女神《めがみ》ポーズに見えた。そんなセクシーな背中に唇を当て背骨のなだらかなラインに沿うようにキスを重ねて……。

「あっ、ぅん、ご、ご主人様……」

ヴィーネは体を反《そ》らせる。その姿勢も実に悩ましい。ヴァニラの匂《にお》いが漂うヴィーネの皮膚《ひふ》を伝う寝汗《ねあせ》と色っぽい声の反応を楽しみつつ寝台《しんだい》から起き上がった。

俺は素《す》っ裸《ぱだか》の状態。股間《こかん》のもっこり山は捨て置く。

そのまま右手首にあるアイテムボックスを操作して、魔石を取り出した。

地下二十階層で集めた大魔石の一部をアイテムボックスの◆マークへ納めていく。

必要なエレニウムストーン：完了《かんりょう》
報酬《ほうしゅう》：格納庫＋60：ガトランスフォーム解放

アイテムボックスから虹色の眩《まばゆ》い光がスパイラル状に放出されて俺の周りを舞《ま》う。虹色の光を帯びた風が俺を祝っているように思えた。と、頬《ほお》に感触を得た。虹色の風に撫でられた？　その風のような虹色の光は宙の一か所に集結すると、なにかの淡《あわ》い上服を模《かたど》る。その淡い上服は一瞬で漆黒《しっこく》の衣服に変化を遂げた。これがガトランスフォーム、渋い衣服だ。

薄《うす》い生地《きじ》の表面に指を当てた。硬《かた》いが、少し押すと急激に柔らかくなる。指を離すと直ぐに硬度を取り戻した。その金属の表面は滑《なめ》らかだ。それでいて丈夫《じょうぶ》。『高速ひずみ特性』を持つ素材か。宇宙生物や微《び》生物《せいぶつ》のタンパク質に、より生産性を高めるための微生物を注入し培養《ばいよう》しては微生物にタンパク質を発現させることを繰り返し、このような丈夫そうな素材を精製し衣服にしたのかもしれない。

遺伝子配列を弄り分子設計を用いて、『カーボンナノファイバー』、『ナノメタル素材』、『フィブロイン』のような素材を繊維《せんい》として織られた衣服かな。

人工合成蜘蛛《くも》糸《いと》の技術なら俺の知る地球でも技術開発されていた。

セルロース系のナノファイバー合成樹脂の素材も部品に用いられているのかもしれないな。魔力《まりょく》も感じられる。腰と胸元《むなもと》には記章付きの飾《かざ》り溝があり、釦《ぼたん》と黒ベルトが幾つか付いていた。留め金の金属といい洗練された戦闘服《せんとうふく》で素晴らしいユニフォームだ。

その真新しい近未来風の戦闘服に袖を通して襞《ひだ》を伸《の》ばすように身に着けると、ユニフォームと皮膚の間の空気が抜《ぬ》けてユニフォームと体が自然とフィット。漆黒の戦闘服のユニフォームが肌《はだ》と融合を果たす。戦闘服を着ているが素っ裸的でもある。

衣服であり皮膚でもある感覚は初体験で面白い。脇《わき》の締まりも良い。両腕《りょううで》と両足を伸ばしても違和感《いわかん》がなく伸縮《しんしゅく》自在。ガトランスフォームを近未来風に言わせると脳の光魔ルシヴァルの神経細胞《ニューロン》のようなモノと繋がっている？

右手首に嵌まっているアイテムボックスの風防と金属の飾りを縁取《ふちど》っているユニフォームの戦闘服とアイテムボックスの間には、電子回路のような基板と模様が生まれている。試《ため》しに、ここでハルホンクを意識したら右肩《みぎかた》に現れるのか？　と、ハルホンクを意識した瞬間《しゅんかん》、右肩の戦闘服の表面が蠢《うごめ》き繊維《せんい》がばらけ、首と鎖骨《さこつ》と二《に》の腕の漆黒の戦闘服へと繊維が収縮されて、素の右肩の肌が大きく露出《ろしゅつ》した。更に、その右肩の表面から肩の竜頭装甲《ハルホンク》が浮き上がるように出現してきた。

肩の皮膚を変化させるような出現の仕方で不思議だ。

しかし、ハルホンクの『ングゥゥィィ』という声と『漆黒ノ衣服ヲ喰ワセロ』といった思念は聞こえてこない。少し残念だ。この肩の竜頭装甲《ハルホンク》だけを『消そう』と意識した直後、中央が窪《くぼ》む。そのまま肩の竜頭装甲《ハルホンク》は右肩の内部へと折り曲げられながら体に吸《す》い込まれて消えた。右肩の素肌《すはだ》だけが露出。その素の右肩を漆黒の繊維が瞬時《しゅんじ》に覆った。ガトランスソォームには、ガトランスシステムに組《く》み込まれた形状記憶《きおく》の特殊《とくしゅ》繊維が仕込《しこ》まれているんだろう。または物質を、ナノマシン的な魔法の力を用いて原子レベルで解体、再構築を行っているんだろうか。

漆黒のユニフォームの腕と手と指の間も指抜きグローブを模るように漆黒の繊維層で半分覆われている。甲《こう》から手首も漆黒の繊維。〈鎖の因子《くさり》〉のマークの手首には、ハルホンクと同様に〈鎖〉が飛び出るための穴がちゃんと空いていた。

〈鎖〉の出入りする縁《ふち》の色合いは銀色。

〈鎖〉の位置を示すような矢印と数字のシャープな模様が金色で記されていた。渋い。

そして、漆黒の繊維が囲う掌の中には円状の印があった。円の中心は青白い。

イオンエンジンの噴射《ふんしゃ》ノズルのようにも見える。幅は小さいが円の縁は水晶。その水晶の内部は電子回路が密集したような作りで煌《きら》めいていた……ここからビーム？

空を飛ぶ時に使用する射出孔《しゃしゅつこう》だろうか？　いいねぇ。

両手と両足を揃《そろ》えて空を飛ぶ某《ぼう》ヒーローのポーズは好きなんだ。

そんなことを考えながら掌から腰《こし》へと視線を移す。腰の黒ベルトの一部も変形していた。

剣《けん》が納められるように特別な剣帯が付いている。最初はヴィーネのお気に入りであるコートかと思ったら、肌に密着したコスチュームとはな。想像の範囲外《はんいがい》だった。

　すると、アイテムボックスの表面の半球体的な風防硝子からレーザーが真上に照射。レーザーは腕の上で簡易の小型画面《ディスプレイ》に変化。その小型画面《ディスプレイ》は点滅《てんめつ》していく。その小さい画面には、

——音声認識《にんしき》可能
——《フォド・ワン・ガトランス・システム》稼動中
——遺産神経《レガシーナーブ》確認
——カレウドスコープ連携《れんけい》確認
——船体リンクシステム……エラー確認できず
——ナ・パーム統合軍惑星同盟衛星連動……エラー確認できず
——敵性銀河帝国《ていこく》軍衛星反応……エラー確認できず

　カレウドスコープとも連動しているようだ。試しに右目の横、揉み上げのちょい前辺り

のー字の形をした金属をタッチ。カレウドスコープを起動する。

ワイヤーフレーム状の細い線が視界に加わり浮かぶと、コンマ数秒も掛からず、縞《しま》と横の視界が広がった感覚と共に解像度と視力が上昇《じょうしょう》した。スッキリ感もある。着替《きが》えたヴィーネの全身を縁取る姿を確認――。

「ご主人様。それはハルホンクの防護服とは違うアイテム」

「そうだ。違う防具」

「何か、格式を感じさせる作りりです」

「さすがはヴィーネ。その通りで、ナ・パーム統合軍惑星同盟軍隊のユニフォームだと思う」

フォド・ワン・ガトランス・システム、と表示されていた。さて、カレウドスコープの視界はこのままにして……指の関節をぽきぽきと鳴らしてから、アイテムボックスの風防に指を当てる。その風防から照射が続く小型画面《ディスプレイ》を指で触り『閉じろ』と意識すると、小型画面《ディスプレイ》は直《す》ぐ消えた。アイテムボックスを普通《ふつう》に起動――◆マークへと魔石を納めた。

必要なエレニウムストーン：完了

報酬：格納庫＋70：ムラサメ解放

虹色の光がまたもやアイテムボックスの表面から発生した。その光の粒子《りゅうし》が尾《お》ひれを作るように回転しながら宙を漂うと、柄《つか》の形となる。刀身のない鋼鉄製の柄で、これが黄緑色に縁取られているのには、何か意味があるのだろうか？

カレウドスコープと、この戦闘服が連携《れんけい》していることにも関係がありそう。

はばきと鍔《つば》は横に少し出ている。下の柄巻《つかまき》は金属で、目貫《めぬき》の象嵌《ぞうがん》が施《ほどこ》されていた。これがムラサメか——右手で鋼の柄巻を握る。握った感触はいい。

——しかも軽い。鋼と思うが……違う金属？　宇宙の未知の特殊金属と予測。鑑定《かんてい》したら何か分かるかもしれない。ヴィーネにあげた黒い戦闘服も鑑定してもらうべきだったか。

しかし、このムラサメの起動方法はやはり魔力か？

試しに、鋼の柄巻に魔力を込めた。プラズマ染《じ》みた光刃《こうじん》のブレードが——ブゥゥンという音が響《ひび》く。柄とはばきから青緑色の刀身が伸びていた。はばきの中央には、光刃を放射する放射口があった。円筒状《えんとうじょう》の金属の輪でもはばきと柄の内部に仕込まれているのかな。

光刃の綺麗な青緑色のブレード。プラズマだとしたら高熱だ。そして、非常にカッコイイ……ブレードの色合いは黄緑色にも時折変化するようだ。その光刃を左右に揺らすように柄巻を動かした。ブゥン、ブゥンと音を鳴らす。

「それは魔法剣《まほうけん》ですか？」

剣術も扱《あつか》えるヴィーネは興味を持ったようだ。

「似たようなもんだ」

ヴィーネは銀仮面を外した状態。その双眸《そうぼう》は青緑色に光るブレードの光に染まって見えた。

「明るくて、魅力的《みりょくてき》です……」

そう語るヴィーネの頬を刻む銀色の蝶《ちょう》はいつ見ても綺麗だ。

そして、ヴィーネが、この光刃というか未来の刀に興味を持つ気持ちはよく分かる。本当に、このムラサメブレードは美しい。魔力を止めると瞬時に光刃は消えた。

鋼の柄巻だけになる。よし、実験だ。アイテムボックスから銅貨を出し床に置く。再度、ムラサメの鋼の柄巻へと魔力を込める。放射口から光《ひか》り輝くブレードが伸びた――。

そのムラサメブレードの切っ先で、床に置いた銅貨を突《つ》く――銅貨は感触もなく、じゅあっと音を立て蒸発した。素晴らしい威力《いりょく》。これは、魔剣ビートゥ……倉庫行きか？

光のブレード使いを目指すか！　二刀流、魔界騎士《きし》ではなく宇宙騎士を！

と思ったが……槍使《やりつか》いの神がいたら悲しむか？　本格的に浮気《うわき》はしない。剣術はこの間、ヴィーネ、ユイ、カルードから教わったばかり。――徐々《じょじょ》に覚えていけばいい。魔力を止める。鋼の柄巻だけとなった。しかし、この鋼の柄巻がカレウドスコープでは、黄緑色に縁取られている意味は……。

「もしかして……」

と、持っていた鋼の柄巻ことムラサメブレードをベッドへ投げてみた。

宙に弧《こ》を描く鋼の柄巻は黄緑色に縁取られたままだ。

「ご主人様？」

「あぁ、少し実験だ。気にするな」

「はい」

右手を伸ばした。ベッドに転がる、黄緑色が縁取る鋼の柄巻《ムラサメブレード》を意識――。

「ムラサメよ、来い」

その瞬間、鋼の柄巻が超伝導《ちょうでんどう》磁石に吸い寄せられるような勢いで飛んできた――。

右手の掌にスポッと納まる。おぉ、念動力のようだ。いいねぇ。

「この掌と繋がっているのか」

「凄《すご》いですね、引き寄せました。何かのスキルですか？」

「似たようなもんだ」

鋼の柄巻に魔力を送ると青緑色に輝くブレードが伸びる。

魔力を止めると青緑色のブレードは止まった。その鋼の柄巻を腰の剣帯に戻《もど》した。

続いて、右手に嵌《は》めているアイテムボックスをチェック。

エレニウム総蓄量：691↓1082

必要なエレニウムストーン大：1000：未完了《みかんりょう》
報酬：格納庫+100：小型オービタル解放
必要なエレニウムストーン大：1500：未完了
報酬：格納庫+150：偵察《ていさつ》用ドローン：解放
必要なエレニウムストーン大：3000：未完了
報酬：格納庫+200：アクセルマギナ解放

魔石の三千個……アクセルマギナとはなんだろうか……。

アイテムボックスのインベントリもチェック。

◆：人型マーク：格納：記録

アイテムインベントリ：65／260➡390

数値が増えた。この密着した服を脱ぎたい場合は、普通に装備を解除と念じればいいのかな……その考えのもと、『コスチューム解除』と強く念じた瞬間、密着していた漆黒の戦闘服がアイテムボックスの中へ吸い込《こ》まれて素っ裸に戻った。腰に差していたムラサメは吸い込まれず、床に落ちていた。よし、次は着よう！　『ガトランスフォームを着用』と念じた刹那《せつな》――アイテムボックスから漆黒の素材が瞬《また》く間《ま》に全身に展開される。ゼロコンマ数秒も経《た》たずに戦闘服のガトランスフォームを身に着けた状態に移行を遂《と》げた。

これは良い。再び『着用解除』と念じると、漆黒の戦闘服はアイテムボックスへ吸い込まれた。よし～肩の竜頭装甲《ハルホンク》と似た運用が可能か。が、漆黒の戦闘服のガトランスフォームは、肩の竜頭装甲《ハルホンク》とは違い、このアイテムボックスと連動しているようだ。素っ裸状態で、ムラサメを見る。「……」ヴィーネは炯々《けいけい》とした双眸で、俺《おれ》の一物を凝視《ぎょうし》していた。

が、ヴィーネの相手はしない。いや、実は相手にしてほしいが我慢だ。

落ちたムラサメの柄巻は、もう黄緑色に縁取られてはいなかった。

一応、そのムラサメに向かって右手を伸ばす。

「来い」

と、念じながら呟《つぶや》いても、先ほどと違い掌の中へと戻ってこなかった。ヴィーネに、

「あの鋼の柄巻は、ガトランスフォームと連携しているようだ」

「衣服と連携を……」

頷《うなず》いて、ムラサメブレードの鋼の柄巻を拾う。柄の表面を巻く素材は鋼の繊維と鮫革《さめかわ》のようなモノを活《い》かしたものだな。日本刀にある柄巻のデザインだと『菱巻《ひしまき》』っぽい。

日本刀の柄巻には、菱形《ひしがた》になるように組み合わせて巻く技法など色々と種類があった。

その鋼の柄巻のムラサメブレードに魔力を込めると――光刀、光刃としてのプラズマのようなブレードが放射口からブゥゥゥンと音を響かせ生まれ出る。

「これなら、普通に武器として使えそうだ」

「綺麗……」

光るブレードに視線を向けていたヴィーネが呟く。このムラサメ、ヴィーネは使えるのだろうか。試してみるか。魔力を止めて、素の鋼の柄巻状態にしてから、

「これ、試してみる？」

「あ、え、はいっ」

ヴィーネは一瞬《いっしゅん》、喜んだような表情を浮かべてベッドから立ち上がる。

床に長い両足を下ろして、ゆっくりとしたモデル歩きで近付いてきた。

そんな美人さんに鋼の柄巻を差し出すと、青白い手で受け取った。

「魔力を注ぐと、光の刀身が伸びるはず……」

彼女《かのじょ》はムラサメを握る両腕を垂らし、重そうなそぶりを見せた。

「こ、これは重い……わかりましたッ」

表情と言葉から、ヴィーネは鋼の柄巻に魔力を送っていると分かる。

だが、うんともすんとも。ムラサメブレードは起動しなかった。

「わたしには使えないようです……」

残念そうな表情を浮かべたヴィーネ。鋼の柄巻を返してきた。

「俺専用というより、ガトランス専用といえるかな」

「ご主人様専用。独自の武器ですね。先ほどの目は楽しんでおいででした。本格的に剣術の稽古《けいこ》を再開しますか？」

「あぁ、今はいい。俺は槍使いだ」

「はいッ、槍剣流《そうけん》開祖です？」

「はは、二槍流《にそうりゆう》に続いて槍剣流か。他《ほか》にも開祖はいそうだぞ」

「ご主人様なら違和感ありません！」

ヴィーネがそう言ってくれるのは嬉しいが、まだ少しやりたいことがある。

実験を再開。

「イモリザ、新しい腕になれ」

イモリザは指状態から黄金芋虫《ゴールドセキユリオン》に変身。その黄金芋虫《ゴールドセキユリオン》は腕を這《は》い上がり胸元を通って右腕の下にくっつく。瞬時に新しい腕と化した。素っ裸のままだったから、ヴィーネの顔を見ながら肩の竜頭装甲《ハルホンク》を意識。肩の表面に竜頭《りゆうず》を象《かたど》った装甲《そうこう》が浮かぶ。

半袖《はんそで》をイメージした瞬間、右肩の竜の口から暗緑色の布が全身に展開された。

イメージ通り暗緑色の半袖の防護服を装着。白銀色の蔓《つる》の模様が随所《ずいしよ》に施されていて、金具とベルトもある。右肘《みぎひじ》の新しい腕も半袖の状態になっていた。

腰ベルトにムラサメを差して仕舞《しま》いアイテムボックスをもう一度チェック。真空管が振動《しんどう》したようにブゥンと効果音を発し変化した。表示されているアバターのグラフィックは、四つの目の知的生命体。四つの目以外はソサリーの種族と似ている？

その表示されている知的生命体には、腕が新しく追加されていた。三腕となっている。

アイテムボックスはイモリザが俺の第三の腕に変化したことを認識しているようだ。

このアバターの知的生命体のグラフィックは、俺の姿に差し替えできないのだろうか？　と画面をタッチしたが変わらない。ま、仕方ない。

この新しい腕に、ショートカット機能の武器を登録しよう。——空欄《くうらん》をタッチ。

アイテムボックスの中に表示されている武器類が羅列《られつ》された。

セル・ヴァイパー、トフィンガの鳴き斧《おの》など登録できるが——今は魔槍《まそう》グドルルが第一候補か。薙刀《なぎなた》の関羽《かんう》の青龍偃月刀《せいりゅうえんげつとう》を彷彿《ほうふつ》とさせるオレンジ刃の魔槍グドルルを登録。

——擬態《ぎたい》改造義手に魔槍グドルルを装備しますか？　Ｙ／Ｎ
イモリザが第三の腕に変化しているが、その腕のことをアイテムボックスは、擬態改造義手と認識しているらしい。当然Ｙを選択《せんたく》。直ぐに『来い魔槍グドルル』と思念を送る。と擬態改造義手の中に魔槍グドルルが召喚《しょうかん》された。『消去』と念じた直後、第三の手の中、擬態改造義手の中から魔槍グドルルが消えた。再度、俺の右肘から真横に出ている第三の腕を意識しつつ『武器よ来い』と念じると、第三の腕の手に魔槍グドルルが召喚された。

その魔槍グドルルを上下に振《ふ》るう——。

よし、直ぐに、その魔槍グドルルを消し、擬態改造義手を無手に戻した。

これで一槍の風槍流から二槍流、三槍流へ、とリアルタイムに変化が可能だ。

再びアイテムボックスに表示されている知的生命体を見た。

異星人の額には幾何学的《きかがくてき》な模様が記されている。ぐるぐると巻く卍《まんじ》かな。

エネルギー的な意味で台風や銀河を表す？

フィボナッチ数列の黄金比とも関係していそう。

異星人の高度文明のナ・パーム統合軍惑星同盟の印だろうか。

先ほどあったように『カリーム』から『ガトランス』という称号《しょうごう》に変わったこともあるように、この異星人はナ・パーム統合軍惑星同盟の軍人さんだろうな。そして、帝国と表示されていたから、宇宙には同盟と帝国の争いがあるんだろう。

今はアイテムボックスとして利用させてもらう。

「ご主人様、その表示されている種族は魔族でしょうか」

「そうかもしれない。アイテムボックスを使っていた種族だろう。他の星系の異星人かもしれない。或《ある》いは、太古の種族か。ヴィーネが魔族と言ったように、目を複数持った種族は何処《どこ》にでもいるからな。高度な古代文明を持っていた種族の可能性もある」

「……他の星系とは……」

「ダークエルフ風だと、夜に天蓋《てんがい》、上の世界が光るだろう？」

「はい、最近は美しいと思えるようになりましたが、最初は……」

ヴィーネは表情を暗くする。彼女が初めて地上を放浪《ほうろう》した頃《ころ》か。そりゃ恐怖《きょうふ》だったろう。

「その光が太陽と同じ光を放つ恒星。その恒星の周りに惑星が回っている。ここでは違《ちが》うかもしれないが。そんな理由で俺たちが暮らしているような惑星は無数にあると思われる」

「……よく分かりませんが、天蓋にも違う種族たちが暮らしているのですね」

ま、その認識でいいか。

「そういうことだ。リビングに行こう」

「はい」

ヴィーネの手を取り起きてもらう。そして、胸ベルトを掴んで羽織るように装着。

ヴィーネも衣服を整えると共に部屋を出た。廊下《ろうか》に出ると、

「――ご主人様、おはようございます」

「おはよう」

廊下で待機していたメイドたちへ腕《うで》を上げ挨拶《あいさつ》。

俺とヴィーネはリビングへ向かう。と、クリチワとアンナのメイドたちが、俺たちがいた部屋に入っていくのを視界の端《はし》に捉《とら》えた。掃除《そうじ》かな。

「閣下、おはようございます」

ヘルメの声だ。そのヘルメはリビングの奥《おく》に設置されている瞑想《めいそう》ルームで休んでいた。

「おはよう、ヘルメ」

「はい」

「にゃお」

机の上で香箱《こうばこ》スタイルで休んでいた黒猫《ロロ》も挨拶してきた。

顔を上げて鳴いてくる。

「ロロも、おはよう」

「にゃおん――」

俺に呼びかけるように鳴いた黒猫《ロロ》は、香箱スタイルを止《や》めて、むくっと起き上がる。両前足を前方に伸ばして、背筋を伸ばした。これから『体を動かすにゃぁ』とでも言うように背中の毛を立たせながらの背伸《せの》びだ。背伸びに満足した黒猫《ロロ》さん。喉声《こうせい》で鳴きながらトコトコと机の上を歩いてくると、上を向く。

「にゃ」

「いいぞ」

と、笑顔《えがお》で語ると、相棒は「ンンン」と喉を鳴らしながら俺の肩へ跳躍《ちょうやく》してくる。肩で寝場所《ねばしょ》を作るようにくるくると回る。途中《とちゅう》で気まぐれを起こし、俺の首下から頬にかけて、舌を使いぺろぺろと舐めてきた。

「――うひゃぁ、ちょっとくすぐったい」

「にゃあ」

よーし、お返ししたる！　肩にいる黒猫《ロロ》を掴みあげ、抱っこしながら、柔らかいもふもふの腹に顔を埋《うず》めた。顔で毛のふさふさを堪能《たんのう》――同時に肉球を親指でモミモミするのも忘れない。黒猫《ロロ》は幸せそうにゴロゴロとした音を喉から響かせてきた。

「ふふ、ロロ様のそのリラックス顔。わたしたちには、あまり見せない顔なんですよね……羨《うらや》ましい」

傍《そば》に来たヴィーネが語る。

「閣下、わたしの胸に、お顔を埋めてみますか？」

ヘルメは瞑想中だが、そんなことを言ってきた。時々やっているから今は必要ない。

「今はいいよ、瞑想しておけ」

「分かりました」

ヘルメの声を聞きながら、胸の前に黒猫《ロロ》を抱《だ》く。赤ちゃんを包むように抱くような姿勢で椅子《いす》に座《すわ》り、目の前の机の上に、その黒猫《ロロ》の腹を皆《みな》に見せるように上向けにしながら両前足を真《ま》っ直ぐに伸ばし、万歳《ばんざい》を作らせるように寝かせてやった。

産毛《うぶげ》と桃色《ももいろ》の肌のお腹《なか》と乳首《ちくび》が見える。黒猫《ロロ》は俎板《まないた》の鯉《こい》状態だ。

しばし黒猫《ロロ》の腹の産毛から尻尾《しっぽ》までの毛を梳《す》きながらまったりと過ごした。

尻尾の毛を伸ばしていると、『そこまでにゃっ』、『しつこいにゃっ』といわんばかりに俺の手に肉球パンチをぶつけてきたが、好きなようにさせた。

「総長！　緊急連絡《きんきゅうれんらく》！」

突然《とつぜん》のヴェロニカだ。血の剣に乗った姿で登場した。

緊急《さんきゅう》なら血文字を寄越《よこ》せば直ぐだと思うが、

第二百四十五章「ムラサメブレードの切れ味」

「なんだ、緊急とは」

「突然、港側の倉庫街に海光都市の魚人海賊《かいぞく》たちと思われる集団が現れたのよ。魚人たちは縄張《なわば》りを築いて、濃度《のうど》の濃《こ》い魔薬、違法奴隷《いほうどれい》の商売を勝手に始めているわ。今、それを止《や》めさせるために、メル、ベネット、ポルセン、アンジェ、ルル、ララ、ロバートが向かったの。【月の残骸《ざんがい》】の兵士たちと魚人共が睨《にら》み合っている状況《じょうきょう》よ」

「ついに来たか……」

魚人海賊と盟約を結んでいた【梟《ふくろう》の牙《きば》】が潰《つぶ》れて日が経つからな。

「いいから、急いでよ。口に黒いお毛毛がついている、猫《ねこ》好き総長！」

「――分かった」

口を拭《ぬぐ》って黒猫《ロロ》の可愛《かわい》い黒毛を取る。一応、血文字で、他の〈筆頭従者長《選ばれし眷属》〉たちに連絡《れんらく》しておくか。

『海光都市から進出した魚人海賊の一部が港側の倉庫街に縄張りを築いたらしい。ウォーターエレメントスタッフの件かもしれない。俺はそこに向かう。暇《ひま》だったら来てもいいが、先に俺が向かう以上、待ってはいられないからな』

と傍にいるヴィーネとヴェロニカ以外に血文字を送った。

『ん、分かった。まだ素材狩《が》りに出ていないから、倉庫街の港に行く』

『了解《りょうかい》～。エヴァと一緒《いっしょ》に向かう』

エヴァとレベッカは買い物デートだったようだ。

『賭博《とばく》街で遊びながら、【月の残骸】の手伝いのつもりで見回り中だったけど、父さんと合流して急いで向かうから』

ユイは個人的な見回りか。カルードと合流してからとなると遅《おく》れそうだな。

『今、講師の仕事中だからいけないわ』

ミスティは当たり前の返事。全員の血文字メッセージを携帯《けいたい》のメールを見るように見てから、リビングの隅《すみ》で瞑想中の常闇《とこやみ》の水精霊《みずせいれい》ヘルメに視線を向ける。

瞑想中のヘルメは下半身を雲と液体を不思議に混ぜたような状態にして浮遊《ふゆう》中。

そのヘルメの背後の隅には彫像《ちょうぞう》と花飾りが増えていた。使用人たちのヘルメに対する信《しん》仰心《こうしん》が高まっていると分かる。もう新興宗教、ヘルメ教は始まっているのかもしれない。

数千年後にヘルメ像が建ち、教義にお尻《しり》を捧《ささ》げるとかありそうだ。ヤヴァいな。そんなオカシナことを考えて、一人笑いそうになったが、「ヘルメ、出かけるぞ、左目に来い」と呼ぶ。部屋の隅にいたヘルメは、「はいっ」と体のすべてを水に変化させた。

床《ゆか》で水溜《みずた》まりとなる。その水溜まりの中央がグイッと盛り上がったかと思うと波打ち、先端《せんたん》が長細く変化した。その長細い水のヘルメが一気に俺に向かってくる。螺旋《らせん》を宙に描《えが》くようなスパイラル状で俺の左目に収まってきた。左目にビームを浴びた感覚は強烈《きょうれつ》。

そんな常闇の水精霊ヘルメを左目に納めてからヴィーネに視線を向ける。

ヴィーネは朱色《しゅいろ》の厚い革服《かわふく》を着て胸ベルトのアイテムボックスを装着していた。戦闘《せんとう》モードだ。ヴィーネの巨乳が少し隠《かく》れるが、巨乳をより強調したスタイルに見えてくる。俺も装備を確認。半袖のハルホンクの防護服。肩の竜頭装甲は出現していないタイプだ。靴《くつ》はアーゼンのブーツ。ガドランスフォームの新しく入手したばかりの漆黒の戦闘服に途中で変身するのも面白《おもしろ》いかもしれない。しかし、最初は暗緑色のハルホンクの防護服で、魚人たちと相対するか。武器は腰に差すムラサメを試す。

「行くか」

「にゃお――」

黒猫《ロロ》は一足先に庭に向かう。

「ヴェロニカ、ヴィーネ、外に行こう」

「はい」

「装備は、その丈夫な防護服だけ？」

肩の竜頭装甲《ハルホンク》のことを指摘《してき》。ヴェロニカは疑問に思ったらしい。

「そうだ」

「半袖……祭りの戦いを見ていたから、凄く丈夫だとは知っているけど、少し不安」

そう訝《いぶか》しむが、それ以上深くは追及《ついきゅう》してこなかった。その二人と共に庭に出た。すると、相棒の触手《しょくしゅ》が皆を出迎《でむか》えた。その相棒はカラカルと馬が融合《ゆうごう》したような神獣《しんじゅう》に変身して、

「きゃ」ヴェロニカとヴィーネと俺の腰回《こしまわ》りに触手を何重にも巻き付かせたかと思うと、黒毛がふさふさな自身の背中に運んでくれた。今回はヴェロニカが前に座り、俺の後ろにヴィーネが座る。

「ヴェロニカ、場所の案内を頼《たの》む」

彼女の背中越《ご》しに頼んだ。

「うん、任せて♪」

背中の黒色のビロードのような毛を優《やさ》しく撫《な》でながら、

「ロロ、とりあえず、ペルネーテの東だ」

神獣ロロディーヌに指示を出す。

「にゃおお」

走り出す相棒のロロディーヌ。黒色のカラカルか、黒馬か、黒獅子《くろじし》か、黒豹《くろひょう》か、巨大《きょだい》な黒オセロットか。要するにネコ科の大きい神獣ロロディーヌだ。

俺の前に座ったヴェロニカは、その神獣ロロディーヌに場所の説明をしていた。

相棒は「にゃおおお」と馬でいう『ヒヒィーン』風に鳴いてから、倉庫街へ向かった。

神獣ロロディーヌは、四肢《しし》を躍動《やくどう》させる。家々の壁《かべ》を四肢で突くように跳《は》ね飛ぶ。

瞬時にペルネーテの空を飛ぶように駆《か》けた。

ロロディーヌが突いた家の壁が……どうなったかは知らない。

あっという間に、到着《とうちゃく》した。

「……ここよ。しかし、凄い子ね、ロロちゃん、いや、ロロ様は……」

ヴェロニカは左手でロロディーヌの黒毛を撫でている。

「にゃおん」

鋭角《えいかく》な耳をピクピクと反応させて、ヴェロっ子に反応するロロさん。

「カワイイ声～。ロロ様っていうより、ロロちゃんかな？　さ――降りるわよ」

華麗《かれい》に着地するヴェロニカ。ヴェロニカは神獣ロロディーヌの爆速移動は初体験だったはずだが、ヴィーネとは違った。足に来ることはないようだ。俺も続いて降りた。

ヴィーネは長い足をふらつかせていたから、直ぐに支えてあげた。

「ご主人様、毎回、すみません」

「気にすんな、いつものことだ」

〈筆頭従者長《選ばれし眷属》〉なんだが、これは直りそうもないな。

　昔の感覚が残っているのかもしれない。さりげなくヴィーネの背中を支えながら銀髪《ぎんぱつ》を触《さわ》っていると、神獣から黒猫《くろねこ》に戻っていた黒猫《ロロ》が、俺の肩にやってきた。

「こっち」というヴェロニカに付いていく。無数の魔素《まそ》が集結している場所がある。港も近いのか、海の匂《にお》いも漂《ただよ》ってくる。カモメ風の鳥が飛んでいた。

冷えていない通りの赤石と倉庫の石壁が、よどんだ暑い空気を感じさせた。

秋だが、倉庫街に人が集まっていることもあって熱気で暑い。外はいい天気。

そんな呑気《のんき》なことを考えをながら、通りの角を曲がると、

「あ、ヴェロニカと総長！」

【月の残骸】を率いるメルがいた。

待っていましたと言わんばかりに、彼女は品のある唇《くちびる》の端を上げて笑顔を見せる。

「総長のお出ましだ！　勝ったね、この勝負！」

ベネットは新しい弓を掲《かか》げると宣言している。

「シュウヤ様、お待ちしていました」

「総長様、パパと待っていました」

ポルセンとアンジェだ。初めて会った時と態度が違うアンジェ。彼女とポルセンに指輪の件を話すのは後にしよう。しかし、姉の吸血鬼《ヴァンパイア》ハンターのこともあるし、話をしないといけないとは思う。

「総長が来た！」

「ララ、まだ前を見てて」

「総長……」

ルル、ララ、ロバートはそれぞれ武器を抜《ぬ》いて構えていた。

「総長が来てくれたぞー」

「おぉーー」

【月の残骸】の兵士たちも騒《さわ》ぐ。彼《かれ》らは熱気を発していた。

むっとする熱気を運んでくる勢いだ。その反対側の向こうには、頭の上と首から桃色と紫色《むらさきいろ》が交ざったモヒカンのような長いエラが生えた魚人たちの姿が多数確認できた。

『彼らと戦うのですね。皆、中々の魔力《まりょく》操作をしています』

ヘルメが指摘している通り、魚人だからな。

「あいつらが、魚人海賊か、【海王《かいおう》ホーネット】か？」

メルに話しかける。

「いえ、それが、ガゼルジャン魚人海賊【油貝《あぶらがい》ミグーン】という組織らしいです。同じ海光都市から来たと言っていましたが」

「なんだそりゃ。少し、話しかけてみるか」

「どうでしょうか、無手の場合は分かりませんが、武器を持って彼らに近付きますと、一方的に槍投《やりな》げが始まりますよ？」

「構わない。交渉《こうしょう》できないなら潰す。メルは幹部の一部を引き連れて、この港近辺を含《ふく》めて、同じ魚人系組織が進出していないか調べてこい」

「分かりました――ヴェロニカ、ベネット、ポルセン、アンジェ、行きますよ」

「了解」

「分かりました」

「はい」

「いやよ、総長と一緒に戦う」

「ふーん、欲《ほ》しがっていた新しい骨を手に入れてあげたのに、要《い》らないのね。分かった」

メルは嫌《いや》がるヴェロニカを見て、嗤《わら》いながら語る。

「えっ、もしかして、ホルカーバム産ではなくて、ララーブイン山にある古代人の骨を？」

ヴェロニカは目の色を輝《かがや》かせる。欲しかったものらしい。

「そうよ」

「ごめんなさい。メル、がんばろう？　新しい血剣《ちけん》ぐるぐるの舞《まい》を見せてあげる♪」

「ふふ、そうこなくっちゃね。それじゃ行くわよ――」

メルに率いられた【月の残骸】の兵士たちが素早《すばや》く移動していく。

残った兵士は約半分か。

『ヘルメ、お前は魚人たちの右背後、右側面へ回れ。俺が戦い始めたら急襲《きゅうしゅう》しろ』

『はい、お任せを』

左目から出たヘルメは床の表面を水のままスルスルと魚人たちのほうへと向かう。

「ロロ、お前は陰《かげ》から左側の高い建物、倉庫の上に上れ。戦いになったらそこから急襲だ」

「にゃぁ――」

黒猫《ロロ》は肩から跳躍。宙でむくむくと黒豹に変身しながら着地。四肢を素早く前後させて走り倉庫の陰に向かう。相棒の走る姿を見ながら、ヴィーネに、

「俺が最初に交渉を行う。交渉が決裂《けつれつ》し戦いとなったらヴィーネは攻撃《こうげき》に参加できるようにしておけ、周りの兵士たちの指示を任せる」

ヴィーネは指揮能力もあるはずだ。地下での経験は伊達《だて》ではない。

「……分かりました。お任せを」

「総長、わたしたちは何をすればいい？」

「突っ込むのー？」

「先陣《せんじん》なら、俺もできるぞ」

ルル、ララ、ロバートか。

「お前たちは、俺の従者であるヴィーネの指示に従え」

「はい！　ララです。銀髪の青い肌《はだ》のエルフお姉さん、宜《よろ》しくお願いします」

「ルルだよー、わかったー。おっぱいお姉さんの指示に従う」

「了解した。この間、総長が紹介《しょうかい》していた家族の一人か。珍《めずら》しいダークエルフで強そうだ。素直《すなお》に指示に従おう。俺の名はロバートだ」

ヴィーネはルルとララとロバートの挨拶を受けて、微笑《びしょう》を浮かべるが、直《す》ぐに冷然とした態度になる。冷たい眼差《まなざ》しで彼女たちを見ては、

「はい。宜しくお願い致《いた》します。では、ご主人様のお楽しみの邪魔《じゃま》にならないように、戦うコツをお伝えしておきましょう……」

ヴィーネは戦術的な話を始めるが、ルルとララの頭には確実に入っていないと思われる。

綺麗《きれい》な銀の髪《かみ》を彼女たちに弄《いじ》られていたロバートは真剣《しんけん》に頷き聞いている。彼なら実行できるだろう。さて、俺はネゴシエーションを楽しみますか。指の関節をぽきぽきと鳴らし音を立てていく。魚人海賊は桃色と紫色が混じった長いエラが首の後ろまで続いている。その特徴的《とくちょうてき》なエラを持つ魚人たちに近付いた。

「こんにちはー、魚人海賊の皆さん、元気ですかー」

間の抜けた大声で叫《さけ》んでいた。場違《ばちが》いな挨拶に、魚人たちはざわめき出す。

「素手《すで》の男が近付いてきたぞ？」

「闇《やみ》ギルドではないのか？」

「お頭《かしら》ァ、変な男が近寄ってきますー」

「元気だぞぉぉ」

「俺も元気だー」

数人、挨拶を返してきた真面目《まじめ》な魚人がいた。

そんな魚人たちの中から、一際《ひときわ》、大柄《おおがら》な魚人が姿を現す。

大きい……優に三メートルは超《こ》えている。窪《くぼ》んだ双眸の奥から碧色《あおいろ》の眼光を発していた。顔は薄紫色《うすむらさきいろ》の鱗皮膚《うろこひふ》で覆《おお》われている。剥《む》き出しの肌にも毛はない。胴体《どうたい》は筋骨隆々《りゅうりゅう》。ぴんと張った薄紫色の鱗皮膚は鋼の鎧《よろい》を思わせる。その大柄の魚人が、

「ここは我らガゼルジャン魚人海賊【油貝ミグーン】の縄張りだ。人族の小童《こわっぱ》よ、離《はな》れていろ」

「なんで、ここに縄張りを作ったのですか？」

そう質問すると、魚人はきゅっと細い目を刃の如く鋭くさせた。

「人族の小僧《こぞう》、そんなことはお前には関係がない」

「魚人海賊様、そこを教えて頂けるとありがたいのですが」

頭を下げて、丁寧《ていねい》に頼む。

「ふむ。海光都市で優秀《ゆうしゅう》な魔調合師《料理人》に作らせた魔薬がまだ違う場所に残っていたのでな、その魔薬と拿捕《だほ》し鹵獲《ろかく》した船を売りに来たのだ。船に乗っていた捕《つか》まえた者たちを奴隷《どれい》にして大量に売り捌《さば》くという目的もある。で、お前も女、魔薬を買うか？」

ヴェロニカが話していたことと一致《いっち》する。

「いえ、女は間に合っていますし、魔薬も要りません。魚人さんたちは、金を稼《かせ》ぐのが目的ですか？」

「買わないのなら、お前に用はない。これ以上の言葉はいらぬぞ。次、その口から言葉が漏《も》れた時、この海槍《うみやり》グヌーンが、お前の喉仏《のどぼとけ》を、命を、刈《か》り取ることになる」

大柄な体格に見合う三つ矛《ほこ》の大槍をぐるりと手前に回した魚人。

その穂先《ほさき》を俺に向けてきた。碧色の眼光が鋭《するど》い大柄の魚人はニヤつく。

「ククッ……」

掠《かす》れた声で嗤うと銀色の鋭い歯を見せてきた。もうこいつに敬語は必要ない。

「……で、言葉が漏れたが？」

「舐《な》めた真似《まね》を！　人族めがぁぁぁ――」

愉悦《ゆえつ》顔から一転、敵意剥き出しの表情を見せた大柄魚人は、倉庫の建物が振動するかのような怒気《どき》を発した。そのまま三つ矛の穂先を前に突《つ》き出しながら、どたどたと足音を立てるように前進してくる。速度は遅《おそ》い――間合いを計りつつ、左手で小銃《しょうじゅう》を抜くように腰《こし》に差していたムラサメブレードを抜く。と、同時に半袖のハルホンクの防護服から、

『ガトランスフォーム着用――』

と念じた。右手首のアイテムボックスから黒い特殊繊維《とくしゅせんい》が全身に行き渡《わた》る。

漆黒《しっこく》の戦闘服《せんとうふく》のガトランスフォームを身に着けた。そして、ムラサメの鋼の柄巻《つかまき》に魔力を込めた瞬間《しゅんかん》、ブゥンと音を響《ひび》かせながら青緑色のブレードが鋼の柄巻の放射口から伸《の》びるのを感じながら、大柄の魚人の目の前に迫《せま》った三つの矛を避《さ》けた。

三つ矛の柄の模様は綺麗だ。そして狙《ねら》いは、この槍の根元――ムラサメブレードを上げた。青緑色のブレードが槍の柄をシュッと通り抜け、蒸発するような音が響いた。ムラサ

メブレードが三つ矛の槍の根元をあっさりと切断。

とすがは、ムラサメブレード！　エネルギーはプラズマか魔力か不明だが、何でも斬《き》れそうな雰囲気《ふんいき》だ。大柄な魚人は目を見開く。

「な、なんだと⁉」

驚《おどろ》きの声を発した。三つ矛の大槍についていて自慢《じまん》げに言っていたからな。が、そんなことは知らん。お返しだ――ムラサメに魔力をたっぷりと込めてから、いきなりの〈投擲《とうてき》〉――。

ムラサメブレードはブゥゥンとした音を響かせながら飛翔《ひしょう》していく。

「――ぎょばっ」

大柄魚人の眉間《みけん》に青緑色のブレードが突き刺《さ》さった。脳を焼き切ったのか、大柄魚人は断末魔《だんまつま》の叫びを発して、寄り目のまま背後に倒《たお》れた。その直後、魔力が途切《とぎ》れた光のブレードが消えて、鋼の柄巻は床に落ちた。

「――お頭が死んじまったァァ」

「が、あいつは武器を持っていない、隙《すき》だらけだ！　人族をやれぇ」

その瞬間、水状態で待機していた常闇の水精霊ヘルメが女体《にょたい》となって、

「やらせません！」

氷礫《ひょうれき》の魔《ま》法《ほう》を魚人たちの集団に放っていた。

「ギャアァ」

「ぐえッ」

「右に水属性の魔法使いを扱《あつか》う女が出たぞ！」

海賊たちは常闇の水精霊ヘルメを人族の魔法使いと勘違《かんちが》いしているようだ。続いて、左の倉庫の上にいた黒豹《ロロ》が、

「にゃごおお――」

体から大量の触手を魚人たちに向かわせながら、自らも飛び掛《か》かる。

「おい、今度は空に怪物《かいぶつ》!?」

「怪獣《かいじゅう》マンターンか？　ぐぁ」

複数の触手の先端から飛び出た骨剣が複数の魚人の体を突き刺していた。

黒豹《ロロ》は、魚人たちが倒れ伏《ふ》した中心地点に降り立つと複数の触手を体に収斂《しゅうれん》させる。スマートな黒豹のまま地面を這うように移動――。野生の黒豹が獲物《えもの》を狙うスタイルは渋《しぶ》すぎる。

その相棒は狙いを付けた魚人の首に飛び掛かった。

一瞬にして、魚人の首を抉《えぐ》り取り、魚人の胴体を触手で吹《ふ》き飛ばし倒した。

「今だ――黒豹め！」

と素早い槍使いの魚人が槍を突き出してきたが、黒豹《ロロ》は身を屈《かが》めて槍の穂先を避けると床を蹴《け》り、その槍使いの魚人へ跳《と》び掛かった。

槍使いの魚人が扱う穂先が相棒の背中を通り過ぎるなか、槍使いの魚人の首に噛《か》み付いた相棒は強烈だ。そのまま槍使いの首を噛み切って倒すと、その倒した死体を踏《ふ》み台《だい》にして跳躍。荒《あら》ぶる神獣ロロディーヌは高台に立つと、

「ガルルルゥ――」

と縄張りに侵入《しんにゅう》してきた魚人海賊たちを荒ぶる声で威嚇《いかく》した。

「ひぃぁ」

「黒い神獣なのか！」

「構うな！　黒豹を狙え！」

黒豹《ロロ》は、次の標的へ向かうように跳躍。土の地面に着地。その土の面を、足から伸びていた鋭い爪《つめ》で削《けず》り取る勢いで四肢を躍動させて駆けた。前にいた魚人の足を、前足の爪で引っ掻《か》くように切りつける。ナイスだ相棒――と、俺《おれ》の背後からはヴィーネの光線の矢が黒豹《ロロ》の動きに混乱した魚人たちに次々と刺さる。正確に魚人たちの眉間を捉えて射殺していた。

「――総長、俺も交ざるぞっ」

両手剣使《りょうてけん》いのロバートが、俺の横を走り抜けながら、右斜《みぎなな》め前にいた魚人を肩から袈裟《けさ》斬《ぎ》りに斬り伏《ふ》せ倒した。見事な両手剣の剣術だ。勉強になる。

「ぎぇえ」

魚人は肩から胸が大きく裂《さ》かれ、その裂けたところから血が一気に噴出《ふんしゅつ》していく。

「王剣流で、交ざるー」

「絶剣流でいくー」

ルルとララの二人も、それぞれに剣術の流派を名乗りながら体を交差させるようにして走る。狙いを付けた魚人に斬り掛かっていた。二人は分身したのか？　と錯覚《さっかく》するような体の重なりを活《い》かした剣術の連携《れんけいぎ》斬りを魚人に繰《く》り出した。魚人の体は頭部と胴体に分かれる。惨殺《ざんさつ》姉妹の渾名《あだな》は伊達ではない。凄《すさ》まじい剣術だ。ロバートよりも上だろう。

その間にも、背後から複数の弓矢が射出されていた。【月の残骸】の兵士たちの矢だ。彼らは前線に出ない。ヴィーネの指示だろう。ヴィーネは戦場の全体を把握《はあく》して指示を出してくれている。俺も大柄な魚人の横に転がっていたムラサメを左手に呼び戻《もど》す——左手で鋼の柄巻をキャッチ。スムーズに、腰の剣帯のスポットに差し戻す。

右手に魔槍杖《まそうづえ》バルドークを召喚。さて、本格的に殲滅戦《せんめつせん》を行う前に宣言しておくか。

「お前たちは無手の俺に対して矛を向けた。理由はどうあれ、お前たちは殲滅対象となる！」

そう宣言すると、

「糞《くそ》な人族めが、偉《えら》そうに！　お前らはおとなしく魔薬をやっとけやぁ、愚民《ぐみん》は愚民らしくな！」

「囲めぇ、数では俺たちのほうが上だ！」

「お頭《かしら》の仇《かたき》をおおお」

正面から一、右側からも一、突撃《とつげき》してくる魚人の姿を捉える。待たずに迎《むか》え撃《う》つ。

まずは正面から来た土手っ腹を持つ魚人だ。前傾《ぜんけい》姿勢を維持《いじ》したまま少し前に出る。腰を捻《ひね》り左足で地面を踏み咬《か》むような踏み込《こ》みから――。

魔槍杖バルドークを前に捻り、突き出す〈刺突〉を魚人の土手っ腹に衝突《しょうとつ》させた。

〈刺突〉の紅矛が土手っ腹を突き破《やぶ》った。柄に魚人の体重を感じ取る。

「――ぐあっ」

魚人の腹に刺さった魔槍杖バルドークを引き抜きながら、右から俺の首を突き刺そうとする槍矛《やりほこ》を見るように、爪先《つまさき》を軸《じく》に、体を横回転させて槍矛を避けた。

首を狙った槍矛が耳先を掠める。回避《かいひ》運動の勢いを足に乗せる右上段回し蹴りを魚人の首に喰《く》らわせる。そのまま魚人の首にめり込んだ右足の甲《こう》を振り抜いた。

魚人の首は千切れて左方へ飛んでいく。アーゼンの固い黒革《くろかわ》は魔竜王《まりゅうおう》製の足防具より威力《いりょく》があるかもしれない。駒《こま》のように回りながらの蹴り足を戻すと同時に引き戻していた魔槍杖バルドークを横へ百八十度振《ふ》り回し、飛来した短剣《たんけん》を弾《はじ》く。回避運動の隙を見せず、次の攻撃へ移る機会を窺《うかが》う。また短剣が飛来。その短剣を魔槍杖バルドークの柄で弾く。

魚人たちは、魔槍杖バルドークと蹴りのコンビネーションを活かした振り回しを見て動きを止めていた。駒のように回る俺を警戒《けいかい》したらしい。

距離《きょり》を詰《つ》めて来ないのなら詰めて来ない戦術を駆使《くし》するまで――。

魔槍杖バルドークを消してから、大文字を作るように両腕《りょううで》を左右へ伸ばした。

そして、両手首の位置にある〈鎖の因子《くさり》〉マークから〈鎖〉を射出。左右斜めに伸びた二つの〈鎖〉。距離を取っていた魚人たちの首やエラを突き抜けていた。

「ぐふあぁ」

「ぐぐぞおぉ」

〈鎖〉は、首とエラを貫《つらぬ》いた。が、彼らはまだ生きていた。タフだ……それならと胴体へ〈鎖〉を絡《から》ませた。成功。〈鎖〉で雁字搦《がんじがら》めにした魚人同士を勢いよく正面衝突させた。頭と頭に星マークどころか、陥没《かんぼつ》した血飛沫《ちしぶき》の星マークを作る魚人たち。

「なんだありゃぁ」

「やべぇ、ただの槍使いじゃねぇ」

「――遠距離戦《えんきょりせん》に備えろ」

「俺は逃《に》げるー」

死骸《しがい》に絡んだ状態の〈鎖〉を消失。再度〈鎖〉を出現させる。ひさしぶりに左手の〈鎖〉を棒状の三節棍《さんせつこん》へ変化させた。

右手の〈鎖〉で普通《ふつう》の偽槍《ぎそう》を作製した。三つ目の腕化は必要ないだろう。指の状態のまだ。逃げる魚人たちは追わずに、まだいる魚人へ直進。

狙いを付けた魚人の足へ三節棍を伸ばし、棍で足を強打、その足を折る。

「ぎゃぁぁ」

折れた足を抱《かか》えこむように身を沈《しず》めた魚人の頭蓋《ずがい》に向け、右手の偽槍を伸ばす。魚人の頭蓋を突き刺し止《とど》めを刺した。その直後の隙を狙ってきた魚人たちから投げ槍が放《な》たれてきた。急ぎ、横にステップを踏みながら移動しつつ〈投擲〉された槍を避けた。

右手の偽槍を崩《くず》し、ホプロン形の鎖盾《くさりだて》を作り出す。無数の投げ槍を、その鎖盾で弾いていく。相手は距離を詰めてこない。逃げながら投げ槍で対処するつもりらしい。

鎖盾を使いながら、魔脚《まきゃく》で素早く前進。後退した魚人の足目掛《めが》けて三節棍の〈鎖〉を伸ばす――その途中から棍を崩し、蛇《へび》のように蠢《うごめ》く〈鎖〉に変化させた。

足を〈鎖〉の先端が貫く。〈鎖〉を足に絡ませて捕まえた。

「げ、何故《なぜ》、俺なんだぁぁぁ」

運が悪いことを嘆《なげ》くように、そんな叫び声をあげる魚人を引き寄せるとしよう——足に絡ませた左手の〈鎖〉を収斂。

「ひぃぁ」

俺の足下《あしもと》に来たビビる魚人。その頭部目がけて、右手のホプロン鎖盾を打ち下ろす——。

魚人の頭部を潰して血を浴びた。血飛沫が起きた瞬間——。

投げ槍を実行していた魚人たちが一斉《いっせい》に背中を見せて一目散に逃げていく。

「逃げるのだめー」

「これを投げちゃうからー」

ルルとララは拾った剣と槍を使い〈投擲〉を行う。

次々と逃げる魚人の背中に剣と槍が突き刺さっていた。ルルとララは幼い。

それ故、その非情な行為《こうい》を楽しむ姿勢に独特の迫力《はくりょく》を感じた。

ヴィーネも【月の残骸】の兵士たちへ追撃戦《ついげきせん》の指示を出したらしい。

多数の兵士たちと共に前線に躍《おど》り出る。背中まである銀髪を躍らせながら近付く魚人をガドリセスの魔剣《まけん》で切り伏せていた。逃げ惑《まど》う敵に狙いすませた翡翠《ひすい》の蛇弓《バジュラ》の光線の矢が突き刺さる。さすがヴィーネ。翡翠の蛇弓《バジユラ》を構える弓構え、打ち起こし、引き分け、会《かい》の流れが迅速《じんそく》かつスムーズ。美しい構えだ。静止している〝会〟の状態、その会にはヴィーネが学んだ射法の奥義があるように見えた。

確実に光線の矢で魚人たちを仕留めていた。

そこにロバートが多数の【月の残骸】の兵士たちを連れて港の奥に向かった。

すると、右奥から、「氷夜・憐殺陣《れんさつじん》」と技名が聞こえた。リュクスの声だ。リュクスとミラとドワーフたちが見えた。伏兵《ふくへい》として隠れていたであろう魚人海賊たちが次々と、リュクスたちに斬られていく。ここで出会うことになるとは。そして、勝ったかな。黒豹から成猫の黒猫に戻っていた黒猫《ロロ》が頭部を上向かせて、

「にゃおおぉーん」

と、勝ち鬨《どき》の鳴き声を発した。

第二百四十六章「魚人海賊【油貝ミグーン】」

空中を飛翔しながら着地して、戻ってきたヘルメ。その彼女《かのじょ》が疑問顔をしながら、

「——閣下は追わないのですか？」

「今はな、ヴィーネ、ルル、ララ、ロバートががんばるだろう。後方から出現した魚人たちもミラたちが戦ってくれているからな」

「彼女たちに活躍《かつやく》の機会を与《あた》えるのですね」

「そうとも言える。しかし、眷属たちが来る前に粗方《あらかた》、片付いてしまった。ミラたちも加勢してくれたし」

「はい。あ、でも、まだ船が残っています」

「船の戦いか。なら次は見学かな。ヘルメも目に戻ってこい」

「はい」

常闇の水精霊ヘルメは頭部を下げて体を崩すように液体と化した。

水溜まりのヘルメの表面が波を打つ。と、中央部が膨《ふく》れて拳《こぶし》のような形を作りつつ、そ

の先端を長細く変化させながら放物線を宙に描くようにして俺の左目に収まってくる。

日薬を点《さ》したような気分の左目。その左目の瞼《まぶた》を、何回も瞬《まばた》きさせていると……。

倉庫の屋根の上からユイとカルードが降りてきた。

「やっぱり、もう終わっちゃったみたいね」

ユイは残念そうに、神鬼《しんき》・霊風《れいふう》の刀を鞘《さや》に戻す。

「マイロードの役に立てず、残念です……」

カルードも魚人の亡骸《なきがら》を確認《かくにん》しながら呟《つぶや》いた。

「すまん。最初は普通に交渉をして、長引かせようと狙ったが」

「それで、魚人たちはシュウヤの持つエレメントスタッフが目的だったの？」

「多分、違《ちが》うと思う。【海王ホーネット】ではなかった。ガゼルジャン魚人海賊【油貝ミグーン】と名乗っていたな」

ユイは綺麗な片眉《かたまゆ》を、細い指で掻きながら、

「へぇ、違う海賊か。海光都市も色々と魚人同士のいざこざがありそうね」

「だろうな」

そのタイミングで、

「シュウヤ、この惨状《さんじょう》だと終わったようね」

「ん、戦いは終わった？」

レベッカとエヴァだ。

「まだ船にいると思うが、この辺の戦いは終わった」

「そっか。ウォーターエレメントスタッフに関係するものだったの？」

レベッカはユイと同じことを聞いてきた。

「いや、直接は関係ないようだ。海光都市から来た違う海賊だった」

「ん、違う海賊？」

トンファーを仕舞《しま》いながらエヴァが聞いてくる。

【梟《ふくろう》の牙】との盟約が消えた余波が、海の向こうにある海光都市でも起きているのかもしれない」

「シュウヤの敵なら、どんな敵だろうと、わたしたちの敵——」

エヴァは絵にも描けない美しい微笑を作ってから、魔導車椅子《くるまいす》を変形させた。

綺麗な金属足の状態で抱《だ》き着いてきた。

「にゃおん」

黒猫《ロロ》は鳴いてから俺の肩に戻るのかと思ったが、エヴァの踝《くるぶし》の横に付いている車輪へと頬《ほお》を擦《こす》りつける作業を行っている。車輪に匂いをつけて縄張《なわば》りを主張、拡大を狙っているのか？

一心不乱に擦りつけている黒猫《ロロ》の姿を見ながら、エヴァの背中を撫でていった。

「……そうだな、皆《みな》の敵なら、俺の敵だ」

「ん」

エヴァは顔を上げて天使の微笑を見せた。

もっと抱きしめてあげたいが、エヴァの両肩《りょうかた》を持ち、身体を離す。

「──メルたちに、この港近辺の倉庫街を見てもらっている」

「うん。他《ほか》にも魚人たちがいるかもしれない。さっき、ミラとリュクスたちに挨拶《あいさつ》しといた。まだどこかに隠れている魚人が──」

「にゃ」

黒猫《ロロ》はレベッカの言葉に同意したのか、匂いつけ作業を中断。

レベッカの近くに移動すると、触手の先をレベッカが向けている倉庫の扉《とびら》へ向けて、尻《しっ》尾《ぽ》をふりふりさせていく。

「ううう、ロロちゃん！　その悩《なや》ましい動きは危険よ！　敵どころではなくなるっ──」

「にゃあ？」

黒猫《ロロ》は背後からレベッカの抱き着き攻撃を受けていた。あっという間に胸の前で抱っこされる黒猫《ロロ》。

レベッカに両前足をモミモミされると、その片方を裏返され、柔《やわ》らかそうな肉球に鼻を付けられ、ふがふがと匂いを嗅《か》がれていた。その肉球にキスを行うレベッカの表情が子供のようで楽しそうだ。

最後に柔らかい黒猫《ロロ》の腹に顔を埋《うず》めていた。猫吸《ねこす》いを喰らっている黒猫《ロロ》もまんざらではない。両前足を上げて後《うし》ろ脚《あし》は伸びっぱなしの、おっぴろげの全開モード。ゆったりとあくびを掻いてリラックスしていた。

「あはは、ロロもでれーんと体を伸ばしているし」

「ん、マッサージされて喜んでいる」

「綺麗な金髪《きんぱつ》のレベッカに抱っこされているロロちゃん。何か絵になるわね」

ユイがぼそっと褒《ほ》めていた。

「ふふっ、聞こえたわよ。ユイっ、綺麗だなんて嬉《うれ》しいことを言ってくれるじゃない！

今度、お菓子《かし》をおごってあげる」

黒猫《ロロ》の内腹に顔を埋めていたレベッカが、ガバッと上向かせて、ユイを見る。

彼女の口元には黒猫《ロロ》から抜けた黒毛が幾《いく》つもついていた。

「あ、う、うん、ありがと」

ユイはレベッカの興奮した表情に少し圧倒《あっとう》されながらも、微妙《びみょう》に頷《うなず》く。

「ロロちゃん、ふさふさな癒《い》やしをくれて、ありがとね」

レベッカは黒猫《ロロ》にお礼を言いながら地面に下ろす。

「にゃぁ」

黒猫《ロロ》は、『別にいいにゃ』というようにレベッカの周りを楽し気に回っている。そこにヴィーネが戻ってきた。

「――ご主人様、ミラとリュクスにドワーフたちが戦っている以外の魚人たちは、船内に逃げ込みました。ルル、ララ、ロバートが【月の残骸《ざんがい》】を率いて船に乗り込もうとしているところです」

「ご苦労。やはり船か、先ほどもそれらしいことを話していた。ということで、俺たちも交ざる？」

「うん」

レベッカは瞳《ひとみ》に蒼炎《そうえん》を灯《とも》し頷く。

「ん、行く」

エヴァも両手からトンファーを伸ばしやる気を示す。

「最初の切り込みは、わたし担当ね」

「二番手はお任せを」

ユイとカルードも新しい刀を握《にぎ》りながら話していた。

「にゃおん」

俺たちの話を聞いていた黒猫《ロロ》は変身。

超《ちょう》・巨大ではないが、グリフォンと黒猫を融合《ゆうごう》したような……。

神獣《しんじゅう》を感じさせる凛々《りり》しい姿となっていた。首から均等に触手《しょくしゅ》たちを生やしている。

早速《さっそく》、その触手で俺たちを掴《つか》むと、大きい背中に乗せてくれた。エヴァは神獣《ロロ》の後頭部の特等席だ。金属の足だから跨《また》いだ状態だと思われる。

柔らかそうな毛がエヴァの背中までを包んでいるから、エヴァのお尻《しり》は見えない。

「――ふふっ、ロロちゃんいつもありがとう」

エヴァは巨大な頭を撫《な》でている。

「ン、にゃぁー、にゃおん」

神獣ロロディーヌは『気持ちいいにゃぁ』風に鳴いている？

「……マイロード」

ロロの可愛《かわい》い声に反対するように渋く呟くカルード。

一人ぽつねんと佇《たたず》むカルードの姿がそこにあった。

忘れていたわけではないと思うが、神獣ロロディーヌは触手を伸ばさなかった。

カルードは残念そうな表情を浮かべているが、ここは厳しく、

「カルード、お前の〈従者長〉の力と足なら余裕《よゆう》だろう。ついてこい」

「はいっ、マイロード！」

直接、カルードへ声をかけてやると、カルードは頬を朱色《しゆいろ》に染めて、機嫌《きげん》を直してくれた。俺の前に座《すわ》るヴィーネの背中を見ながら、

「ヴィーネ、相棒を誘導《ゆうどう》してやってくれ」

「はい。こちらです」

ヴィーネが指示を出し、神獣ロロディーヌが進む。ハイム川の港が視界に入った。

板が敷《し》き詰められた場所に変わる。倉庫街かな。足下から板が軋《きし》む音が大きくなる中……魚人たちが犇《ひし》めいて乗っているキャラック船も見えてきた。その船に乗り込もうとしているロバートが、狭《せま》いタラップの上で魚人を切り伏せている姿も確認できる。

「ロロ、あそこに飛んで乗り込むとして、最初は手を出すな。ヴィーネもな」

「分かりました」

「にゃ」

港の手前にまで進んだところで、

「――飛んでいいぞ、右甲板《みぎかんぱん》の上辺りを希望」

「にゃお――」

指示をちゃんと聞いた神獣ロロディーヌ。港の端《はし》からキャラック船の上部に飛び乗ってくれた。

「怪物だぁぁぁぁ」

「乗り込まれたぞ――」

船に飛び乗った俺たちは神獣ロロディーヌから飛び降りた。

神獣ロロディーヌは、黒豹《くろひょう》の姿へと体を縮ませると指示を守る。

何もせず俺の背後に隠《かく》れるように移動してきた。少し遅《おく》れて、カルードも船の端に着地。

「準備はしておきます」

とヴィーネがガドリセスの剣を抜き、鞘も反対の手に持つ。

剣と鞘を胸元《むなもと》でクロスさせながら俺を守るように左前に立つと、ガドリセスから僅《わず》かに漏れ出たような炎《ほのお》の膜《まく》を体に纏《まと》っていた。そんな俺たちの様子を見ていた甲板の真ん中に集結している魚人たちが、

「クソッ、拿捕する気か……船長が戻ってこないが……」

「お頭、副船長も全員がやられてしまいました」

「船長がやられただと……なら【油貝ミグーン】で残っているのは、俺とロックの旦那《だんな》だけか。海光都市で一暴れできたと思ったらこれだ、ついてねぇ」

「ブエさん、どうしやすか」

「どうもこうもねぇ――」

魚人たちは寄ってきた。反《そ》った刃《は》が特徴的なカトラス系の武器を持つ。

「ミグーンの意地を見せてやる！　上部に居座《いすわ》っている奴等《やつら》を一掃《いっそう》するぞ、掛かれ！」

「おおおお――」

「やらせないわよ――」

海賊《かいぞく》たちの気合いを一閃《いっせん》するような声を発したのはユイだ。

日本刀の神鬼・霊風を抜《ぬ》きながら前傾姿勢で走るユイは速い。

肩《かた》で抱えたように見える魔刀《まとう》の構えから魔刀の刃を下に傾《かたむ》けつつ、腕《うで》を横に振《ふ》るう。

魔刀の刃を内に引いて、魔刀をコンパクトに畳《たた》ませつつ引く斬り方だ。

魔刀の波紋《はもん》の表面に闇の靄《もや》が纏い付く。その闇の靄を纏った神鬼・霊風が魚人の肩口《かたぐち》へ斜めに吸《す》い込まれた。ざっくりと胸から下腹部までを薙《な》ぐ。と返す刀で腹を両断しながら引いた神鬼・霊風の切っ先を左へと突き出す。左から迫っていた魚人の首を突いた神鬼・霊風は鋭い。そのまま神鬼・霊風の刃で首エラを横に引き斬《き》りながら仕留めていた。

シャワーのような血飛沫がユイの顔に掛かる。

仕留められた二名の魚人海賊は二重、三重の黒い刀傷を何処《どこ》からともなく受けて、何も発することなく甲板上に崩れ落ちた。ユイはそのまま船の端へ軽々と飛び上がる。狭い縁《ふち》に着地すると、白い綿毛の柳絮《りゅうじょ》が飛ぶように縁を走りながら、近くにいた魚人たちを連続で斬り伏せていく。

『〈筆頭従者長《選ばれし眷属》〉として当然なのですが、ユイの動きは、まさに剣豪《けんごう》です』

『あぁ、あれは常人では対処できないだろうな』

ヘルメが素直に褒めていた。

「ユイ、わたしも続きます」

娘《むすめ》の華麗《かれい》な剣術に〈従者長〉カルードも影響《えいきょう》を受けたようだ。

両刃刀《りょうばとう》の幻鷺《げんさぎ》を引き抜く。片手にもう一つの幻鷺を発生させる。と、前傾姿勢の二刀流のスタイルとなった。ユイと瓜二《うりふた》つのモーションで娘のフォローを行うように走り出す。甲板の魚人たちへ斬り掛かった。

「わたしもこの新しいジャハールで」

ユイとカルードの動きに刺激《しげき》を受けたレベッカ。蒼炎を全身に纏いながら素早《すばや》く、左の甲板へ前進。両手に装備している新武器ジャハールの剣先《けんさき》を、魚人の胴体に突き刺し吹き飛ばしていた。その吹き飛んだ魚人の死体が、背後の魚人たちに激突。彼《かれ》らはドミノ倒しのように樽《たる》やらロープやらを巻き込んで狭い甲板の上で転倒《てんとう》している。

「ん、レベッカ、凄《すご》い力……」

エヴァの声は俺の頭上からだ。体から発している紫色《むらさきいろ》の魔力《まりよく》を楕円状《だえんじょう》に展開させている。

俺たちがいる上甲板《じょうかんぱん》の一部を覆う紫色の魔力を展開させながら金属の足を見せていた。絹の白パンティが見えた。そのパンティを見せたエヴァの周囲に五つの鋼球も浮《う》く。

あれはこの間入手したサージロンの鋼球。

エヴァは銀色の腕輪《うでわ》を嵌《は》めている腕を動かすと、五つの鋼球を操作。

その瞬間、紫色の魔力に反応した五つの鋼球が金色の膜に包まれて震《ふる》え出す。

と、一気に急降下。船体を突き刺す勢いで魚人たちの頭部へ向かう。

五つの鋼球が魚人たちの頭部を直撃《ちょくげき》しめり込むと頭部は爆発《ばくはつ》した。

西瓜《すいか》割りを超えた破壊《はかい》。サージロンの鋼球は威力が高い。

「エヴァ、ナイスフォロー！」

「ん、レベッカ、いいから前を見て！」

「きゃっ」

三人の魚人がカトラスの刃をレベッカの胸元に突き刺そうと狙う。

レベッカは、ジャハールの刃を頭の上にクロスさせながら立てると、三つの刃を見事に防ぐ。が、細い腕に切り傷を負ってしまった。

「くっ、痛いじゃない！　ふんっ――」

レベッカは三人の魚人が扱うカトラスの刃を、両手が持つジャハールの刃で引っ掛けるように左右に広げて弾く。と後退――。

威勢《いせい》いい言葉とは裏腹に走って逃げてきたが、ジャハールの扱いは結構上手だ。

二の腕と腋《わき》が綺麗だから見惚《みと》れてしまった。

「やはりまだまだ駄目《だめ》ね。今は、前線よりこちらのほうが向いている！」

美しいレベッカは蒼炎弾《そうえんだん》を周囲に三個作り出し、それらを追い掛けてきた魚人たちへ投げつけていた。

「ぎっ」

「ぎゃぁ」

「げぁぁ、燃えてしまう～」

先頭にいた魚人は蒼炎弾を正面から浴びて腹に穴が空いた。絶命だろう。

背後にいた魚人たちも蒼炎弾を腰と足に喰らっていた。

更《さら》に、蒼炎弾が爆発。炎が周囲に拡《ひろ》がり魚人たちへと燃え移る。

阿鼻叫喚《あびきょうかん》の声があがっていく。最初から物理攻撃《こうげき》に拘《こだわ》らず、この蒼炎の技術を使えば殆《ほとん》ど勝てると思うが、レベッカは格闘戦《かくとうせん》での技を成長させたいんだろう。

船の縁と中央部の戦いもロバートたちが制圧していた。

魚人たちは上下から挟《はさ》まれる形となった。戦っていた魚人たちは各自武器を捨て、

「――皆、逃げるぞ」

「こんな都市っ、二度と来ねぇぇっ」

船の外へ身を投げ出して逃げていく魚人たち。

「泳いで帰れるものなのか？」

「……魚人だから泳ぎは得意でしょ？」

「ん、あの魚人、違う船にぶつかっている」

「あ、本当。気を失っているし……」

……確かに、魚人の何人かが、港に新しく入ってきた船にぶつかっていた。ぷかぷかと死体のように浮いている。

「ご主人様、追撃はしないのですか？」

「必要ないだろ」

そこにロバートの声が響く。

「――総長っ、魚人たちはもういないようです。船を拿捕《だほ》しました！　そして、下の営倉には、魔薬だけでなく奴隷《どれい》にされていた人族、エルフ、獣人《じゅうじん》たちがいました」

捕《つか》まった人たちか。

「総長～、泳ぐ魚人たち追い掛けたいっ」

「ララは泳げないでしょ」

ルルとララは船の端に手をかけて泳いでいる魚人たちを見ていた。

「泳げないなら放っておけ。それより、ロバート、その捕まっていた人たちを、ここに連れてきてくれるか？」

「お任せを」

ロバートは頭を下げてから、船の下部へ下りていく。

暫《しばら》くして、数十人の奴隷にされていた人たちが甲板の上に集められた。

「……魚人たちがいない？」

「……どういうことだ」

「ここはどこだ？」

「売られるのかしら……」

制服を着ている男、元は船乗りと思われるエルフ、ビロードの袖《そで》なし衣服が乱れた女、犬の耳を持つ髪《かみ》がほつれた獣人、絹のプラトークをかぶるエルフ。

様々な種族たちだ。そんな右往左往している彼らを見据《みす》えて、

「ここは【迷宮都市《めいきゅう》ペルネーテ】、港がある場所だ。お前たちを捕《と》らえていた魚人海賊は、俺たち【月の残骸】が始末した。この船を拿捕したのも俺たちだ。そして、お前たちを奴隷にするつもりはないし、助ける義理もない。ということで、解放するから自由に出ていくがいい」

シーンと、静寂《せいじゃく》が漂ったが……。

「おぉ」

「ここはペルネーテなのか、随分《ずいぶん》と内陸部に進んだのだな……」

「自由だとっ！　やったあああ」

「海ではなくハイム川か……」

「わたし、行く当てがないのだけど……」

「解放されるだけ、ましよ」

囚《とら》われていた人々の間に喜びと困惑《こんわく》の声が広がった。

一部の人たちは船から続々と下りていく。

「港だとすると、俺たちの船は売られてしまったのか……」

「奴隷にされないだけでもマシだろう」

「……船長、苦汁《くじゅう》を舐《な》める日々、ご苦労様でした……解放すると言ってくれた、あの方ならば、雇《やと》ってくれるかもしれませんぜ？」

「ふむ……」

船長？　顎髭《あごひげ》をぼうぼうに蓄《たくわ》えている元船乗りたちの中に、がっちりとした体格の眼窩《がんか》が深く目つきが鋭《するど》い男がいた。着ている服の胸には記章らしき物がある。

そこに、メルたち幹部を含《ふく》めた【月の残骸】の兵士が戻ってきた。

メルは解放された人々を見ながら、捕まえたであろう敵の幹部の背中を突《つ》っついて、タラップの上を歩かせている。ヴェロニカ、ベネット、ポルセン、アンジェも続いた。

【月の残骸】の兵士たちは整列して船の外で待機している。

「総長、敵の幹部と思われる魚人を捕まえました」

その幹部の魚人は船の惨状《さんじょう》を見て怯えていた。

「ご苦労」

「総長、船から出ていく人々は、この魚人たちに捕らえられていた方々ですか？」

「そうだよ。解放した。一部の船乗りは、どういうわけか残っているが……」

「総長、総長、戦いを挑《いど》んできた魚人たちを、たっくさんっ、始末したよぉ〜」

ヴェロニカが甲板の上で優雅《ゆうが》にステップを踏みながら知らせてきた。

「総長、あたいも弓でかなりの数をやった」

ベネットも報告してきた。

「ヴェロニカさんには負けますが、倉庫内の戦いではアンジェと共に奮戦致《いた》しました」

「パパと一緒《いっしょ》に倉庫の魚人をやったわ」

報告を受けた俺はメルに視線を向けながら、

「激戦だった？」

「いえ、ヴェロニカが、新しい血剣《ちけん》、血の大剣を使い大暴れしましたので凄く楽でした。それで、この魚人の名はロック。こいつの話を聞くに、倉庫街の責任者だったようです」

ロックという魚人を睨《にら》みつける。

「おい、ロックという魚人」

「は、はい……」

「他に魔薬とか置いてある倉庫はないんだな？」

「ありません、そこだけです」

確認するか。

「エヴァ、こちらに来てくれる？」

「ん、分かった。わたしが尋《たず》ねる」

「よろしく」

エヴァはゆらりゆらりと身体を浮かせた状態で、ロックの傍《そば》に近付く。

そのまま魚人の皮膚《ひふ》へ手を伸《の》ばし指で触《ふ》れていた。

「……ロック、この都市の他に拠点《きょてん》はあるの？」

「ない、俺がいただけだ」

エヴァは俺の方を向いて、肯定《こうてい》の意味で頷く。嘘《うそ》はついてないか。なら次は……ムラサメを〈投擲《とうてき》〉して殺した魚人が話していたことが少し気になる。エヴァに触《さわ》り続けてもらいながら……。

「……魔薬作りの魔調合師《料理人》はどこだ？」

「ハイゼンベルクか？　逃げられたよ」

ハイゼンベルクだと？　名前的に転生者か？

「なぁ、そいつの顔立ちはどんな感じだ？　俺に似ているか？」

「似てないな。頭は禿《は》げていたし青目の男だ」

ま。見た目は関係ないか。迷宮で手に入れた石に外国人の名前らしきものが刻まれていたから本当に外国の方かもしれないが。

「そのハイゼンベルク、どのタイミングで逃げられた？」

「海光都市だ。魔薬《まやく》を作らせた後、【海王ホーネット】との争いの最中に、魔法か何かを爆発させて俺《おれ》たちの縄張りから逃げていきやがった」

「爆発か」

「そうだ。まだ残っていた魔薬があったから、王都、ララーブインを避《さ》けてこの都市に売りに来たんだが、裏目に出た」

エヴァに顔を向けると、彼女は頷いていた。ロックが語っていることに嘘はない。

「メル、もう話は聞いた、そいつの管理は任せる」

「畏《かしこ》まりました。それで総長、傍で待機している船乗りたちを雇うのですか？」

「お願いします、我々を雇ってくださいっ！」

目つきが鋭い男が叫《さけ》ぶ。

「貴方《あなた》、先ほど船長と呼ばれていたようですが、この船を任せたらちゃんと働きますか？」

「お任せください。働きますっ」

雇って【月の残骸】に組《く》み込《こ》んでおけば、いつか見知らぬ海を冒険《ぼうけん》したり、海光都市に行ったり、船でまったりと移動したりしたい時に使えるかもしれない。それに、俺は使わずとも、メルなら使いこなすだろう。

『あの船長、顔が迫力あります』

『確かに、クック船長みたいだ』

『クック？』

『……俺が知る船長の名だ』

『閣下のお知り合いでしたか』

微妙にお尻愛に聞こえるが、指摘《してき》はしない。ヘルメとの念話を終わらせてから、

「メル、皆、こう言っているが、雇っていいか？」

「わたしは構いません。【月の残骸】の専属船としての利用ならば価値はありますね」

メルは即答《そくとう》。

「ん、雇って何をさせるの？」

「まさか海光都市に乗り込む気？」

エヴァとレベッカはそう聞いてきた。

「シュウヤ、船で冒険？」

ユイは頭を傾《かし》げながら聞いてくる。

「マイロード、【月の残骸】に預けるのですね」

カルードが的確に発言。

「船の冒険に使えるとは思うが、メルに任せる。【月の残骸】で運用しろ」

「分かりました。総長の指示があるまで、この船で、ハイム川黄金ルートで貿易を行います。更に、様々な手法で利益をあげてみせます。収支の管理もお任せを。では、早速……

そちらの方々、こちら側に集まってください」

副長のメルが船乗りたちを集めて、話を始めていく。

「んじゃ、俺たちは家に帰るか。ミラたちに挨拶してくる」

「ん、帰る」

「はい、帰りましょう」

「にゃ」

黒豹から黒馬に、更に黒獅子《くろじし》へと変化を遂《と》げた神獣ロロディーヌ。

触手を絡めた皆を、素早く己《おのれ》の背中に乗せてくれた。

「総長～ばいばいー」

「いいな～ララも、ふさふさな黒獅子に乗りたい！」

「あ、今度は、魔獣《まじゅう》の頭部に変化した～。凄く格好《かっこ》いい～」

ルルとララが大きいロロディーヌを見上げながら話す。

「寂《さび》しい～行っちゃうのねぇ、同じ眷属なのに」

「ヴェロニカはメルの仕事の手伝いがあるだろう？」

「うん。あ、ドワーフの方々が騒《さわ》いでいるわよ」

「おう。挨拶してくる。ということで、またな」

触手手綱《しょくしゅたづな》を少し引きつつ【月の残骸】のメンバーたちに腕を振る。相棒は甲板を蹴《け》って高々と跳躍《ちょうやく》――港から俺たちを見ていたミラたちの傍《そば》に降下した。

「『ドゥンの力を、ラ・ドゥン族の誇《ほこ》りを!!』」

「シュウヤさん！」

神獣《ロロ》から降りた俺は、

「『おぉ～』」

「大きい黒い獣……」

ラ・ドゥン族と叫んでいたドワーフの方々が驚《おどろ》く。皆、メイスを装備している。

「よう～ミラとリュクス。偶然《ぐうぜん》だな」

「はい！　シュウヤさんと会えて嬉しい！」

「どんな理由でここに？」

「あ、ここに来たのは、酒場で魚人の魔薬の売人たちに目を付けられたことが原因なんです」

「はい、魚人たちがラ・ドゥン族のターモに襲《おそ》い掛《か》かってきた。ターモも『バルバロイの使者』との戦いで生き残った猛者《もさ》。数人の魚人をメイスで倒《たお》しました。わたしも前に出て数人の魚人を斬《き》り伏《ふ》せた。すると、魚人たちは魔薬を袋《ふくろ》に詰《つ》め込み逃《に》げ始めたのです。その後を追い続けたら、いつの間にか、この港に」

「そうだったか」

「こんにちは～」

「ミラさんとリュクスさん～」

「ドワーフの方々も」

「にゃお～」

皆も神獣ロロディーヌから降りると挨拶していく。

「初めまして、わたしの名はカルード」

「こんにちは、わたしはユイ」

「こんにちはです。そしてカルードさんとユイさん初めまして、わたしはミラ・フレイギスと言います」

「お二人は、初めまして、わたしの名はリュクス。そして、シュウヤ様と皆様方《みなさまがた》は、迷宮と【夕闇《ゆうやみ》の目】との戦い以来ですね。神獣ロロディーヌ様も、ご立派です」

「にゃお〜」

相棒はリュクスの頭部を大きい舌でペロッと舐めていた。

「きゃ」

「あ、ふふ」

「おぉ〜槍使《やりつか》いのシュウヤとは、あのバルバロイの使者を倒した……英雄《えいゆう》か！」

「バルバロイの使者はたしかに倒しました。貴方は、あの時に生き残ったドワーフ戦士団の一人ですね」

「そうだ。名はターモだ。ミラとリュクスとパーティを組んでいる」

「はい。ミラとリュクスも頼《たの》もしい前衛のターモさんがいれば安心できるでしょう」

「あぁ、そうだと嬉しい」

「安心できますよ」

「はい、教義は違えど……死線を潜《くぐ》り抜けた仲間ですから」

「おぉ、そう言ってくれると、ここに残った甲斐《かい》がある……」

前にミラから『ドゥン』に纏《まつ》わる鈍器《どんき》を用いた異質な儀式《ぎしき》があるとかでペルネーテを離《はな》れると聞いていたが、このターモさんとドワーフの数人は残ったのか。

「シュウヤさん。お急ぎならば……」

「別段急いでない。ミラとリュクスとラ・ドゥン族の方々も、第一の円卓《えんたく》通りに戻《もど》るなら送るが？　たしか【蒼穹《そうきゅう》の神宿】だったよな」

「あ、はい。お願いできますか」

「おう、ロロ。皆を乗せてあげてくれ」

「にゃ～」

相棒は、皆の体に触手を絡《から》めて背中に乗せた。

「わぁ……素敵《すてき》な光景です。これが神獣様のお毛毛……」

「シュウヤさん、わたしも神獣ロロディーヌ様の背中に乗って良いのでしょうか……」

「「おぉぉ」」

「「視界が上がったぞ」」

「世界はこれほどまでに高いのか！　メイス道にまた新たな一頁《ページ》が刻まれる」

このドワーフの方々は結構面白《おもしろ》い。メイスに命を懸《か》けているようだ。リュクスに、

「リュクス、萎縮《いしゅく》しないでいい。皆ウェルカムだ。そして、ドワーフの戦士団の方々。同じ冒険者《ぼうけんしゃ》ならば、何か依頼《いらい》を一緒にこなす日が来るかもですね」

「おぉ！　そうかもな。またミラとリュクスと組むのか？」

「それは分かりません。タイミング次第《しだい》かと」

「あ……はい」

「はい、こうして偶然に出合って別れて、また再会。運命ですね、ミラ様」

「はい！　運命の人です！」

ミラがそう宣言すると、〈筆頭従者長《選ばれし眷属》〉たちからジト目が俺に集結。

「それじゃ、円卓通りに戻るとして、寄り道をしながらまったり小旅行はどうだろう」

「うん。いいわね～。皆でデート？　新しい食材は、それなりに買ったけど、まだチェックしていないお店がある」

「ん、賛成。あとレベッカ、新しい胡桃《くるみ》パンをあとで食べる？」

「勿論《もちろん》、家に帰ったら紅茶を飲みながら食べる」

「わたしも、エヴァが話している新しいパンが欲《ほ》しい」

「ん、ユイにも、みんなの分も買ってあるから大丈夫《だいじょうぶ》」

「そっか、ありがと、エヴァ」

「ん、シュウヤ、皆でデートを楽しもう～」

エヴァも楽しそうだ。俺も嬉しくなった。

「おう。ミラとリュクスにドワーフの方々も良いかな」

「「はい」」

「「承知！」」

「にゃご～」

「おぉ、猫の声だが、気合いの入った声だったぞ!!」

「まさに神獣の声か！」

相棒の背中で、相棒の声に反応しているラ・ドゥン族の戦士団の方々は面白い。

「カルードも付き合ってもらう」

「マイロード。魔煙草《またばこ》のお供は任せてください」

「あぁ、ツアンとカルードしか気合いの入った野郎《やろう》はいないからな」

「はは」

「あはは」

カルードの笑い方は渋《しぶ》い。雰囲気《ふんいき》がある。笑ったあとは、立派な執事《しつじ》のような態度で頭部を下げていた。格好いいカルードだ。そして、

「んじゃ、ロロ、行こうか」

神獣ロロディーヌの横腹を足で軽く叩《たた》いた。

「にゃおおお」

高らかに鳴き声を上げた神獣ロロディーヌ。相棒が駆《か》けた。

端《はた》から相棒を見たら、胸元の黒毛が靡《なび》いて見えていることだろう。
そのままレベッカが知る美味《おい》しい卵料理とパン屋に向かう。

第二百四十七章「互助会《ごじょかい》とクルブル流拳術」

ミラとリュクスとラ・ドゥン族の戦士団と別れて数日後。

庭で、槍武術の訓練中だ――ムラサメブレードは鋼の柄頭《つかがしら》を覗《のぞ》かせる状態で腰《こし》ベルトに差してある。左足を軸《じく》に回ってから、右上に跳《は》ねる。『片切り羽根』という技術のステップワークを確認《かくにん》しながら……よーし、あいつらを練習に呼ぼうと闇の獄骨騎《ダークヘルボーンナイト》の指輪を触り

「来い――沸騎士《ふっきし》たち」と、呼び出す。ヴェロニカ、ヴィーネ、レベッカの見学者もいるから少しポーズを取った。

「あ、沸騎士たちを呼ぶのね」

「この間、見た。総長が使役《しえき》している骨の騎士」

レベッカとヴェロニカが呟《つぶや》く。それを見ていたヴィーネが、

「ヴェロニカ、あれは沸騎士と呼ばれる異形の者たちです」

「魔界《まかい》の上等戦士とは違《ちが》う骨の騎士さんかぁ」

「はい、ご主人様だけの特別な骨、いや沸騎士たち」

「ヴェロニカは見たことがあったのね。ここでシュウヤが沸騎士たちを呼ぶのは、稀《まれ》なんだけど」

「そうなの？　前、吸血鬼《ヴァンパイア》の〈従者長〉と戦った時、シュウヤは使っていたけど」

「あ、聞いた聞いた、ヴァルマスク家の襲撃《しゅうげき》ね」

「うん。〈従者長〉たち」

「〈従者長〉って直《す》ぐに作れるのなら、危険ね……」

「昔なら危険。逃げたけど、今なら余裕～光魔ルシヴァルの〈血魔力〉は吸血鬼《ヴァンパイア》には天敵だから」

「あ、そっか」

　そんな会話中にも、いつものように闇の獄骨騎《ダークヘルボーンナイト》の指輪から出た魔線は、宙空で弧を描くように石畳《いしだたみ》と繋がっている。そこから何かが煮《に》え立つような音が響くと同時に、赤と黒の煙《けむり》か蒸気のような魔力が噴出し、その魔力を抱くように沸騎士ゼメタスとアドモスが登場した。相変わらずの迫力だ。

「――閣下ァ、黒沸ゼメタスですぞぉ」

「赤沸アドモス、今ここに！」

　その声にむくっと上半身を起こす黒猫《ロロ》。ヌコ座りというボス座り。尻尾《しっぽ》と片足を持ち上げ『ぽん』と地面を叩いてから「ン、にゃお」と鳴いていた。

「ニャア」

「ニャォ」

近くで寝《ね》ていた黒猫軍団《ロロ》も沸騎士たちの声に反応して挨拶《あいさつ》している。

アーレイとヒュレミは沸騎士を見るのは初か？

「なんとぉ、ロロ様が子供を⁉」

「おぉぉぉ、いや、ゼメタス焦《あせ》るな……親戚《しんせき》、御姉妹《ごしまい》かもしれぬぞ」

すると、アーレイとヒュレミの猫《ねこ》ちゃんたちが、沸騎士たちの足元へ移動していく。

彼らの目の前で、両足を揃《そろ》えて動きを止める猫たち。

煙が出ている鎧《よろい》に興味があるのか、見上げてジッと見ていると、突然《とつぜん》の大虎化《おおとらか》。沸騎士たちへ猫たちは襲い掛かった。食べられちゃう？

「ぬぉぉおおおお」

「うごぉぉぉ」

食べられてはいなかった。

片足で頭部を押《お》さえつけられて、骨兜《ほねかぶと》の眼窩を舐められている。

見た目が渋いフォルムの沸騎士なので、どこかシュールだ。

「ゼメ&アド、黄色毛の大虎で黒目がアーレイだ、黒白毛の大虎で藤色《ふじいろ》の目がヒュレミ」

「――アーレイ様とヒュレミ様っ」

「閣下の新しい僕《しもべ》たちでしたか」

ゼメタスとアドモスは立ち上がる。

そのまま、目の前にいるアーレイとヒュレミの姿を見て、

「これは」

「まさか」

ゼメ&アドの沸騎士は眼窩を不気味に光らせてから頷《うなず》き合うと、大虎アーレイとヒュレミの上に乗った。

「おぉぉ、これで、閣下のような一騎《いっき》掛《が》けを目指せるか？」

「目指せそうだぞ。我は魔界騎士《まかいきし》に見えるか？」

「見えるぞ、アドモスッ！　アーレイ様は、ソンリッサを超《こ》える動きだっ」

アーレイもヒュレミも嫌《いや》がらずに、沸騎士を乗せた状態で庭を走っていく。

「今度から乗って戦うのもありか」

俺がそう言うと、

「触手手綱《しょくしゅたづな》がないけど、沸騎士たちは落ちないで大虎を乗りこなしているようね」

ヴェロニカがそう発言、頷いて
「魔界でもソンリッサに乗っているようだしな」

と言うと、ヴェロニカが
「……わぁ、わたしも乗りたいかも」

「いつも血剣に乗っているからいいでしょ」

と、レベッカが指摘。ヴェロニカは小さい頭を左右に動かし、

「ううん、あの大虎ちゃんたちに乗りたいのよ」

と発言。彼女《かのじょ》たちが会話している最中に、庭を一周して戻ってきた沸騎士&大虎コンビ。

その大虎から降りた沸騎士たちは、片膝で地面を突いて、

「閣下、調子に乗りすみません」

「ニャア」

「ニャオ」

「アーレイもヒュレミも楽しんでいたようだし、構わんよ。ところで、今、訓練中だったんだ。相手をしてくれ」

「おぉぉ、勿論ですとも！」

「……久しぶりで骨が膨《ふく》らむ！　ゼメタスよ、閣下を喜ばせようぞ！」

「分かっているとも、アドモスッ！」

「猫ちゃんたちは、こっち～」

「ニャア」

「ニャォ」

　アーレイとヒュレミはヴェロニカの方に寄っていく。が、途中《とちゅう》から方向を変えていた。寝転《ねころ》がっている黒猫《ロロ》の方へ向かう。

「がーん、ロロ様の魅力《みりょく》に負けた」

「そりゃロロちゃんは、あの子たちの親分さんだからね」

「そんなことより、二人とも訓練が始まりますよ。ご主人様が相手ですからね、沸騎士たちがどのくらい持つか見ものです」

「あ、うん」

〈筆頭従者長《彼女》〉たちは、見学モードに移った。沸騎士たちに向け体を傾《かたむ》ける。

　半身の姿勢に移行しながら右手に握《にぎ》った魔槍杖《まそうづえ》バルドークを背中に回し、左手に握った神槍ガンジスを斜《なな》めに胸の前に構えた。

「……ゼメ&アド、こいよ」

　顎《あご》を微《かす》かに上方へ動かし誘《さそ》う。

「閣下ッ」

「――ゼメタスッ、先手はもらい受けるぞ」

赤沸騎士アドモスが左手に持つ骨盾《ほねたて》を構えつつ突進《とっしん》。右手が握る長剣《ちょうけん》の切っ先で狙《ねら》うようだ。俺も前傾姿勢《ぜんけい》で前進。アドモスの骨盾を貫《つらぬ》くイメージで、腰を捻《ひね》り、右手で握る魔槍杖バルドークの〈刺突〉を突き出す。その穂先《ほさき》の〈刺突〉をアドモスは長剣で見事に弾《はじ》いた。魔槍杖バルドークを引き、素早くアドモスに〈刺突〉を繰《く》り出す。二連続〈刺突〉のスキルは覚えられないが――。

練度は確実に上昇《じょうしょう》中だ。骨盾と紅矛《べにほこ》が衝突《しょうとつ》した――金属音が鳴り響《ひび》く。

俺の〈刺突〉を防ぎきったアドモスだったが衝撃《しょうげき》は殺せない、転倒《てんとう》――。

それをフォローするようにゼメタスが――。

骨盾を前面に出しつつ、反対の手に握る長剣で俺を狙う。

右腕《みぎうで》ごと魔槍杖バルドークを引く。同時に右足の爪先《つまさき》を軸とした回転避《よ》けを行った。

ゼメタスの繰り出した剣突《けんつく》を鼻先で避けつつ、神槍ガンジスを横から振《ふ》るう。

半円を描《えが》く軌道《きどう》で向かう神槍ガンジスの方天画戟《ほうてんがげき》と似た穂先がゼメタスの骨盾と衝突。

さすがは盾使い。防ぎ方が渋すぎる。

「――ぐぉぉ」

ゼメタスは苦悶《くもん》の声を出したが骨盾で神槍ガンジスの穂先を受けきった。

そのゼメタスの横からアドモスが袈裟《けさ》斬りを繰り出してくる。

横にステップを踏《ふ》む。足下《あしもと》からリズムの良い乾《かわ》いた音が響く中、アドモスの袈裟斬りを避けた。その槍圏内《やりけんない》から丹田《たんでん》に魔力を活《い》かすとしよう。右腕で右ストレートパンチを繰り出すように魔槍杖バルドークの〈刺突〉をアドモスに繰り出した。

骨盾ごとぶつかるような姿勢のアドモスと紅矛が激しく衝突した。

「ぐあ――」

再度、紅矛の突きで骨盾ごとアドモスを吹《ふ》き飛ばす。ゼメタスとアドモスが衝突し、縺《もつ》れ合いながら石畳を転がる。互いの長剣が骨腹に刺《さ》さり、骨盾が頭部にめり込んでいた。

二人の沸騎士を倒したが、沸騎士たちから成長を感じた。

俺の魔槍杖バルドークの〈刺突〉を何度も受けては鉄壁《てっぺき》クラスの防御《ぼうぎょ》を見せてくれた。

沸騎士ゼメタスと沸騎士アドモスは、

「すまぬ、アドモスッ」

「構わぬ、閣下は偉大《いだい》だ……我は、先に逝《い》く」

「待て、私も……」

沸騎士たちは魔界へ旅立った……ふぅ、一息。呼吸の乱れはないが――。

深呼吸――右手の魔槍杖バルドークと左手の神槍ガンジスで真円を中空に描くように演《えん》舞《ぶ》を行った。もう秋だが、真夏の日盛《ひざか》り。まだまだ暑い――。

ハルホンクの半袖《はんそで》防護服を着ているが、暑いもんは暑い。

色合いが白ではなく暗緑色であるせいかもしれない。

肩《かた》の竜頭装甲《りゆうずそうこう》が太陽の陽射《ひざ》しに煌《きら》めく。防護服の胸と脇腹《わきばら》に掛けて布の伸縮《しんしゆく》が可能なベルトの留め金と白銀色の蔓《つる》の模様も輝《かがや》いて見えているかもしれないな。

「沸騎士、盾の扱《あつか》いが上手《うま》かったけど……」

「はい、やはりご主人様の二槍流には及《およ》ばないですね」

「……」

ヴィーネとレベッカの視線がチラつく。ヴェロニカは黙っていた。いいかっこを示すわけではないが――神槍ガンジスの突きから〈刺突〉の連携突《れんけいつ》きを試《ため》す。

一連の動きを繰り返す度に、背中に付属したフードケープが揺《ゆ》れるのを感じた。

――よし、次の訓練に移るか。左足の爪先を軸に――右斜めへと回転移動しながら神槍ガンジスと魔槍杖バルドークを消失させる――。

無手になった両手を胸ベルトへ当て、古竜の短剣《たんけん》を抜《ぬ》く。左右の手に短剣を持ち構えた。

狙いは――少し盛り上がっている右の芝生《しばふ》――。

視線を鋭くしながら、古竜の短剣を持つ左右の手首をスナップさせて〈投擲〉を行った。

芝生の上に一つ二つ三つと合計六つの古竜の短剣が突き刺さった。

そこから蹴《け》りの訓練を開始。石畳の上を走りながら、右蹴り左回し蹴り、右上段回し蹴り、左中段回し蹴り、ローリングソバットを意識——。

邪界《じゃかい》導師のキレの動きを再現してみたが、いまいちだ。やはり、キレが足りない。

また槍を始めよう。再度、左手に神槍ガンジスを召喚《しょうかん》。

暑い陽射しを斬るように微細《びさい》な動作から始まる突きから薙《な》ぎ払《はら》いの動作を行う。

蹴りと払いのコンビネーションを試すと、槍の訓練を早々に終わらせた。

するとレベッカが、

「……あれ、いつも二槍流の訓練は長いけど、今日は短いの？」

「あぁ、短い時もあるさ」

「うん」

レベッカの衣装はいつ見ても魅力的《みりょくてき》。ムントミーの衣服の丈《たけ》は短い。

アクセサリーのブローチを活かす薄《うす》い上着。が、下に着ているノースリーブ衣装の方が、
今回は良い。プラチナゴールドの髪と夏服が妙《みょう》に似合う。日本の浴衣《ゆかた》を着せたくなった
……。

腰には茶色い布を巻いていた。そんなレベッカは左手にフォーク型スプーン、右手にシャーベット状の黒甘露水《くろかんろすい》が載《の》った皿を持っていた。黒い甘露水のシャーベットを美味しそうに食べている。この間のアイス作りの応用で作ったアイス。冷蔵庫に入れておいた物だ。

その様子を見てから、投擲した短剣を拾っていく。

「一緒に訓練をするか？」

「え、いいの？」

レベッカは遠慮《えんりょ》がちにヴィーネを見る。ヴィーネは、

「はい。沸騎士の前に何度もご主人様と戦いましたから気にせず。接近戦の上達をレベッカが願っていることは知っていますから」

と発言。レベッカは、

「うん、ありがと！」

とハキハキと言い、笑顔《えがお》を見せる。この辺りは本当に魅力的だ。

「では、〈槍組手〉を活かすとしようか」

「あ、ちょっと待って、アイスを食べちゃうから。アイスは最高に美味しい～」

レベッカは蒼《あお》い炎《ほのお》を双眸《そうぼう》に灯《とも》しながら、アイスを食べていく。

「了解《りょうかい》～、美味しそうに食べる姿を見ると、俺もほしくなってきた」

「ふふ～。少しあげる～」

「お、ありがとう～」

と、スプーンでアイスを掬《すく》って差し出してくれた。そのアイスをパクッと食べる。

美味しい～レベッカも満面の笑《え》みだ。スプーンを素早《すばや》く引いたレベッカは、アイスを掬ってまた口に運び、食べながら、

「ふふ～。美味しい！　冷蔵庫を開けて大正解。実は、違うお菓子《かし》を探していたんだけど、シュウヤの新しいお菓子を見つけて、直ぐにアイスをゲットしたんだから！　ヴィーネにもあげる～」

「あ、はい～」

ヴィーネにはアイテムボックスから取り出したアイスを載せた皿ごとプレゼントしていた。そして、また、ぱくっとスプーンごと頬張《ほおば》るレベッカちゃん。

レベッカの頭にはお菓子センサーが内蔵されているらしい。

「お菓子大王と呼ばれるだけのことはある」

「もう！　エヴァの言葉を真に受けないでよ」

「はは、ま、美味しそうでなにより。因《ちな》みに、そのアイスの美味しさは、ヴィーネのお陰《かげ》でもあるんだからな」

俺の言葉に、アイスを食べていたヴィーネはスプーンを口に咥《くわ》えたままコクコクと頷く。

「……美味しい……はい。この間、保存用魔道具《まどうぐ》を買いました」

「あ~色々な形の瓶《びん》があったのはヴィーネのお陰なのね！　偉《えら》い~エヴァの店以上に屋敷《やしき》の台所が豪華《ごうか》になっていた」

すると、ジト目で見ていたヴェロニカが、

「……レベッカ、少し頂戴《ちょうだい》♪」

「そんなもの欲しそうな顔を！　ふふ、口をあーんして」

「あーん」

そのヴェロニカの小さい口へと、レベッカがアイスを掬ったスプーンを差し出すと、ヴェロニカはパクッと食べた。

「うまー♪」

「でしょー。あ、これを全部あげる」

「わっ、ありがとう~」

「ふふ、さて、シュウヤ先生！　接近戦の特訓をお願いします！」

「おう、〈槍組手〉で応《こた》えようか」

肩の竜頭装甲《ハルホンク》を意識して半袖とパンツのような軽装にチェンジ。

「きゃ、殆《ほとん》ど裸《はだか》に近いけど……」

「ご主人様……」

「うふふ、総長の血鎖《ちぐさり》の衣装に少し似てる。けど、短パンは初かも。似合うわね～」

「おう。来いレベッカ」

「うん！　行っくわよ～」

レベッカは突進しながら拳を突《つ》き出してきた。微笑《ほほえ》ましい殴《なぐ》り方だ――。

右手でレベッカの拳を包むように数回弾きつつ引く。

「ふふ！　拳の一撃《いちげき》、二撃、三撃、四撃、五撃、えーーーい！」

光魔ルシヴァルの〈筆頭従者長《選ばれし眷属》〉レベッカだ。結構強力な拳の殴打《おうだ》を左手で受けた。左手がかなり痛い。そのままレベッカの細い腕《うで》の殴打を数回受けながら庭の芝生の上を移動していく。大きな樹《き》の付近まで移動した俺とレベッカ。

そのレベッカは、少し跳躍しつつ、右拳で俺の頭部を狙ってきた。その小さい拳を上に弾く。レベッカの細い腕がしなるように上がった。右の脇腹がガラ空き。レベッカの左手の拳を横に払いつつ、前進して、脇腹を擽《くすぐ》る。

「きゃっ」

と、後退して、キッと俺を睨《にら》むレベッカ。

「もう！　訓練なのに！」

「ははは、可愛《かわい》いレベッカ君。来たまえ！」

「ふん！　ジャハールを使うように――」

鋭《するど》い拳を突き出すレベッカ。体を引きながらレベッカが繰り出す拳の攻撃《こうげき》を掌《てのひら》で受けた。

すると、調子に乗ったレベッカちゃん。細い腕が大ぶりになった。

素早く半身を見せつつ、そのレベッカの横に移動――レベッカの右脛《みぎすね》の前に左足を置くように少し右に払う。

「――え」

足を払われたレベッカは一回転。さすがに背中の強打はさせない――。

素早くレベッカを抱《だ》くように背に手を当てながら一緒《いっしょ》に転がった。

「――あぅ」

背中を強打したが、ま、いいさ。

「――大丈夫か？」

「って、シュウヤ、背中を打ったでしょうに！」

「あぁ、いつものことさ」

「もう！　ありがと――」

と、レベッカに唇《くちびる》を奪《うば》われた。そのまま長いキスとなった。

「「……」」

近くに走り寄っていたヴィーネとヴェロニカが見ているが……。

ま、いいか。レベッカは俺《おれ》の唇ごと唾液《だえき》を吸いまくると、「ちゅぽん――」と音を立てながら唇を離した。妖艶《ようえん》なレベッカは唇から唾《つば》を垂らしつつ、俺の唾を逃《のが》すまいと舌で下唇を舐《な》めていた。同時にシトラスの香《かお》りと女のフェロモンに汗《あせ》の臭《にお》いを得る……。

最高の女の匂《にお》いだ……。

「ふふ、シュウヤの唇と唾を食べちゃった」

「あぁ、吸われた。えっちなレベッカさんだ」

「うん、シュウヤには敵《かな》わないけど！」

頬《ほお》が真っ赤なレベッカは俺の大きくなった一物を擦《こす》るようにわざと腰を前後させて、鎖《さ》骨《こつ》から乳首《ちくび》を舐めてきた。

「くぅ、乳首《ちくび》攻めとは、上手い……」

「……あん、ふふ、短パン越《ご》しに、あぁ……シュウヤの、ぱんぱんに膨れた一物の……大きさが分かる……」

「あぁ、芝生でエッチを始めちゃった……」

宙空にいるヴェロニカだ。〈血魔力〉でヴェロニカの体は包まれている。レベッカはヴェロニカと傍に来ているヴィーネをチラッと見てから、体から〈血魔力〉を放つと、自らの腰に力を入れてパンツ越しに一物の陰茎《いんけい》を秘部に押し当ててきた。

「あ……ん、いぃ、う、んぅ……」

「濡《ぬ》れ濡れのあそこに一物が少し入っているぞ……」

「アンッ、もう、わざわざ言わないの……アンッ、って、動かして……あぅ、シュウヤの一物がピクピクしている」

「……ご主人様、わたしも後ほど参加しますので、ご準備を」

「おう」

ヴィーネも体から〈血魔力〉を発していた。参加したそうに此方《こちら》を見ている。ヘルメも低空飛行で寄ってくると、《水幕《ウォータースクリーン》》を周囲に張った。

「閣下と眷属たちのお楽しみタイム～」

「あ、精霊《せいれい》様も参加を？」

「当然です。あ、ヴェロニカのお尻《しり》ちゃんを輝かせてあげますから」

「え……あ、ヴィーネなんで――」

「ふふ、ヴェロニカ先輩《せんぱい》を押さえましたよ。ご主人様もこのヴェロニカの小柄《こがら》な体を堪能《たんのう》したのですね……さぁ、精霊様」

「はい♪　閣下の水として皆《みな》の健康維持《いじ》に貢献《こうけん》しましょう」

ヴィーネがヴェロニカの体を押さえてヘルメがおっ始める気か。

その間に、桃色《ももいろ》に染まった肌《はだ》となっているレベッカは自らのパンティを横にズラす。俺の濡れた短パンの一物に陰唇《いんしん》を宛《あて》がってきた。レベッカの愛液で濡れそぼっていた短パンだったが、膨れた一物ではち切れんばかりだ。

レベッカは陶然《とうぜん》としながらムントミーの衣服をブローチに戻し、下着だけとなる。二つの乳首が透《す》けているレベッカは淫《みだ》らな吐息《といき》を漏《も》らし「アァ……」と甘《あま》い呻《うめ》き声を発した。そして、細い体を傾けつつ俺を見る　男を求める女としての奥《おく》が疼《うず》いて見えた。

「……ねぇ、体の芯《しん》が痺《しび》れて、シュウヤのがほしい、の……」

「……なんだって？」

「ばか……」

「それじゃ、ヴィーネに――」

と、言っている傍からヴィーネに唇を奪われた。そのヴィーネは俺の口内に自らの唾を送《おく》り込《こ》んでくる。舌で俺の舌を絡めながら唇を吸い取るように離れ、

「レベッカ、ご主人様の言うことが聞けないなら、さっさとそこを退《ど》け……」

「アンッ、わ、分かったから……」

その間にも腰を振動《しんどう》させていたら、レベッカは俺の胸元《むなもと》を両手で押さえながら腰をうねらせる。数回体を震《ふる》わせては、俺をジッと見て、

「ァア……シュウヤの一物をください……」

と、恥《は》ずかしいのか、両手で顔を覆《おお》った。可愛いレベッカだ。

「じゃぁ、短パンを下ろしてくれ――」

「アンッ……分かったから、アアァ、小刻みに突き上げないで、アン……」

レベッカはいそいそと腰を上げると、膣《ちつ》の出入り口に嵌《は》まっていた短パンの一物から離れた。レベッカのあそこから愛液の糸が引く。そのレベッカは、両手で俺の短パンを下ろした。跳ねるように出た一物を見たレベッカは「ふふ」と妖艶な笑みを見せながら腰を寄せてくる。が、小陰唇《しょういんしん》と大陰唇が擦れただけで一物は膣口に入っていない。

「あ、シュウヤ……」

「はは、大丈夫。ヴィーネはヴェロニカとヘルメのほうを少し頼む」

「くっ……はい……」

ヴィーネは悔《くや》しそうな表情を浮《う》かべて俺の頬にキスをしてから離れた。

「ふふ、ごめん、ヴィーネとヴェロニカ先輩に取られちゃうかと思って――」

俺に上から抱きついてきたレベッカの背中に手を当てながら、

「焦るな。ちゃんと抱いてやる。だいたい、今もお前の恥丘《ちきゅう》の上で一物が滾《たぎ》っているのは感じるだろう?」

「うん……」

レベッカは腰を少し引くように動かしながら、俺の一物を見た。

「おっきい……」

「下着を捲《めく》って胸を見せろ」

「うん……」

言われた通り下着を鎖骨付近まで捲って小さい胸とつぶらな桃色の乳首を見せる。

「次は、俺の一物を掴《つか》んで、レベッカが自ら入れるんだ」

「はい……」

レベッカは俺の一物を掴んで、己《おのれ》の潤《うる》み溢《あふ》れた膣口に一物の亀頭《きとう》を宛がう。と、一気に腰を下ろして一物を膣の中に入れてきた。レベッカは「アァンッ」と背を反《そ》らせる。

イったレベッカは蒼炎《そうえん》を体から発生させていた。蒼炎を体に纏《まと》ったまま腰を淫らに前後に揺らし始める。湿《しめ》りきったレベッカの恥毛《ちもう》を下腹部に感じた。レベッカの突起《とっき》した乳首を指で刺激《しげき》しつつ、レベッカの体を持ち上げ振動させるように一物を突き上げていく。

騎乗位《きじようい》のレベッカは魅惑的《みわくてき》――。

「アァアッ、アァ――」

レベッカは頭部を振って甲高《かんだか》い喘《あえ》ぎ声を発して、また体を震わせてイク。

膣の内部がぐにゅりと締《し》め付けてくるから快感が高まった。

負けじと、腰をせりあげる突き方をすると、レベッカは腰を少し浮かして、

「ァァ、な、なん、かい……も……だめ、アッ、うぅぅ……」

と、すすり泣くように声を漏らし逃《に》げようとした。が、構わず、一物に〈血魔力〉を込めて腰を一回強く打ち上げるとレベッカは「アァア――」と再びイク。

直ぐに乳首を抓《つね》ってレベッカを起こす。

「シュウヤ、激しい……けど、すごく素敵……もっと強くしていいから」

とせがんできた。頷く。快感を得るがままレベッカを気持ち良くさせようと――。

〈魔闘術の心得〉を強めつつ大腰筋《だいようきん》を意識して、レベッカの子宮の奥を亀頭で突き続けた。

が、強さだけでなくスローな優《やさ》しさも意識して労《ねぎら》っていく。

レベッカの俺を望む声が聞こえなくなるほど夢中になったところで、快感が来た――。

「レベッカ、そろそろイクぞ！」

と言った瞬間《しゆんかん》――レベッカも「アァア、わたしも――」と言ってくれた刹那《せつな》、レベッカ

の子宮の中で一物がうねり上がるように亀頭の先っぽからドッと精液が勢い良く迸《ほとばし》る。

レベッカの子宮を満たしたと分かる量だ。レベッカは気を失って俺の体に倒《たお》れてきた。

「ご主人様、レベッカと交代します」

「あぁ」

「ふふ、すっごく、やらしい匂いが濃厚《のうこう》……〈血魔力〉も凄《すご》い量を互《たが》いに出しているし……アァン、わたしも見ているだけで……」

と、語るヴェロニカは裸体《らたい》となっていた。ヴェロニカは俺の頭部を跨《また》ぐと、濡れに濡れている小振《こぶ》りな膣を見せるように、小陰唇を両手で拡《ひろ》げながら股間《こかん》を押し付けてきた。

そうして、ヴィーネとヴェロニカとヘルメとエッチが始まる。

すると、レベッカが気を取り直してから再び乱入。

皆とエッチをしながら模擬戦《もぎせん》を行う濃密《のうみつ》な時間を過ごした。その後、バスタブで皆の体を洗い合う。ヴィーネとヴェロニカとレベッカの女子会話がちょいと面白《おもしろ》かったが、話題についていけず。皆それぞれ体を綺麗《きれい》にしてから外に出て、

「エッチの最中にも話をしたが、向かいの屋敷で慈善《じぜん》活動がある。その手伝いに行こうかと思うが、どうする？」

「わたしも行く」

「わたしも行きます」

「あぁ、しまった！　激しいエッチのせいで！　アメリちゃんを見てくる」

ヴェロニカは俺たちの返事を聞かず、血剣《ちけん》に乗り素早く移動していく。

陰からアメリの様子を見るようだ。

「……ロロも行くか？」

石畳の上で、アーレイとヒュレミと共に寝転がっていた黒猫《ロロ》にも話しかける。

パルミントはポポブムと一緒に昼寝《ひるね》中だ。

「にゃ——」

黒猫《ロロ》は、起き上がり、肩に跳躍《ちょうやく》してきた。相棒は慈善活動を手伝うつもりはなく、人々が忙《せわ》しなく動く姿の見学と悪戯《いたずら》が目的かな？

「ニャアァ」

「ニャーオ」

アーレイとヒュレミも一緒に来たいのか、足元に来ていた。

「お前たちも来るか、邪魔《じゃま》にならんようにな？」

「ニャア」

「ニャオ」

そのまま皆を連れて屋敷を出た。夏のような陽射しが感じられる通りを歩き、向かいの家に行く。トマスさんの屋敷の立派な門を潜《くぐ》って庭にお邪魔した。

アーレイとヒュレミは隅《すみ》を歩いて探索《たんさく》を開始していた。トマスさんの屋敷と庭に興味を持ったようだ。気まぐれな猫だからな。が、オシッコをかけて縄張《なわば》りをアピールすると臭《くさ》くなってしまう。一応、

「アーレイとヒュレミ！　探索はほどほどに。悪戯も禁止だぞ～」

「ニャアアァ」

「ニャオォ」

二匹《ひき》は分かっているのか、分かっていないのか、謎《なぞ》だが、雑草と花壇《かだん》が並ぶ隅の方に向かう。肩にいる黒猫《ロロ》は黄黒虎《アーレイ》と白黒虎《ヒュレミ》と一緒に行動しなかった。尻尾を数回振って俺の胸を叩きながら、武術街互助会の慈善活動の様子を見ている。

「ロロ、興味があるなら邪魔をしない限り近くで見てきてもいいぞ」

と、相棒に伝えると、

「にゃ？」

と鳴いて肩から跳躍。が、俺の足下から離《はな》れない。

別段不満があるわけではないようだ。すると、配膳《はいぜん》活動をがんばっているアメリが、俺

のほうを振り向く。目の見えないアメリだが感覚で俺の位置を把握《はあく》している？

「……あ、シュウヤ様、こんにちはです」

「よ、慈善活動をしている姿はまさに聖女だな」

「聖女だなんて……」

「あめりんー、せいじょー？」

「あめりー、あそぼう」

「これ、たべていいのー」

アメリの周りには身寄りのない子供たちがいた。

「あ、シュウヤ様、仕事に戻《もど》りますね」

「おう、あ、手伝うよ」

「ありがとうございます」

一緒に食事を配ってから子供たちと遊んだ。ジャンケンをしたり、黄黒猫《アーレイ》と白黒猫《ヒュレミ》と黒猫《ロロ》と一緒に隠《かく》れんぼやだるまさんが転んだをしたりと、子供たちと黒猫《ロロ》がじゃれ合うように遊ぶ姿を見ると癒《い》やされる。と将棋盤《しょうぎばん》と駒《こま》を発見。軍人将棋ならアキレス師匠《ししょう》から教わっている。俺も思い出しながら駒の進め方を子供たちに伝授。子供たちは分からないようだったが、途中から覚えてくれた。そうしてから、風槍流の武術と〈槍組手〉の指導を行った。その活動をレベッカとヴィーネも手伝ってくれる。

　ヴェロニカの血の匂いも感じたから何処《どこ》かに隠れて見ているんだろう。

　因みにエヴァは、この場にいない。ユイとカルードが監督《かんとく》する俺の戦闘奴隷《せんとうどれい》たちを連れてディーとリリィの店用の新しい食材を手に入れるため大草原へ出かけていた。

　戦争中の西ではなく、ホルカーバム寄りの東の大草原だ。大鳥、他《ほか》、色々なモンスターの狩《か》りらしい。【月の残骸《ざんがい》】の食味街の店の鶏肉《とりにく》料理にディーさんが刺激を受けたとエヴァは語っていた。微笑《びしょう》を浮かべたエヴァのことを考えていると、

「……シュウヤさん、こんにちは」

「あ、どうも、こんにちは」

「この間のお祭りは楽しかったです。最近はこの慈善活動に参加しているのですね」

　そう話しかけてきたのは、鱗皮膚《うろこひふ》を持つ女性。ゼッタと同じ鱗人《カラムニアン》。そういえば、祭りの時、トマスさんとの会話中に、この女性を見かけた。頭にクラゲが乗っかっていても平気だった鱗人《カラムニアン》。

「はい。失礼ですが、お名前は？」

　頭を下げながら聞いた。彼女の姿をチェック。ハーフプレートと革《かわ》の服が似合う。

　ゼッタと異なり、健康的な鱗の皮膚で艶《つや》があった。腰には小さいタセットが付いたスカ

ートを身につけていた。両拳《りょうこぶし》には魔力が込められた布が巻かれている。

「あ、わたしの名はサーニャ。通りの向こうで布の店を経営しているオンタの娘《むすめ》です」

「にゃあ」

「あら、カワイイ、猫ちゃんっ！　お目めがくりくりくりぼーんですねー」

肩にいた黒猫《ロロ》もサーニャへ挨拶していた。くりくりぼーんがよく分からないが……。

「こいつは俺の相棒でロロ、本名がロロディーヌです」

「ロロちゃん。シュウヤさんのことを黒い目で見ています。カワイイですぅ……」

サーニャは茶色の髪《かみ》を靡《なび》かせて、目を輝かせていた。

「ところで、サーニャさんも武術を？」

「はい、このトマスさんの庭の一角でクルブル流拳術を教えているんです」

クルブル流？　聞いたことがないが、鱗人《カラムニアン》種族の流派とか？

「拳術ですか。正拳突《せいけんづ》きを一万回こなせば必殺技《ひっさつわざ》を覚えますか？」

「それは、剣豪《けんごう》クルブルの秘《ひ》儀修業《ぎしゅぎょう》のお話ですね。何かしらのスキルを覚えたと聞き及んでいます」

「こんにちは、サーニャさん。わたしはレベッカ。この可笑《おか》しなシュウヤと一緒に暮らしている者です」

「こんにちは、わたしの名はヴィーネ。ご主人様の従者。一緒に暮らしています」

配膳と掃除《そうじ》の手伝いを終えたレベッカとヴィーネが話しかけてきた。

ヴィーネは、金糸で白銀の長髪《ちょうはつ》を纏めている。必殺技のポニーテールだ。髪を纏めている紐《ひも》は魔力を込めると手袋《てぶくろ》の形になる防具だったはず。手袋に変化させているところはまだ見たことがないから、いつか頼《たの》むかな。

「はい、綺麗なお二方、こんにちは」

「綺麗だなんて……あ、サーニャさん、聞くところによると拳を使う格闘家《かくとうか》なのね。習いたいかも」

「クルブル流の門弟《もんてい》はいつでも募集《ぼしゅう》中なのですよっ」

サーニャさんは手を胸に当て、嬉《うれ》しそうな顔をする。

「わ～門弟になりたい。でも、ベティさんのお店の手伝いもあるから、毎日習うのは無理かもしれない。それでも大丈夫《だいじょうぶ》かな？」

「大丈夫です。あ、その名はもしかして、解放市場街にあるお茶屋さんですか？」

「サーニャさんもベティさんのお客さんの一人だったのか」

「あ、はい、父がよく買いに行っています」

祭りのときレベッカは話をしていたが、意外なところで繋《つな》がっている。ヴィーネが、

「レベッカ、基礎《きそ》を習うのはいいかもしれません。この間の魚人戦で新しい武器を使っていましたが、傷を負っていましたからね」

「ヴィーネ、見ていたのね」

「はい、ご主人様の目が一瞬《いっしゅん》血走りましたので、何事かと。レベッカが傷を受けて、逃げていた場面でした」

「サーニャさん、レベッカは不束者《ふつつかもの》ですが、宜《よろ》しくお願い致《いた》します」

「なんで不束者になるのよっ！　馬鹿《ばか》シュウヤ！」

「ほぅ……『わたし運がないの』……と嘆《なげ》いては庭の石畳《いしだたみ》と土の境目で転んで、周りにパンティを喜んで見せる趣味《しゅみ》を持つレベッカさんの言葉とは思えませんなぁ」

「その目、どこを見て喋《しゃべ》っているのかしら？」

睨みが怖《こわ》い。ないのところで胸を一瞬見たことに気付いたらしい……。

「ふふ、面白い方々です」

「あ、サーニャさん、気にしないでね、いつものやりとりだから」

「はい。では、早速《さっそく》、他の門弟たちに紹介《しょうかい》しますので、レベッカさん、こちらにいらしてください」

「了解ー。じゃ、シュウヤ、ヴィーネ、ロロちゃん、後でね」

レベッカは綺麗な腋《わき》を見せるように腕をぐるぐる回しながら言った。

「おう、がんばってこい」

「はい」

「にゃあ」

レベッカはサーニャさんと一緒に門弟たちに近付いていった。

第二百四十八章「クラブアイス」

配膳の手伝いをしていると、レベッカはサーニャさんの門弟の方々に頭を下げて挨拶《あいさつ》をしていた。サーニャさんは、掛《か》け声を発して門弟たちを整列させる。門弟の数は少ない。

「皆さん、レベッカさんが今回からクルブル流の門弟に加わりました。一緒にがんばっていきましょう」

「「はい」」

サーニャさんは師範代《しはんだい》らしく胸を張る行動から空手の型のような動きを始めた。

門弟たちもサーニャさんの動作を真似《まね》て、左右の腕を前方に突き出す正拳突《せいけんづ》きを行う。

次は、腕を交差させて前進しながらの正拳突きを行う。

体幹を意識した腰《こし》ごと前に運ぶような動きから、両足で力強く前進する。膂力《りょりょく》を拳に伝えるような正拳突きが主力か。拳法の歩法ばかりで蹴りの技は少ないようだ。

サーニャさんと門弟さんたちの動きの真似をレベッカが行う。面白いぐらいにぎこちなかった。が、レベッカは真剣《しんけん》。強くなろうとがんばる姿勢は見倣《みなら》うべき心根でもある。

——俺も槍をがんばろう。ラ・ケラーダの気持ちをレベッカに送った。

レベッカも笑顔を見せてくれた。槍もただ振《ふ》り回して突くだけではない……。

〈刺突〉のスキル一つだけでも奥が深い。指と置き方、掌で槍の柄《え》の握《にぎ》り方は異なることが多い。掌と指の微妙《びみょう》な力加減によって精度も変わる。その微妙な力加減が重要。

〈魔闘術〉の魔力操作の技術も関係してくる。更《さら》に筋肉と骨の動き。スキルの動きと視線によるフェイント。それを見越《みこ》して相手の心理も読む。武術の妙だ。非常に面白い。

……また槍の訓練をやるかな。そんなことを考えていると、配膳の手伝いも終わる。

ヴィーネのほうを見ると、ポニーテールの銀髪《ぎんぱつ》を子供たちに弄《いじ》られていた。ヴィーネは俺の視線に気付くと、子供たちから離れて傍《そば》に来た。

「……一通り配膳も終わったし、俺たちは家に帰るか」

「はい。訓練に刺激を受けましたか？」

「さすがに分かるか」

「はいっ」

「にゃお」

肩にいる黒猫《ロロ》が鳴く。

「あれ、ロロ。アーレイとヒュレミが見当たらないが……」

「ツン、にゃぁ」

香箱座《こうばこすわ》りで待機していた黒猫《ロロ》さん。俺の顔を見て、おもむろに四肢《しし》を使い立ち上がったが、途中《とちゅう》でその動きを止めた。下に顔を向けている。

その視線の先に、アーレイとヒュレミがいた。戻っていたのか。

「ニャア」

「ニャオ」

「この屋敷の探索をしていたのか？　髭《ひげ》に枯《か》れた葉が……」

猫《ねこ》ちゃんズの髭についたゴミを取ってあげてから、

「よし～帰ろう。挨拶してからだ――」

その前にトマスさんに挨拶を行う。二言三言会話した後、笑みを交《か》わし、訓練を続けているレベッカの様子をチラッと見てから屋敷を出た。首筋を焼くような、あちぃ陽射しを感じながら大通りを歩く。そんな大通りから駆《か》け寄ってくる小柄な人物がいた。

南瓜《かぼちゃ》の冑《かぶと》のような物を装備している。南瓜の冑を被《かぶ》るその小柄な男が、

「――お前が、武術街の新顔か！」

「なんだ？」

「いざ尋常《じんじょう》に勝負！」

ナックルダスターで殴り掛かってきた。南瓜の冑を被る男は、灰色のマスクのような物で口で覆っている。暑いのにアホか？　素直《すなお》に魔槍杖《まそうづえ》バルドークを召喚——紅斧刃《べにおのば》で両断はせず、柄を優しく下ろす——南瓜の冑を柄で叩《たた》いた。

「げぇ——」

と、南瓜の冑はドゴッと音を立てて凹《へこ》む。小柄な男は頭部に南瓜の冑が盛大に嵌まって、通りに転がった。その男に向け、

「急に襲《おそ》い掛かってくるな。というか、なんで、マスクしてんだ。そのままお天道様《てんとうさま》に顔を晒《さら》せ。健康に悪いことはするな」

「ぐぉぉぉ」

そのまま小柄な南瓜冑を被る男は灰色のマスクを外して何かを叫《さけ》ぶと、大通りをごろごろと南瓜の冑を活《い》かすように盛大に転がっていく。南瓜の冑が面白い。が、あの小柄な男は、いったい何がしたいんだ。さて、向かいにある我《わ》が家《や》の大門に到着《とうちゃく》。

庭に戻ってきた瞬間——肩《かた》の黒猫《ロロ》が腹を見せるように、跳躍——。

石畳に着地。そのまま軽《かろ》やかに小さい四肢を伸《の》ばして走り出す。

「にゃにゃお——」

と、鳴きながらポポブムが休む厩舎《きゅうしゃ》に向かった。アーレイとヒュレミの二匹も親分ロロ

のあとに続く。その後ろ姿は黒猫《ロロ》に劣《おと》らずチャーミング。

バルミントもガオガオ叫びながら出迎《でむか》えてきた。昼寝は終了《しゅうりょう》らしい。黒猫《ロロ》が率いる猫軍団はバルミント&ポポブムのお尻の匂いを嗅《か》いでいた。後ろに列を作りながらぐるぐるとお尻を追う動物と魔獣《まじゅう》たち。はは、面白いお尻合い軍団だ。

しばし、動物園空間に癒やされる。そして、深呼吸しながら庭を見渡《みわた》していった。

ふと、庭の左右の盛り上がった芝生《しばふ》が視界に入る。ちょい前に激しいエッチを行った反対側の芝生に墓石があったら何かドラマを感じさせるんだが……と、宝箱から入手した石板を思い出した。訓練は止《や》めておこう。そのままヴィーネにアイコンタクトしてから右隅《みぎすみ》の盛り上がった場所へと足を運ぶ。

「……ご主人様、屋敷の見回りですか？」

「いや、違《ちが》う。墓標をここに立てようかと」

「なんと、誰《だれ》の墓を……」

ヴィーネは驚《おどろ》いていた。

「この間、宝箱から手に入れたアイテムの一つ。魔力が豊富に入った石板だよ。鑑定《かんてい》もしてもらった石板」

「あぁ、迷宮《めいきゅう》の宝箱から入手した。あれですか」

「大きいほうの石板。俺は石板の文字が読めたんだ。そして、その文字に少し……心に響《ひび》く名前があった。だから、その墓石を、ここに建ててやろうかと思って」

「そうでしたか……」

ヴィーネは、何か言いたげな表情を浮かべた。彼女《かのじょ》は内心……『庭に墓は縁起《えんぎ》が悪すぎる』とか『地下世界にはない風習だ』とか考えていそう。そんな彼女の気持ちを予想しながらアイテムボックスを操作。魔法《まほう》印字が刻まれた石板を取り出して……土に埋《う》めて設置。

石板に刻まれた文字……アンコ・クドウ、ケイコ・タチバナ、ケイティ・ロンバート、ジョン・マクレーン。元日本人たち、南無《なむ》。片手の仏教スタイルでお祈《いの》りをした。両手でもやっとこう。更に、手を三回叩いて、三礼を空に向けて行う。続いて、外人さんたちへ、アーメン。胸で十字を切り、両手を組んでキリスト教スタイルでお祈りをする。イスラム教の場合は時間がずれているから、とりあえず地面に頭を付けて、

「ご主人様、そのお祈りは……」

「昔の名残《なごり》だ」

……この魔法印字が刻まれた石板。まだ魔力を帯びている。だから……試《ため》しに魔力を送ってみよう。そう思いつつ、俺は墓に近寄った。左手を墓石へと伸ばす。ざらついた石の表面を、指の腹でなぞりつつ、その墓石に魔力を送った、刹那——墓の表面の文字が光を

帯び出す――おぉ。

「ご主人様、これは」

「……俺の魔力によって、この石板が起動したようだ……」

石板の文字から出た光は、目の前の地面に幻影《げんえい》を作り出す。

幻影は、透き通っているが、カラーだ。名前通り黒髪《くろかみ》の女性が二人。

金髪《きんぱつ》の白人女性が一人。もう一人も白人男性と分かる。

アンコ・クドウ、ケイコ・タチバナがやはり黒髪？

ケイティ・ロンバート、ジョン・マクレーンが白人？

それとも現地人かな。墓に魔力を送り続けながら……投影《とうえい》されている幻影に向けて、

「あなたたちは……」

と、尋《たず》ねていた。

「あ、ここはどこ？」

「……姿が透明《とうめい》？」

日本人っぽい女性が、そう喋りながら自分自身の姿を触《さわ》るように見ていく。

「まだ、エグワードメタルに囚《とら》われた状態みたいね」

「ケイティ、ここは同じ迷宮世界か？　解《わか》るか？」

白人男性は蓬髪《ほうはつ》で大柄《おおがら》だ。気難しそうな顔。

ギラついた目を周囲へ向けながら白人女性をケイティと呼ぶ。

「〈改魔眼《かいまがん》〉の魔法検知だと――迷宮の新世界《ニューワールド》ではない。地上に戻れたみたいよ……」

「……おおお、戻ってこられたのか！」

白人男性の鋭かった視線が柔《やわ》らかくなった。頬もたるませている。

彼《かれ》は腰から紐《ひも》付きの剣帯に軍刀を彷彿《ほうふつ》とさせる武器をぶら下げていた。

「……そこにいる黒髪で綺麗な黒い瞳《ひとみ》を持つ男性と、見たことのない肌色《はだいろ》のエルフは弾《はじ》かれる。小型のドラゴンは視《み》ることはできた。でも、近くにいる黒猫も弾かれるわね……？

騎乗用の魔獣も視ることはできた」

ケイティと呼ばれた金髪の白人女性は肩をいからせながら、周囲を見る。

彼女は、魔力を宿し虹彩《こうさい》に星が複数集まったような、不思議で蠱惑的《こわくてき》な瞳を持っていた。

何かのスキル、魔眼の能力を使ったらしい。

彼女の姿は依然《いぜん》として透明の状態だが……魔眼は使えるようだ。

「……あの、すみません。ここは俺の屋敷内《やしきない》です」

「屋敷内……確かに広い……庭？」

眉間《みけん》に皺《しわ》を作りながら話す日本人女性。周りに視線を巡《めぐ》らせている。

とりあえず、尤《もっと》もなことを聞いてみよう。

「貴女《あなた》たちは、この墓標のような魔法石板に囚われている、ということでしょうか」

「そうみたい。魔王級のエグワードメタルが放った、特殊《とくしゅ》な魔法かスキルで封《ふう》じ込められたようね」

エグワードメタル。イモちゃんの過去、リリザの過去に出てきたな。

そこで、隣《となり》にいる聡明《そうめい》なヴィーネへ視線を向ける。

「ご主人様……」

ヴィーネは俺の新しい指に視線を向けて呟《つぶや》く。

「多分そうだ」

また透明な彼女たちに視線を戻し、

「……とりあえず名乗っておきます。俺の名はシュウヤ。隣にいるのはヴィーネ」

「よろしくです」

ヴィーネも頭を下げる。

「どうも。そこに刻まれているように、アンコ・クドウが名前よ」

目もとに薄《うす》く微笑を湛《たた》えている可愛《かわい》らしい女性だ。墓標に刻まれたアンコの部分に視線を向けている。

「わたしは、ケイコ・タチバナ」

長髪の彼女は、アンコさんと違い、少し表情が険しい。

「ケイティ・ロンバート」

「ジョン・マクレーン」

各自、頭を下げて名乗ってくれた。

「ニューワールドといいますと、十五階層ですね」

そう質問すると、険しい顔を止めて日本人だと思われるケイコさんが口を動かす。

「ええ、そう。さすがに知っているんだ。もう地上では、十五階層に突入《とつにゅう》している冒険者《ぼうけんしゃ》の数は多いのかしら？」

「この間、トップクランの一つが十階層を越《こ》えて、十一階層に突入したらしいです」

「あらら……時間がどれぐらい経《た》ったのかよく分からないけど、地上の冒険者たちは退化しちゃったのかしら」

「ケイコ、そうは思わないわ……今、話をしている、その黒い瞳の彼と肌が青白いエルフはわたしの魔眼を弾くのよ？　後、あのかわいらしい、黒猫ちゃんも……」

ケイティさんは、ヘルメのような睫毛《まつげ》をしていた。長細い両目を槍の穂先《ほさき》のように鋭《するど》くさせて語る。しかし、黒猫《ロロ》を見た時だけ、その表情が女性らしく柔らかくなった。

ケイティさんも猫ちゃん好きか。

「そんな相手、今までいたかしら……」

微笑から驚いた顔に変わっていたアンコさんが呟く。

「いなかった、初だろう……そのうえ、十五階層を知る人物」

その言葉にジョンさんが同意して、俺《おれ》を睨《にら》んできた。

「魔眼を弾く異質な存在……か。そうなると、何者か興味が出てきちゃったわね……」

「うん、わたしも」

ケイコさんとアンコさんは頷《うなず》き合う。

「……俺は槍愛好家で冒険者。槍好きの冒険者でもある。闇《やみ》ギルドもやってますが。そして、ニューワールドのことは聞いたことがあるだけです。そもそも、そのニューワールドとは、どんなところなのですか？」

その純粋《じゅんすい》な問いに、アンコさんを含《ふく》めて、透明な方々の全員が、意味あり気な表情を浮かべて、頷き合っていた。喋っていいの？　と、確認《かくにん》しあっているようだ……。

阿吽《あうん》の呼吸？　彼女たちには、ママニたちのような経験豊かな雰囲気《ふんいき》がある。

「……ニューワールドは、地上と同じように、人、エルフ、ドワーフなど、様々な種族が住み、長い歴史と文化がある。そして、大陸があり、海があり、空がある。その上に、二つの太陽と月に星があり宇宙もある。さすがに大気《たいき》圏外《けんがい》は見たことがないから、分からないけど。勿論《もちろん》、魔族、モンスターが腐《くさ》るほどいたわ」

空に星だと？　本当に地球のような星だったとは。予想的中か。というか途《と》方《ほう》もないな。

ペルネーテの十五階層も異世界か。二十階層も大陸があるような広さだった。

「そして、もう予想していると思うけど、わたしたちは冒険者。パーティ名が【クラブ・アイス】。元は、地上の迷宮都市ペルネーテという大都市から来たの」

「その名は……」

ヴィーネが呟く。聞いたことがあるようだ。俺も聞いたことがある。

と、すると……この方々は、カザネより前に、迷宮の十階層を越えたパーティなんだ。

少なくとも百年以上前の人物たち。もしや、知る人ぞ知る、古いけど、有名人？

「……はい、ここは迷宮都市ペルネーテです」

「やはり地上かぁ。戻ってきたんだ」

「石に閉《と》じ込められているのは、変わらないがな……」

「だけど、誰かの荷物の中とかで、放置されているよりはずっとマシでしょう？」

そこから彼女たちの話し合いが続く。【クラブ・アイス】のことを聞くか。

「……【クラブ・アイス】は、ニューワールドで活動していたのですか？」

「うん、ニューワールドで色々勉強した。言語も最初は違っていたから苦労したけど、翻《ほん》訳《やく》に使えるアイテムを使ったから楽に活動できるようになったの。そこから、永らくニューワールドで活動を続けていたわ。地下十階層を越えて長い巨大《きょだい》な迷宮から下りてきたことは内緒《ないしょ》にしてね。だけど……ある地域の人々を墓標のような石に変えて苦しめていた魔王級のエグワードメタルを退治しようと、戦っている最中に、先ほど話していた攻撃《こうげき》を受けてしまってね」

アンコさんが話してくれた。

「……災難でしたね。その閉じ込《こ》められた空間内では、己の意識はあるのですか？」

「ないわ。あったらあったで、無限ともいえる時間を考えたら……」

アンコさんの隣にいるケイコさんが、表情に翳《かげ》を落としながら呟いた。

「そうですよね……失礼しました。一応、確認しますが、この石板へ、俺が魔力を送り始めたら、透明な貴女方が現れたのですが、その意味は分かりますか？」

「……ジョンとケイティ、意味が分かる？」

「ああ、推測だが……」

ジョンさんは俺を見つめながら、

「貴方《あなた》の魔力が、この石板にある魔力結界を弱めたのかもしれない」

「そうね、結界に反応したということは、闇、時空属性持ちの魔力が関係し作用しているのかも」

スキルか魔眼で調べていたケイティさんがそう発言した。俺の属性が関係か。ゴルディーバの里でアキレス師匠が測魔検査石を使って、属性を調べたことを思い出す。俺は光属性、闇属性、時空属性、水属性を持つ。そこに誰しもが持つ無属性を合わせて五属性。

「俺がこうして、触《ふ》れて魔力を与《あた》え続けたら、そのうち貴女方は石板から解放されるという認識《にんしき》で合ってますか？」

「分からないけど、その可能性はあると思うわ」

魔眼持ちのケイティさんが自信がありそうな顔で語る。

「嘘《うそ》っ、出られるなら嬉しい」

「やった」

アンコさんとケイコさんもケイティさんの言葉を聞いて喜んでいた。

「本当なのか？　ケイティ」

ジョンさんも青い瞳孔《どうこう》を散大させて、聞いている。

「うん」

感動しているところ悪いが……。

「申し訳ありませんが、俺にもいろいろとやりたいことはありますし、いつもこうして魔力を与えている時間はないんですよ。時々魔力を与えるかも？　ぐらいの間隔《かんかく》となりますが。いいでしょうか」

「勿論だとも。我々は時が止まっている状態。何も言えないし、貴方の行動を束縛《そくばく》するつもりはない。ただ、少し時間を使ってくれれば嬉しいが……貴方の清節《せいせつ》に期待したい」

「ええ、その通りね。でも、解放してくれたら、なんでもしてあげるっ」

ケイコさんはそう言うとウィンクをしてくる。

アンコさんとは違い、最初は厳しい表情だったからギャップが可愛いかも。

「おぉ、何でも……」

「ご主人様、そういうのはいけません」

可愛いヴィーネのツッコミが来た。

「分かっている、ジョークに乗ったまでだ」

「あら、冗談《じょうだん》ではないわよ。ヴィーネさんには悪いけど、それぐらいの気持ちだと分かってほしいな」

「はぁ……」

ヴィーネは不満気に、墓とケイコさんを見つめる。睨んでいないから、閉じ込められていることに同情しているらしい。最後にこれも聞いておくか。

「最後に、地球出身者ですか？」

「そうよ。見ての通り元日本人と元アメリカ人ね。貴方も名前からして、元日本人かしら」

クールな印象を抱《いだ》かせるケイティさんが語る。

「はい。では、貴方方は転移者ですか？　転生者ですか？」

「転生者。今、貴方がいる地上世界で皆《みな》育ったわ。当然、各自違う名前が過去にあったけど、本名に戻して長く活動していた」

「そうでしたか」

「……ええ。それと、余計なお世話だけど、転移者、転生者の存在を知っているなら気を付けなさい。大抵《たいてい》の場合、わたしの目と同様に優《すぐ》れた能力を持ち、未知なるスキルを持っている。神々の使徒である可能性もある。力、知識を兼《か》ね備《そな》えた無限に広がる自己の欲望に酔《よ》っている場合……何をしてくるか分からないから」

魔眼を持った白人女性のケイティさんが忠告してくれた。

酔っている場合か。省察するにあるな……そういうところ。

「ご忠告ありがとうございます。俺自身に当て嵌《は》めてみるに、もっと強くなることを目指していますが……単純に力に酔っている部分は、確かにあるかもしれません」

「そう……貴方のことを指して言ったわけではないのだけど。自ら素直に認めている場合は、酔っているとは言えないわね。分かった上で力を使っているということよ？　貴方、危険で現実的な思考の持ち主かもしれない。マキャベリとか好きなのかしら」

ケイティさんは魔眼持ちだけではなく元心理分析家《ぶんせきか》か？

確かに君主論は読んだことがある。

「危険というのは、確かにそうかもしれません。ポリシー的に女性以外の敵だった場合、容赦《ようしゃ》しないので」

「……本心ね。少し安心したかも」

先ほどから本心なんだが。エヴァのように、サトリ系の能力を持っている？

ま、ストレートに聞いてみよう。

「心を読む力をお持ちですか？」

「持っていないから大丈夫。これはわたしの性格だから」

「ま、そんな力を仮に持っていたとしても、あまり表で言わないですよね」

「ええ、その通りね」

視線を鋭くさせて俺を見てくるケイティさん。ヤベェ……。

背筋が寒いのは気のせいじゃないだろう。

「……はは、ケイティと涼《すず》しく会話を行う人物が、ジョン以外にもいるとはね……」

アンコさんが苦笑い。仲間内にもこんな調子なのか。いやな感じがしたので、

「それでは、そろそろ、ここらで手を離します。また今度」

「あ――」

手を離した瞬間《しゅんかん》、墓の文字から照射されていた光が消える。

話していた幻影たちも同時に消えた。

「こんな事がありえるのですね」

沈黙《ちんもく》を守っていたヴィーネが語る。

「だなぁ、不思議な石だ。魔力をこの石板に送り続ければ……いつか、彼女たちのことを解放できそうな感じはする」

「それより、ご主人様……先ほどの〝何でも〟は、わたしがしてあげますから」

「あぁ、分かっているさ」

ヴィーネの可愛い顔。微笑をたたえた瞳の奥底《おくそこ》に、女としての意地が見えた気がした。

第二百四十九章「バルの進化？・」

「それじゃ、本館の母屋に戻ろう」

女の意地を見せたヴィーネを誘《さそ》う。

「はい」

「――にゃあ」

黒猫《ロロ》が肩に乗ってきた。アーレイとヒュレミはポポブムの上に乗り休んでいる。バルミントはポポブムの足に鼻を付けて、必死に何かの匂《にお》いを嗅いでいた。動物、いや竜《りゅう》の生態は分からない。黒猫《ロロ》を連れてリビングに戻ると、

「閣下、おかえりなさい」

いつもの場所で瞑想《めいそう》をしていたヘルメ。ヘルメは下半身が水のまま浮《う》かんでいる。

その水の下部から周囲に散っている水蒸気的な水飛沫《みずしぶき》は滝《たき》から放たれるイオンのようで美しい。一応、

「おう。半分液体と化しているが、大丈夫か？」

「大丈夫です。それより、閣下の霧《きり》のような霧の開発ができそうなのですっ」

そのヘルメの自信を含ませた物言いに憂《うれ》いはなかった。本当に水の液体だった下半身の一部が霧の状態となっている。大門の上で、紅茶を飲みながら一緒《いっしょ》に訓練を繰《く》り返していた影響《えいきょう》を受けたのかもしれない。

「成長していると分かって嬉しいが、無理をしていないか？」

ヘルメは眉根《まゆね》を寄せて、難しそうな表情を浮かべているので、少し心配だ。

「大丈夫です、もう終えますので」

「そっか」

ヘルメは霧の状態を解いて、普通《ふつう》の人のスタイルに戻《もど》っていた。その様子を見ていると、

「にゃ」

黒猫《ロロ》だ。小さく鳴いてから机の上に飛び乗り、座布団《ざぶとん》が置かれた場所へトコトコと歩く。

座布団の中央部に両前足を乗せると、座布団をモミモミし始めた。

更に土を掘《ほ》るように中央部に窪《くぼ》みができるまで前足を上下させていく。

砂場ではないが、できた窪みに後ろ脚を乗せると、その座布団の上で、回るように自分の尻尾《しっぽ》を追いかけつつ体勢を丸くして落ち着いた。アンモニャイトだ。

すると、黒猫《ロロ》は俺が見ていることを分かっているのか、伸びていた尻尾で『ぽんっ』と

机の上を叩いてから口元に添《そ》える。眠《ねむ》るようだ。可愛い……。

あのお目目を無理に開かせたい。と、悪戯《いたずら》を考えながら右手首にあるアイテムボックスから黒い甘露水《かんろすい》を取り出すと、使用人のミミが気《き》を利かせて、複数のゴブレットを用意してくれた。感謝して、

「ありがとう。ミミ」

「いえ、注《つ》ぎます」

素直に彼女が用意してくれたゴブレットに黒の甘露水を注いでもらう。

ミミは、常闇《とこやみ》の水精霊《みずせいれい》ヘルメ、ヴィーネのゴブレットにも黒い甘露水を注いでいった。

ヘルメの器だけ大きくて底も深い……ヘルメ、順調に信仰心《しんこうしん》を集めているようだ。

ヘルメのおっぱいから聖水を求める日は近いか……。

未来でおっぱい教とお尻《しり》教の二大派閥《はばつ》の争いが起きたりして……。

大変なことになるかもしれない。ヘルメの場合、世界のお尻を蹂躙《じゅうりん》したいと前に語っていたから、お尻教の派閥が勝つかもな。そんなアホなことを考えながらゴブレットを口に運ぶ。

皆で黒の甘露水を飲みながら寛《くつろ》いで会話を続けた。

次第《しだい》に話題は雑談を含めたバルミントの話へ移行していた。

「バルミントは大きくなってきた」

「はい。大きくなるのは微笑《ほほえ》ましいですが、このまま成長しますと竜としての狩《か》りの仕方、飛び方も学ばずに、過ごすことになるかもしれません」

「だな……」

高《ハイ》・古代竜《エンシエントドラゴニア》だから、その辺は自然と覚えるかなと、漠然《ばくぜん》と思っていたが。

「ヴィーネの指摘《してき》は尤もです。そこで提案があります。閣下が前にお話をされていた高《ハイ》・古代竜《エンシエントドラゴニア》であるサーディア荒野《こうや》の魔女《まじょ》へ、バルミントを見せるのはどうでしょうか？」

ヘルメが細い顎《あご》に指を当てながら言う。

「それは少し考えていた」

「その竜婆《りゅうばあ》は危険かもしれません。食うために国、人を襲う混沌《こんとん》な気質を持つとか……かなり気まぐれなのでしょう？　バルミントが食べられてしまうかもしれません」

ヴィーネは心配そうな表情を浮かべて話す。

「気まぐれでいったら、俺も負けていない」

「冗談ではないのです」

ヴィーネは冷然とした目をしている。懐《なつ》かしい。最初もこんな感じだった。

「すまん。ドラゴンだから不安要素はある。が、共食いはないと思いたい。バルミントは希少で知性を有した高・古代竜《ハイ・エンシエントドラゴニア》だ。……サーディア荒野の魔女サジハリも高・古代竜《ハイ・エンシエントドラゴニア》。その関係性を信じたい」

「……しかし、カーズドロウは異なる大陸の高・古代竜《ハイ・エンシエントドラゴニア》と言っていました」

「あぁ、リスクはないと言えない。バルミントとサジハリは種族の違う高・古代竜《ハイ・エンシエントドラゴニア》だろう。が、勘《かん》を信じる。そして、バルミントを襲った場合、俺が対処しよう。が、案外いけると思うんだ。ヘルメも話す通り、バルミントの教育をサジハリがしてくれる可能性は高いと思う。ドラゴンにはドラゴンの過ごし方があるはず。が、将来バルミントと俺たちが共に暮らしたいという思いに変わりはない。だからこそ高・古代竜《ハイ・エンシエントドラゴニア》の生き方を知って体感しとくべきだと思う」

話をしてみる価値はあるはずだ。

「閣下の直感と考えは正しいことが多い。バルミントの今後のためにもいいかと思います」

「そうですね。庭で騒《さわ》ぐ声が小さくなるのは、寂《さび》しいですが……」

ヴィーネの気持ちはよく分かる。俺だって寂しい。しかし、ヘルメの話す通りバルミントの更なる成長のためには必要不可欠だろう。続けて、今後の展望を話し合っていく。

「閣下、ヴェロニカのように【月の残骸《ざんがい》】の副長であるメルを、選ばれし眷属《けんぞく》である〈筆頭従者長〉へ昇華《しょうか》させせないのですか？」

「精霊様の案は一理ありますね。対闇ギルド戦において戦力アップは重要かと」

メルの眷属化《けんぞくか》か。前に、ベネットとともに考えたことはあるが、彼女たちの場合は……ヴェロニカが自分の眷属にするかもしれない。

「……メルとベネットは、多分、ヴェロニカがじかに眷属化を行うと思う。正確には聞いていないので分からないが、彼女は眷属化を行いたい人材が既《すで》にいると話していた」

「あ、そうなのですか。〈血魔力〉は聞いていたのですが、眷族は、聞いていませんでした」

「そういえば……彼女は閣下の眷属で、唯一《ゆいいつ》〈血道第三・開門〉を獲得《かくとく》しているのですね」

ヘルメが目元から霧状《きりじょう》の水分を放出しながら語る。あんさん、器用なことを……。

「おう。ヴェロニカは女帝《じょてい》と同じ。略して第三開門、第三関門とか言っていた〈血道第三・開門〉は獲得済み。元々は吸血鬼《ヴァンパイア》の先輩《せんぱい》で、〈血魔力〉に詳《くわ》しい。俺がたまたま持っていたアイテムで人族に戻れたから眷属にできたが」

「その元々持っていた貴重なアイテムが入っていたアイテムボックスを持っていたクナは、魔族クシャナーンと聞きました。ですが、ただの魔族とは思えない人脈です。そして、闇下は時々、その名前を出すと、眉を曇《くも》らせます……」

「聞いて驚くなよ……その名も、世界のクナショック！　というモノが起きたのだ」

「……意味が分かりません」

「ご主人様が、美人の女性にだまされて、振られてしまった？　ということですか？」

ヴィーネさん、的確すぎる……エヴァ染《じ》みてきたぞ。もしや、俺に話をしていないだけで〈血道第二・開門〉を獲得済みか？　心を読む系の能力に目覚めていたりして……。

「……ヴィーネさん、つかぬことをお聞きするが、実は第二開門、第二関門を獲得していますか？」

俺の問いにヴィーネは、『はて？』というように、まばたきを数回行ってから、

「いえ、ご主人様。〈血道第二・開門〉の獲得はまだだが……しかし、突然《とつぜん》口調を変えられて、どうかなされたのか？」

「ううん、気にしないでくれ。そういう年頃《としごろ》なんだ」

「閣下、意味が分かりません」

「いいんだよ、グリーンだよ！」

と、意味もなくテーブルクロスの端《はし》の色へ指を差す。決してビールではない。

「精霊様、きっと、クナの名を出したからですよ。ご主人様とて、宗主《そうしゅ》様とて、心の傷はいえぬもの、なのかもしれません」

「……そうですね。しばらくは封印《ふういん》しましょう」

「はい」

二人の美人さんは、頷き合っている。別にクナのことは関係ない。と、思いたい……。

ごまかすように、そばで控《ひか》えているクリチワの姿を見る。

彼女は耳が狐耳《きつねみみ》だ。時々、あの柔らかい耳を触らせてもらっている。

感触《かんしょく》はふあふあで気持ちいい。彼女と視線が合うとニコッとしてくれた。

うむ、仕事の笑顔《えがお》だが、それもいい。

「……閣下。そのメイドたちと戦闘《せんとう》奴《ど》隷《れい》たちの件でも提案があります」

参謀《さんぼうちょう》長の雰囲気を醸《かも》し出すヘルメの言葉だ。視線を美人メイドに向けていたのを見ていたらしい。

「何だ？」

「秋も中頃《なかごろ》、そろそろ地下オークションの日にちも近付いてきました。ですから、念のため、屋敷《やしき》の要塞化《ようさいか》を兼ねて、彼女たちの眷属化を考えたほうがいいのではないかと……」

神聖ルシヴァル大帝国《だいていこく》の流れか？

「精霊様、確かに全員を眷属化し、手っ取り早く強化を促《うなが》すのも一つの考え方ですが……」

聡明なヴィーネ。俺のことを一瞥《いちべつ》してから何かを思案し笑窪《えくぼ》を作るように指を片頬《かたほお》へ差しながら話をしていた。手と指、綺《き》麗《れい》だなと思いながらも、前々から考えていたことを言う。

「……戦闘奴隷たちとメイド長の三人だけは眷属化の話を進めるかもしれない」

「ご主人様が珍《めずら》しい……彼女たちの人生、哲学《てつがく》、精神性を考えて眷属化はしないと思っていました」

「そりゃ常に考えているさ。彼女たちを、俺の永遠の螺旋《らせん》に巻き込んでしまっていいのか？　となそれこそ、今まですぐに眷属化をしなかった理由でもある。が、あくまでも予定、眷属化はしないかもだ」

　ノメリのような場合もある。すると、ヘルメが涼しげな表情で俺を見据《みす》えて……、

「お優《やさ》しい……ですが、閣下はいずれ大軍勢を率いる偉大《いだい》な御方《おかた》。オセベリア王国を裏から乗っ取るか、東のレフテン、サーマリア、西のラドフォード帝国の領土をかすめ取るか、はたまた、まったく未知の土地で、国を興《おこ》すか。いずれにしても神聖ルシヴァル大帝国を築くのですからね」

　またヘルメの病気が始まった。

「神聖ルシヴァル大帝国……素晴《すば》らしい響きだぞ、精霊様！」

　ヤベェ、ヴィーネが影響されて興奮している。

「なぁ、そんなの作ってもしょうがないだろう？　美女たちが住む楽園を作るのなら少しは興味があるが」

「閣下……素晴らしい。血の楽園帝国、選ばれし眷属の国を作る気持ちがあったのですね。

その楽園ルシヴァル大帝国で行う〝お尻の教育〟は、わたしとヴィーネが担当致《いた》します」

ヘルメは冗談半分で、にこやかに語っている。尻の部分は本気かもしれない。

「尻は専門の精霊様にお任せします。わたしはご主人様を正面から支えます」

「正面はヴィーネに任せましょう。そして、先ほどした話と繋《つな》がりますが、参謀長としてメルを光魔ルシヴァル一門に迎《むか》え入れるべきです。武と智《ち》を兼ね備えているカルードがいますが、彼は独自の闇ギルド創設&閣下のための地ならしへ向けて旅立つようなので」

忠誠度がマックスな彼女たちには悪いが……その理想を叶《かな》えてやるつもりはない。

「皆が好きに考えるのは自由だが、前にも話したように、地下オークションの後は魔界《まかい》を目指しながら旅をする予定がある。だから、現時点での国作りはしない」

「了解《りょうかい》しております。わたしは閣下の水ですので、ついていく所存です」

「……わたしも色々な想《おも》いはありますが、当初から、ご主人様の血となり骨となる決意は変わりません」

「宝箱の品だが」

と、迷宮で入手した宝箱へと話題は移る。

「精霊様は、宝箱に入っていた装備類は要《い》らないのですか？」

「別に要らないです。沸騎士《ふっきし》たちも欲《ほ》しがらないでしょう？」

「そういえばそうですね……」

ヴィーネとヘルメが話をしている最中にアイテムボックスを弄《いじ》り、四角い水晶体《すいしょうたい》と鋼板を取り出した。

「……ご主人様、それは石板と同じく宝箱に入っていた物ですね」

「あぁ、これも庭に設置した墓標のように、俺の魔力を送ったら起動できるかもしれないと思ってな」

膨大《ぼうだい》な魔力を内包している水晶体へ魔力を送ってみた。しかし反応はなし。

これは何か別の要因が必要なのか？　別パーツ？　分からないが、暫《しばら》くはアイテムボックスの中で眠っていてもらおう。

「中心の黒い魔力が気になります」

「謎《なぞ》ですね……水晶体とスロザは語っていましたが、中身は眼球なのでしょうか」

「そうかもしれない。エネルギー源で何かのキーになるとか。眼球だったとして、中央の黒いモノは宇宙の暗黒神の瞳とかが眠っているとか？」

「それは怖《こわ》いです」

ヘルメの言葉にヴィーネと俺は頷いた。どんなアイテムなのか全く想像できない。

次は、丸い専用箱に納められた天帝《てんてい》フィフィンドの心臓。

「丸い専用箱に納められた天帝フィフィンドの心臓……第二次アブラナム大戦と関《かか》わる荒《こう》神《じん》の一人でしょうか」

「そうでしょう。アブラナム系の荒神マギトラを緑封印石《ハイ・マジクシールズ》に内包している白猫《しろねこ》マギットのような秘《ひ》めた力が、この丸い専用箱に納まっているだろう天帝フィフィンドの心臓に眠っているのかもしれません」

「スロザの渋《しぶ》い店主は、古い時代の物と仰《おっしゃ》っていました」

鏡の十七面――不気味な心臓、内臓が飾《かざ》ってあった黒い額縁《がくぶち》に納められる心臓かもしれない。しかし、納めに行くとして、鏡の先にある部屋が本当に時間が止まっていたらどうしよう……さすがに時間が止まっていたとしたら、俺も動けなくなる可能性がある。

それとも、そう見えただけで……まったく関係がなく十七面は普通のアイテム保管庫かもしれないが……ま、今は薄い鋼板のほうを調べてみるか。

薄い鋼板にも魔力を送る……が、うんともすんとも。

起動はしなかった。カギ付きの文字も謎。これは外れか。

鋼板は、iPadのような機械かと予想したが……。

「起動しなかった。飾るか。リビングの棚《たな》にでも。台にも使えるかも」

「残念ですね。先ほどの墓標は反応していたのに」

「ま、こんなアイテムもあるさ、しょうがない」

四角い水晶体をアイテムボックスの中へ仕舞《しま》ってから、立ち上がる。反応を示さなかった鋼板を持ちつつ花瓶《かびん》が置いてあるシンプルな棚に向かう。その棚の上の端に、飾りの一つとして立て掛《か》けるように鋼板を置いた……さて、軽く昼飯にでもしようかな。

リビングの椅子《いす》に座《すわ》るヴィーネに顔を向けて、

「そろそろ昼過ぎだけど、何か食べる？」

「はい、そうですね」

「了解、イザベル。昼飯を頼《たの》む」

と、リビングの端にいるメイド長へ頼む。

「畏《かしこ》まりました」

「にゃあ」

「あ、ロロの分もね」

「はい」

しばらくして料理がきた。冷たいスープとフィレ肉のような肉と、色とりどりな野菜を盛った大皿と、小さいパンに酒入りのゴブレットが机に配膳《はいぜん》されていく。

仕込《しこ》みといい素晴らしい料理だ。黒猫《ロロ》にも専用の台の上に白身の焼き魚が用意されていた。早速《さっそく》、白身の魚をむしゃむしゃと食べている。

「……ガルルルゥ」

お気に入りの魚か。獣《けもの》の習性で威嚇《いかく》するような声を発していた。

俺も食べるか。まずは、このミルフィーユのように重なった肉だろう。

見た目は小さいフィレ肉にも見える。箸《はし》で肉の表面を押《お》すと簡単に肉が割れた。

柔らかい。そのひとかけらの零《こぼ》れた肉を箸先で掴《つか》み口に運び食べた。おぉ……。

最初の感触は柔らかすぎて氷が溶《と》けるように直《す》ぐになくなった……柔らかい肉だと分かっていたが、想像以上だ。そして、香《こう》ばしい。肉の内部に染み込んでいた香辛料《こうしんりょう》が、たまらない。クルックの実だろうか？　胡椒《こしょう》系の香《かお》りもある。

その香りが味を一段階引き上げているような気がした。美味《おい》しい肉を楽しむように一噛《か》み二噛みと咀嚼《そしゃく》を続け……られなかった。肉が溶けて、溶けるなや！　悔《くや》しい、が、うめぇ！　肉は、ほのかに甘《あま》い味を残して溶けるように消えていく。

ほっぺが落ちる。思わずヴィーネの顔を見た。

やはり、元ダークエルフのヴィーネも、この肉の感触と味に満足しているようだ。

美味しいと感じていると分かる。にっこりと笑顔を見せてくれた。

頬がまだらに朱《しゅ》に染まっていく。

「……肉、美味《うま》いな」

「はい。すばらしい味かと」

互《たが》いに頷く。そんな高級レストランのランチに出されるような昼飯を食べていく。

イザベルに野菜と肉料理の仕込みから色々と褒《ほ》めた。

皆で、和気藹々《わきあいあい》と談笑《だんしょう》しつつイザベルから肉の正体を知る。

俺がメイドたちに預けた邪界牛《じゃかい》グニグニとペルネーテの大草原で有名なカセブの肉に、とある香辛料と魔力棒を使い特別な塩もまぶして……独自な調理法を試《ため》したとか。聞くところによると、王国美食会に入るための審査《しんさ》に、秘密の五十のレシピが必要で、そのレシピを集めているうちに料理の腕《うで》が上がったとか。名を聞いていないが、やりおるな、キッチンメイド。そんな調子で食べ終わり、まったりとした雰囲気に浸《ひた》る。

「……ご主人様、席を外します」

「おう」

ヴィーネが、おしっこタイムらしく、廊下《ろうか》の方へ歩いていく。

彼女《かのじょ》の歩き方はレースクイーンを彷彿《ほうふつ》とさせる……。

「にゃぁお」

黒猫《ロロ》がエロ顔の俺にツッコミを入れるように肩《かた》に乗ってくると、頬と顎を小さい舌で舐《な》めてきた。

「ロロ、くすぐったい」

この間と同じだ！　とお返し——黒猫《ロロ》を胸に抱き寄せてから、頭部の毛の流れに沿って耳も優しく伸《の》ばすように撫《な》でてあげた。

「にゃ、にゃあんー」

黒猫《ロロ》は嬉《うれ》しそうに鳴くと、爪《つめ》を出し入れしながら前足を胸に伸ばしてくる。目的は、俺の胸にかけたネックレスらしい。師匠《ししょう》から頂いた鍵《かぎ》付きネックレスを、爪で遊ぶように弄り出す。前足から出た爪と金属が擦《こす》れて、チャリッと音を立てる。

その直後、首元から二つの小さいお豆さん触手《しょくしゅ》を俺の頬へ伸ばしてきた。気持ちを伝えてくる。『すき』『あそぶ』『そら』『そら』『すき』『あそぼう』

黒猫《ロロ》は、空を飛びたいらしい。荒野から戻ってきたら空の散歩へと行くか。と、考えながら黒猫《ロロ》を肩に戻し、

「……ヘルメ、先ほどのバルミントの件を進めるつもりだ」

「はい、閣下のお目目に入りますか？」

「いや、いいよ」

「では、千年ちゃんを連れて、植木、花々、未知なる植物が売られているという、使用人

とメイドたちが話していた植物の祭典市場を見に行ってきます！　新しい兄弟、お尻愛を増やしてあげるのです！」

十年ちゃんか。彼《かれ》の兄弟、お尻愛《お知り合い》を増やしたいと語尾《ごび》を強めた口調……この間も地面に埋《う》めていたし、仲良くなったようだな。そういえば、ヘルメは尻好きの前に植物へ水をあげるなど、植物を愛《め》でることが好きだった。尻の印象が強すぎて薄《うす》れていたが。しかし、その植物の祭典？　そこに売っている植物の中に、あんなに喋《しゃべ》る邪神《じゃしん》シテアトップの流れを組む千年植木が売られているかどうか。

否、この世界だ、売っている可能性はあるか。邪神シテアトップもそれらしいことを話していた……今はラッパーというより壊《こわ》れた変な歌手風の植木だが、実際に存在しているのだから、他《ほか》にも面白《おもしろ》い植木が売られているかもしれない。

俺《おれ》もカフェで流れるような渋いBGMを聞かせてくれる植木が欲しい。

「……それじゃ、念のために金を渡《わた》しておこう」

アイテムボックスから白金貨と金貨を大量に取り出し、机の上に置く。

「これで好きな植物をたくさん買えると思う。あと、その市場で千年植物に釣《つ》られて、変な行動は慎《つつし》むように」

「はい、ありがとうございます」

竜婆のサジハリがいるか分からないが、バルミントを連れて二十四面体《トラペゾヘドロン》の四面を起動させるか。庭へ向かう。

「バルミント～」

「ンン、ガォォォ」

厩舎《きゅうしゃ》の前で寝転《ねころ》がっていたバルミントは起き上がると、トコトコと駆《か》け寄ってくる。バルミント、黒猫《ロロ》と似た挨拶《あいさつ》になっている？　真ん丸の一対《いっつい》の目と鼻がひくひく動いて、カワイイ。

「ンン、にゃお」

肩にいた黒猫《ロロ》も下にいるバルミントに挨拶するように鳴いていた。

黒猫《ロロ》は、俺の片腕《かたうで》の上を、器用に伝いながら駆け下りていく。

「――痛っ」

その際に、黒猫《ロロ》の後《うし》ろ脚《あし》の爪が、俺の腕の皮膚《ひふ》を切り裂《さ》く。

傷口から、大量の血が滴《したた》り落ちた。

「にゃおー」

地面に降りた黒猫《ロロ》が謝《あやま》るように鳴いた。

「気にするな。一瞬《いっしゅん》で回復するし、いつものことだ」

と、口癖《くちぐせ》の言葉を言いながら、笑顔を意識。半袖《はんそで》のハルホンクの衣装《いしょう》だしな。仕方なし。

〈血道第一・開門〉を意識して、血を戻そうかと思った瞬間、

「――ガォォンッガッ」

バルミントが、勢いよく懐《ふところ》に飛び込んできた。

そのバルミントが一心不乱に、俺の腕から滴り落ちる俺の血を舐めていくと、右親指の爪に刻まれたネイルアートの竜紋《りゅうもん》が反応。

バルミントの契約《けいやく》の証《あか》しが光った。同時にバルミントのドラゴンの体が血の色を帯びながら一回り大きく成長。背筋側に赤系統のコントラストが美しい甲殻《こうかく》が新しく生えた。

根元と甲の色合いがリアルタイムで変化している。魔力の変化具合が美しい。

俺の血がバルの進化を促したのか？

「……バル、俺の血、美味しかったか？」

「ガォォンッ！」

お、顔が少しだけ凛々《りり》しい。まさに、高・古代竜《ハイ・エンシエントドラゴニア》だ。俺の魔力とロロディーヌの魔力を受けて生まれてきただけに、光魔《こうま》ルシヴァルと親和性が高かった？　成長したら光闇《こうあん》を受け継《つ》ぐ最強ドラゴンとなるかもしれない。

「……そかそか」

「ン、にゃにゃおん」

黒猫《ロロ》も嬉しそうに鳴く。体から出した触手をバルミントへ向けた。

少しだけ進化したバルミントを触手でかつぐように持ち上げながら、触手による全身のマッサージをしていく。バルミントは気持ち良さそう。

「ガゥンッ、ガァッ、アゥゥーガァォォー」

小さい四枚の翼《つばさ》を広げ『ここもマッサージしてぇ〜』みたいな声を出している。

ははは、面白い。そして、高・古代竜《ハイ・エンシエントドラゴニア》か。俺の血を取り込《こ》んで進化を果たしたバルミント。このまま育つと最強どころか、まったりドラゴンに育ちそうだ。この大人しいバルミントを見たら、竜婆の魔女サジハリは、どんな反応を示すやら……期待と不安を抱きながら――。二十四面体《トラペゾヘドロン》を取り出した。

「……バルミント。同じ竜系の種族に会わせてやるからな。もしかしたら、バルの師匠になってくれるかもしれない」

「ガォォ？」

そう話しながら、四の記号をなぞりゲートを起動させる。ゲート先の光景は前と変わらない。茶色の岩肌《いわはだ》があり、地面に武具の残骸、宝飾品《ほうしょくひん》が散らばっていた。あの宝飾品は価値がありそう。

「……サジハリの姿は見えないが、ロロ、バルミント、行くぞ」

「にゃお」

「ガオッ」

「ブボプボォォォン」

厩舎前で見ていたポポブムが寂し気に法螺貝《ほらがい》を鳴らす。が、ポポブムは留守番だ。

アーレイとヒュレミはポポブムから離《はな》れて、神社を守る狛犬《こまいぬ》のように門番としての仕事をしていた。陶器製《とうきせい》状態で反応はなし。それはそれで寂しいが、命令を守る良い子だ。

と思いながら黒猫《ロロ》とバルミントを連れて光るゲートを潜《くぐ》った。

第二百五十章「荒野の魔女と再会」

煌《きら》びやかな宝がいっぱいだ。すると、

「ガォォ～」

「にゃ～」

バルミントと黒猫《ロロ》が宝に向けて突進《とつしん》。煌びやかな宝飾品《ほうしょくひん》が気になるようだ。バルミントは円盤《えんばん》の円い部分の宝飾が気になったのか、嘴《くちばし》で突《つつ》く。黒猫《ロロ》は針金のような細い金属に猫パンチを繰り出している。肉球パンチを受けた針金が跳《は》ね返る。黒猫《ロロ》は俄《にわか》に反応。前足を下から掬《すく》い上げる。肉球顎砕《あごくだ》き、と命名したくなるような立ちアッパーを、否、コークスクリュー・ブロー気味を繰り出して、針金を跳ね返した。

「ンン――にゃおお」

「ガォォォ」

反動で再び跳ね返ってきた針金には右前足のフック気味の猫パンチを繰り出した。

また戻ってきた針金にはバルミントが頭部を出し、小さい角をぶつけて跳ね返していた。

バルミントとロロディーヌは、天然のパンチングマシーンと化した針金を夢中になって叩《たた》きまくる。幼竜と子猫《こねこ》はボクサーと化していた。

俺も交じりたくなるほどリズミカルな音楽劇となる。面白い。

さて、サーディア荒野に来たが……魔女サジハリの姿はない。

荒野では前にゴブリン狩りをやった覚えがある……しばらく待つとしよう。

パレデスの鏡から外れた二十四面体《トラペゾヘドロン》が俺の頭部の周囲を回る。その二十四面体《トラペゾヘドロン》を掴んで肩の竜頭装甲《ハルホンク》の胸ポケットに仕舞った。この胸ポケットはアイテムボックス的に物が入るし直ぐに取り出せるから便利だ。と、胸を掌《てのひら》で軽く叩く。

そして、針金で遊ぶ相棒とバルミントに一応、伝えておくか。

「バルミントとロロ、あまり遠くへ行くなよ。ここでサジハリを待つ」

「ン、ガォ～」

「ンン、にゃぁ」

装飾品《そうしょくひん》が積み重なった地面を掘り出しているバルミント。

黒猫《ロロ》は、そのバルミントの頭部に乗ってバルミントに指示を出していた。

モグラでもいたのか？　あ、お宝を見つけたとか？

俺も一緒にここ掘れワンワンをやるべきだろうか。止《や》めておこう。

暇《ひま》だから神槍《しんそう》ガンジスを召喚《しょうかん》。左手に握《にぎ》った神槍ガンジスの突きと払《はら》いのコンビネーションを数回行う――続いて、方天画戟《ほうてんがげき》と似た穂先《ほさき》を上向けた。双月刃《そうげつば》と呼べる穂先に陽が反射して目映《まばゆ》い――螻蛄首《けらくび》と口金と逆輪に存在する窪みは気になったが――。

今はいい――その神槍ガンジスを振《ふ》り上げ振り下げる。横にも振り回した。

蒼《あお》い毛の槍纓《そうえい》が舞《ま》う。端《はた》から見たら獅子舞《ししまい》を踊《おど》っているように見えるかもしれない――そこから、穂先と石突《いしづき》を交互《こうご》に打ち分ける風槍流『顎砕き』の技術を数十回練習してから――。

横回転を実行。視界を右側に移しつつ〈豪閃《ごうせん》〉を繰り出す。再び爪先《つまさき》半回転を行いながら――左側から襲《おそ》ってきた剣師《けんし》を想定。その剣師の腹をぶち抜《ぬ》くイメージで神槍ガンジスの石突を左から右上へと勢い良く振るった。その振るった神槍ガンジスの柄《つか》を右腕《みぎうで》に移しながら半身の姿勢を維持《いじ》――右腕全体で神槍ガンジスを回転させる。そして、右足で地面を捕《と》らえ、体の動きを止めると同時に神槍ガンジスを左腕に移し、その左腕と左脇腹《ひだりわきばら》で神槍ガンジスの柄を押さえ持った。右手を前に出して構え直す。そのタイミングで深呼吸。

そして、アーゼンのブーツを履《は》いた左足の爪先で荒野の地に小さい半円を描《えが》くように動かし――その右足で強く地面を蹴《け》る。左に移動。左足で地面を捕らえ蹴り右斜《みぎなな》めに跳《と》ぶ――そのまま両足でステップワークを踏《ふ》む。そして、ドンッと衝撃波《しょうげきは》を周囲に出すように地を右足で蹴って跳躍《ちょうやく》。高く跳んだ。蒼穹《そうきゅう》は気持ちが良い。〈導想魔手《どうそうましゅ》〉や〈鎖《くさり》〉を使って空旅をしたくなった。が、訓練を続けよう――地面に標的を想定しつつ神槍ガンジスを両手持ちへ移行した。リコが前に見せた必殺技《ひっさつわざ》をイメージしながら、下にいると想定した敵に向けて〈刺突〉を連続的に繰り出していく――方天画戟と似た穂先が地面に突き刺《さ》さり、片膝《かたひざ》をつきながら着地した……さすがに無理か。あれは彼女の独自系の技なのかもしれない。そこで〈導想魔手〉を発動する。突き刺さった神槍を抜きながら跳躍。〈導想魔手《歪な魔力の手》〉の〈導想魔手〉を蹴って飛翔《ひしょう》しながら移動していく。訓練は止めて空からドラゴンの姿を確認《かくにん》しようと見渡《みわた》していく。

今日はサジハリと会えずに終わるかな？　と、思った矢先……いた。

赤い大きいドラゴンが見えた。鯨《くじら》とクラゲの群れと戦っている……。

ほどなくして赤い大きいドラゴンは鯨とクラゲの群れを一掃《いっそう》していた。その倒し方は、巨の胴体や両翼を活かすような倒し方だったから凄まじい。鯨の肉を口に咥《くわ》えながら此方《こちら》に近付いてくる。

猛《たけ》る赤竜《せきりゅう》のサジハリだ。〈導想魔手〉を足下《あしもと》に生成しながら地面に降下した。

地上で待っていると、サジハリも翼を羽ばたかせて地上に降りてきた。

その場で人族に近い竜婆の姿へと変身。赤色と銀色の冠《かんむり》と似た額当ては立派だ。

赤みがかった背中に流れた長髪《ちょうはつ》は横風の影響で揺《ゆ》れていた。

「……ひゃひゃひゃ、シュウヤカガリ。久しぶりじゃないか」

「サジハリ、久しぶりです。今日は貴女《あなた》に会わせてみたい存在を連れてきました」

「……荒野の魔女と云《い》われた、わたしにかい？　――ん？」

サジハリは、すぐに違《ちが》う魔力を察知したらしい。

黒猫《ロロ》の隣《となり》にいる高・古代竜《ハイ・エンシエントドラゴニア》のバルミントの姿を見つめていた。

「バルミント、ロロ、こっちに来い」

「ガォォ～」

「ン、にゃ？　にゃお」

穴掘りを止めてトコトコと走り寄ってくるバルミント。頭の上に黒猫《ロロ》を乗せた状態だ。

俺の脛《すね》へ自身の頭部を擦りつけて甘える行動ができないから、その代わりに、四枚の翼を
俺の脛へ上下左右に擦りつけてきた。

「……このドラゴンの名はバルミント。高・古代竜《ハイ・エンシエントドラゴニア》の一族らしいです」

「高・古代竜《ハイ・エンシエントドラゴニア》の子供だと？　長年生きてみるもんだねぇ。またまた、吃驚《びっくり》だよ」

サジハリは目を見開いて驚《おどろ》いていた。そして、俺の指にあるマークを見つけて、

「その子供と契約を結んだのか……？」

「はい」

「しかも四枚翼の高・古代竜《ハイ・エンシエントドラゴニア》とはな。わたしの知っている高・古代竜《ハイ・エンシエントドラゴニア》の中にはいないぞ！　初めて見る。優《すぐ》れた古き者の竜族に間違《まちが》いないのだろうが……」

興奮した口調のサジハリ。竜婆の彼女も分からないのか……。荒神カーズドロウは、違う大陸と言っていたからな。

「このバルミントも竜言語魔法《まほう》を使えるようになりますか？」

「どうだろうか。同じ高・古代竜《ハイ・エンシエントドラゴニア》だが、姿は違う。この子を産んだ親のドラゴンはどんな姿だったんだい？」

「巨大《きょだい》なドラゴンで四枚翼でした。人型に変身はしなかったですね」

「……ふむ、わたしゃぁ、知っている通り二枚翼だ。この子も知能はあるようだが、種として違うなら使えるようになるか分からないねぇ……」

「……ガォォ～ガァ」

バルミントは可愛《かわい》い仕草でサジハリの足元に移動すると、改めて挨拶をしている。

「おや……まあ、カワイイ声だねぇ」

サジハリは、微笑《ほほえ》む。婆《ばばあ》というより皺《しわ》があるが若いという顔。なんだろうか。

表情から若さと老獪《ろうかい》さを同時に感じる不思議な顔。

「……にゃ」

黒猫《ロロ》はバルミントから離れて俺の足下に戻《もど》ってきた。

「ン、ガォ〜」

バルミントはサジハリに何かを感じたらしく頭部をサジハリの膝《ひざ》に擦りつけている。

「あらあら、元気がいい子だねぇ……わたしゃーサジハリお婆《ばあ》ちゃんだよ？」

あの微笑んだ顔を見ると和《なご》むが……この地域、近隣《きんりん》の国々にとっては不倶戴天《ふぐたいてん》の高《ハイ》・古代竜《エンシエントドラゴニア》なんだよな。

「バルミントも同じ竜の匂《にお》いを感じ取ったようですね」

「少し、このお婆竜《ばありゅう》と暮らしてみるかい？」

「ガォォ〜」

バルミントは頷《うなず》くように返事をした。

「そうかい、そうかい」

バルミントの頭を撫でているサジハリ。寂しいが……餌《えさ》の取り方を含《ふく》めて、ある程度、ドラゴン独自の生活を覚えてもらおう。サジハリの言葉も冗談《じょうだん》ではないだろうし。

「……サジハリ、バルミントを預かってくれるのですか？」

その時、サジハリの表情が女らしく変わる。

「……あぁ、恥《は》ずかしいが気持ちは受け取った」

なんで恥ずかしいんだ？　と、疑問に思うが、

「この子は竜言語魔法は覚えられないと思うが、高・古代竜《ハイ・エンシエントドラゴニア》としての誇《ほこ》りならある程度、教えられる」

「ありがとうございます。ですが、人族をむやみやたらに襲うことは止めて頂けますか？」

「……何故《なぜ》だ？　食料だぞ」

サジハリは怒《おこ》ったのか鱗《うろこ》のような眉《まゆ》を中央に寄せる。

「はい。弱肉強食、生命の維持のために喰《く》うか喰われるかの世界であることは、重々承知しています……」

「分かっているではないか」

「俺も血を喰い物にしている化け物の類。しかし、女性は動物が好きです。だから、むやみやたらに人族は襲いません。バルミントにもこの方針は守らせたい。人族を完全な餌だと思ってほしくないのです……」

「……ククク、我《わ》が儘《まま》な奴《やつ》だねぇ。が、シュウヤカガリの言葉なら真剣《しんけん》に受け入れるとしよう。モンスターの狩《か》り方、空の飛び方、空の王者たる竜の威厳《いげん》を教えてやるさね。ただ、人が襲ってきた場合は容赦《ようしゃ》なく喰うからな？」

その辺は仕方がない。

「ええ、はい。最低限のモラルを守って頂ければそれで結構です」

「ン、にゃぁ、にゃお」

「ガォガォォン――」

母親代わりだった黒猫《ロロ》が、バルミントと離れると察したのか、寂《さび》し気に鳴く。

体を、黒豹《くろひょう》の姿に変えていた。母親モードか。バルミントが俺たちを振り返り、黒豹《ロロディーヌ》の
もとにトコトコと歩き戻ってきた。

「バル、お前が俺たちの傍《そば》にいたいのなら……」

「ガォ、ガォン――」

バルミントは、四枚翼を左右に動かす。『それは違うガォ』と言ったような気がした。

バルミントは長い舌を使い黒豹《ロロディーヌ》の全身を舐めてから、俺の脛にも頭を擦りつけてくる。

バルミントなりの別れの挨拶か。頭を擦りつけてから、俺の顔を見上げた時、つぶらな瞳《ひとみ》
から涙《なみだ》を一粒《つぶ》流していた。

「ガオオオォォ」

泣きながら、ドラゴンらしい咆哮《ほうこう》で想いを俺に届けてくる。ありがとう、バル。

「気持ちは伝わったぞ。お前もがんばるんだ」

「ガォォン」

バルミントは俺たちに甘えてから、またサジハリの下に戻っていく。

「……サジハリ、バルミントを宜《よろ》しくお願いします」

「了解したよ。責任を持って一人で狩りができるようにしてやろう。空は獲物《えもの》が多いからねぇ。黒い無空での飛び方と、その空域の生物用の特別な狩りの仕方も教えてやる」

サジハリは虹彩《こうさい》を赤黒く変化させる。三角形の魔《ま》法陣《ほうじん》の不思議な紋様《もんよう》も瞳に浮《う》かばせながらバルミントを優しく見ていた。

「暫くしたら、戻ってくる予定です。その時、サジハリに知らせる印のような物は、ありますか？」

「ある――」

え？　何を血迷ったのか突然《とつぜん》サジハリは、自身の右腕を千切った。その右腕を空中に放《ほう》り投《な》げたあと、血だらけの左手で自身の胸を突き刺していた。

そして、自らの心臓を抜き取って……眼前に晒《さら》している……。

千切れた右腕の付け根と胸元《むなもと》から血が勢いよく迸《ほとばし》っていく。

更《さら》には、空中に放り投げられた千切れた右腕が、重力に逆らい、不自然に静止していた。

血は止《と》め処《ど》なく滴り落ちている……その片腕だけとなったサジハリは、苦しげに表情を歪《ゆが》めながら左の掌に握って蠢《うごめ》いている心臓に自身の魔力を込めた。その瞬間《しゅんかん》──。

　空中で不自然に静止している右腕と傷から放出されていた沢山《たくさん》の血が、心臓を握る左手に集結。そして、右腕と心臓が融合《ゆうごう》し歪な縦笛に変化していた。サジハリはまだ苦し気だ。しかし、千切れたところから新しい右腕が生え、胸の傷も塞《ふさ》がっている……。

　凄《すご》い、やはり高《ハイ》・古代竜《エンシエントドラゴニア》だ。実は心臓が三つ、四つ、五つと、あるのだろうか。

「……これはレーレバの笛。わたしのお婆の名からとった。ここで、このレーレバの笛を吹《ふ》けば、直ぐにバルミントを連れて戻ってこよう──」

　サジハリはそう言うと俺に笛を投げてくる。

　そのお婆の笛を受け取った。サジハリもお婆のような気がするが、指摘《してき》はしない。

「……それでは、ここまでだ。強者シュウヤカガリと、神獣《しんじゅう》よ」

「ン、にゃお～ん」

「また会おうぞ……」

　ロロディーヌの声に頷いたサジハリ。そのまま別れの言葉の余韻《よいん》を残すように、目の前で赤く猛《たけ》る竜《ドラゴン》へ変身。

　バルミントと竜の顔を見合わせて、アイコンタクトをしていた。

　絵になる……形は違えど……親子の竜みたいだ。

「バルミント、がんばれ。時が経《た》ったら必ず会いに来る！　その時は一緒《いっしょ》に空を飛ぼう！」

寂しい思いを誤魔化《ごまか》すように叫《さけ》ぶ。

「ガオ！　ガオオォォォォォォォォ」

バルミントも気合いを入れるように高・古代竜《ハイ・エンシエントドラゴニア》として応《こた》えてくれた。俺の右親指の印も光る。バル……。

「にゃおおおお」

黒豹のロロディーヌも泣いていた。卵を温め、いっぱい、おっぱいをあげていたもんな。

庭でも遊んでいた。バルミントは新しい母親を見るように赤竜サジハリの竜顔《りゅうがん》を見上げていた。サジハリの翼を見ては、四枚の翼を交互に震《ふる》わせながら一生懸命《けんめい》に伸ばしている。

飛び方を習いたいとアピールしているように見えた。

「今度会う時が楽しみだ……」

「にゃお」

黒豹《ロロ》も寂しげに鳴いたが、どこか母親としての凛々しさを感じる顔だった。

赤竜サジハリは、翼を動かしているバルミントの首後ろを甘噛《あまが》みして軽々とバルミントを持ち上げると、自分の後頭部に乗せた。そして、赤き両翼《りょうよく》を広げて風を生み出し、羽搏《はばた》くと、一瞬で、もうかなり遠くに飛翔していた。姿が見えなくなってしまった……。

もらったばかりであれだが、寂しいから吹いてしまおう。

レーレバの笛に口をつけて、試しに吹いてみた。あれ？　不思議だ。

吹いた瞬間、音が鳴ったが、笛自体に魔力が奪《うば》われた。

そして、キスしたような感覚を抱《いだ》く。その瞬間、赤竜サジハリが急降下して戻ってきた。

勢いよく人型に変身。その効果で、ふっくらとした饅頭《まんじゅう》を思わせる胸の起伏《きふく》が悩《なや》ましく揺れていた。コスチューム系だからハッキリと形が見えた。

「——なんだっ、急用か？」

頬《ほほ》が少し赤くなっていた。

「ガォォ」

サジハリの頭から降りたバルミントも叫ぶ。

「すまん、試しに吹いてみただけだったりして」

俺の返事に、サジハリは無表情で、背を真《ま》っ直ぐ板のように伸ばしてから、

「そうかいそうかい、用もなくね……クククッ、ふざけるな！　——ファヅッロアガァァアァアァア」

やべぇ、怒られた。喉《のど》を震わせるような竜言語魔法だ。突風《とっぷう》が俺の身体を包む。

「ガォヅロアガォォ」

バルミントも口を広げて可愛く真似《まね》をしているが、その口からは吐息《といき》程度の空気が出てくるのみ。

「シュウヤカガリ。わたしゃぁ、これでも女なのだぞ？　ドキドキさせるとお前を食べたくなる」

怒った女だ。食われたくないが、ちょっと違う怒り方のような気がする。

「すみません、このレーレバの笛に何かあるのですか？」

「……それを聞くか」

サジハリは視線だけで人族を射殺せるかのように目を鋭《するど》くした。

縦割れの瞳から魔眼らしき瞳に変化させている。虹彩が赤黒く変化。三角形の魔法陣と不思議な紋様を急回転させた。

「あ、いえ、なんでもないです」

「ククク ッ、ダメだ。ちゃんと耳の穴ァかっぽじって、よーく聞け。レーレバの笛を与《あた》えるということは……〝男〟と認めた相手ということだ！」

え？　ヤベェ、告白だったのか。食べるとは、男として食べるの意味ですかぁ。

「そ、そうですか、サジハリは俺を……」

「ふんッ、だいたいだ、契約した竜の子供を預けること自体が愛の告白だろうが！」

「……それは知りませんでした」

「そして、レーレバの笛に口を付けて、シュウヤカガリの息吹《いぶき》がわたしの心と繋《つな》がったからな……もう、契約はなった。うふふん」

え⁉　口調も若くなっているし……。

そして、レーレバの笛を見ると、俺の名前の文字が浮かんで、サジハリの名も浮かんでいた……いつの間にか、俺とサジハリは心が結ばれてしまったらしい。

魔力《まりょく》と唇《くちびる》を奪われた結果か。

「ガォガォン」

バルミントはサジハリに話《はな》し掛《か》けている。

「あいよ、わかっているさね。空を飛びたいんだろう？　だが、まずは【ゼルビア皇国】の連中から離れようか。場所は……あの家に行くとするかねぇ……ところで、シュウヤカガリ。わたしと繋がった男よ。離れたくないのであれば、しばし、一緒についてくるか？」

「いいのですか？」

俺としてはそっちの方がいい。

「かまわんさ。バルミントもその方が寂しくないだろう？」

「キュ、ガォ」

バルミントは幼い頃《ころ》を思い出したのか、可愛く切ない声を出していた。……バル。

「それじゃロロ、変身だ。サジハリの後についていこう」

サジハリは、その言葉を聞くや否《いな》や、赤き猛る竜に変身を、しなかった。

変身途中《とちゅう》で思い出したように、人型に戻り、

「近くにいるのだから、その笛はもう吹くなよ？」

「あ、はい」

サジハリ、顔が首筋辺りまで真っ赤になっている。鱗のコスチュームは元から赤い色が多いがハッキリと分かった。実は笛を吹いてほしいのか？

振りかもしれない、と口に笛を持っていこうとしたら、

「おい、冗談ではなく止めろ」

「あ、はい」

「何が、あ、はいだ。連続してふざけすぎだ。喰われたいのか？」

「あ、はい。と、冗談です」

「ククク、いい度胸だ……」

流れ的にしょうがないだろう……。

「ガォォォォ」

「にゃおぉ」

リジハリと仲良くじゃれていたら、バルミントとロロが止めに入った。

「……風格があるくせに、可笑《おか》しな男だ。それでは先に飛ぶぞ」

サジハリは溜《た》め息交《いき》じりに言いながら、両足をすっきりと見せて悩ましく長い髪《かみ》をたくしあげ笑うと、赤く猛る竜に変身。黒猫《ロロ》も神獣へと変身を遂《と》げた。ロロディーヌは大きな黒い翼を胴体《どうたい》の横から伸ばす。

「ギャオォォォ」

「ガォ」

赤竜サジハリは、神獣《ロロ》の大きな姿に驚いたようだ。その驚きも束《つか》の間《ま》、サジハリは先ほどと同じようにバルミントの首の上を甘《あま》く噛《か》んで持ち上げて後頭部にひょいと乗せた。俺の方に顔を向けて『行くよ。ついてこい！』というように咆哮を発して翼を広げて飛んでいく。

「相棒、行こうか！」

「にゃお～」

神獣ロロディーヌに乗って柔《やわ》らかい黒毛の背中に跨《また》がった。

同時に、先端《せんたん》が平たい触手手綱《しょくしゅたづな》が飛来し、俺の首に付着。

相棒と感覚を共有――神獣ロロディーヌは四肢《しし》に力を込めて、姿勢を少し下げてから地面を蹴って高々と跳躍して飛翔を開始。赤竜サジハリの後ろ姿が見えてきた。

太い立派な尻尾《しっぽ》だ。神獣《ロロ》の尻尾を見た時にも思ったが、飛行機のラダーのような作用があるのかもしれない。超巨大《ちょうきょだい》ドラゴン状態のサジハリは雌《めす》で、女性だと思うが、立派な菊門《きくもん》を晒している。指摘はしないほうがいいか。あ、ここでサジハリに糞《くそ》をされたら、俺は……嫌《いや》なことを想像してしまった。

そんなことを感じとった神獣ロロディーヌ。空気を読んで、サジハリの横へ向かう。

偉《えら》いぞ、神獣《ロロ》――そして、飛行速度はロロディーヌのほうが上のようだ。

「にゃおぉぉぉ」

神獣ロロディーヌは喜ぶ。先ほど空を飛びたいと気持ちを伝えてきたからな。

この際だ、散歩がてら、俺も戦闘機乗り《神獣》の一人として空を楽しむとする。

戦闘妖精《せんとうようせい》を起動するイメージで、右目の横、揉《も》み上げよりちょい前辺りにある十字金属のアタッチメントを触《さわ》りカレウドスコープを起動。さぁて、サジハリを抜かすか！

この青空を震撼《しんかん》させるほどのアフターバーナーを焚《た》くとしよう！　天使とダンスだ！

どこかの空島《そらじま》を目指すように、凄《すさ》まじい加速で澄《す》みとおった青空を進む。

千切れ雲が走るように消え、そびえた巻き雲を突き抜ける――。

赤竜サジハリの速度は速い――。アフターバーナーを意識して追い抜いたと思ったら並行してついてきた。

しかし、目的地を知らぬロロディーヌが先頭に立ってどうするよ？　と反省。

相棒の空を飛んで楽しい気持ちが、心に伝播《でんぱ》して爆発《ばくはつ》してしまった。

神獣ロロディーヌの背中の体毛を優《やさ》しく撫《な》でてから後方に下がる。

第二百五十一章「サジハリの領域」

カレウドスコープの視界は鮮明《せんめい》で、ズームアップも可能。

この視界で赤竜サジハリを凝視――凄くリアルだ。

鱗の一枚一枚は微妙《びみょう》に形が異なっていて、表面には傷も多い。

と、紋章《もんしょう》が刻まれている鱗もあった。魔力を内包した紋章か。竜言語魔法の一部？

骨が出っ張り先端が武器となっている鱗もある。面白い。体長はワイバーンが四体ぐらい合体したような大きさだ。魔竜王《まりゅうおう》バルドークよりも一回り大きい。

やはり、古代竜より一ランク上な高が付くだけはあるようだ。

さて、カレウドスコープ越《ご》しに、逞《たくま》しいサジハリを縁取《ふちど》っている▽マークを意識して、カレウドスコープで分かる範囲《はんい》を見てみよう

ナパーム高生命体exKi7?＃＃＃

脳波：安定
身体：高揚《こうよう》
性別：雌
総筋力値：３２１０
エレニウム総合値：８９２４９３３
武器：あり

種族名、生命体の表記は、何らかのＩＤを意味するんだろうと思うが、バグっているのは変わらない。そして、数値とはいえ、凄いもんは凄い。断定するのはまだ早いが、この惑星《わくせい》、この世界で最強クラスの生物か？　エレニウムも高いが、筋力が前代未聞《ぜんだいみもん》。体のスキャン映像も、また凄い。びっしりと骨と筋肉が詰《つ》まっている。サジハリが人族に近い姿だと筋力は人族並みに下がりそうだが、邪神《じゃしん》ヒュリオクスの使徒の蟲《むし》と同一化していたパクスの筋力はもっと低かった。今までの最高は、確か魔界《まかい》のシクルゼ族のルリゼゼ。が、彼女《かのじょ》はあくまでも魔族で人タイプだからなぁ。サジハリの鱗なども筋力に加味された数値なのかもしれないが、やはり素の個体最強は高・古代竜《ハイ・エンシエントドラゴニア》。こんな相手に俺《おれ》は冗談を……

背筋が寒くなった。死力を尽《つ》くして戦えば勝てると思うが対邪神の一部、対魔竜王戦《まりゅうおうせん》のような痛い思いはしたくない。

否、案外ハルホンクの防護服の防御能力《ぼうぎょ》と魔槍杖《まそうづえ》バルドークと神槍ガンジスと〈導想魔手〉の四槍流と三槍流とムラサメブレードに遠距離《えんきょり》ならば〈鎖〉と〈光条の鎖槍《シャインチェーンランス》〉、古代魔法と氷魔法があるから案外いけるか？　否、戦うのは脳内だけに留《とど》めておこう。サジハリはバルミントの師匠《ししょう》だ。

そして、このレーレバの笛にあるように……俺は彼女と繋がってしまった。

結婚風《けっこん》の契約《けいやく》を行ったようだから仲良くしたい。

美人でお婆竜だが、おっぱい委員会の幅《はば》は広い。

新しい歴史を教典の頁《ページ》に刻むべきか。そこで右目のアタッチメントを触り、カレウドスコープを止めて視界を元に戻す。普通《ふつう》の空の光景を楽しみながら、サジハリの後頭部に、ちょこんと乗っているバルミントの姿を見ていく。

バルミントは、背中に生えた四枚の翼を忙《せわ》しなく動かしている。

サジハリが飛んでいる姿から、自身の四枚翼で空を飛ぶイメージを重ねているのだろうか。竜同士が持つテレパシー能力でコミュニケーションを取りながら動かしているのかもしれない。すると、赤竜サジハリは両翼をコンコルドの翼のような形に変えて螺旋《らせん》機動で上昇《じょうしょう》していく。神獣ロロディーヌも負けじと速度を出してサジハリを追う。

そのタイミングで、レーレバの笛をアイテムボックスに仕舞《しま》いつつ——。

左手で血文字を中空に描く。〈筆頭従者長《選ばれし眷属》〉たちと連絡《れんらく》を取った。

『バルミントをサジハリに紹介《しょうかい》し、バルの面倒《めんどう》を見てもらうことなった、心配だから、ついていく』

と、そんな感じで最後に『近いうちに帰る』と伝えた。

『へぇ、さすがは竜族！　バルちゃんの新しい母になってくれそうなのね。寂しいけど良かった。バルちゃんドラゴンなのにおっとりしすぎていて心配だったし、あ、それより、クルブル流拳術《けんじゅつ》を習っていたら、〝歩き方からしてバランスが悪い！〟ってサーニャさん、ううんサーニャ師範《しはん》に注意されたの。だから、師範から歩き方を習って練習しているの。これは歩法？　という武術の基本らしいんだけど……』

レベッカは長々と武術のことを話してきた。レベッカは将来、近距離《きんきょり》と遠距離をこなす武術魔道家《まどうか》になりそう。ま、絶対的な蒼炎《そうえん》を自由に発動できる能力を持つレベッカだ。

魔法使《まほうつか》い系の弱点をなくすつもりで格闘《かくとう》など近距離戦を学ぼうとしているんだろう。

『ご主人様、了解《りょうかい》しました。わたしは、一通りの訓練を行ってから、色々な市場調査と大《だい》騎士《きし》が行う捜査《そうさ》の手伝いを兼《か》ねた商店街の散歩、テンテンデューティーのような飲み物、この間、手に入れたご主人様がアイス作りに利用していた魔《ま》法瓶《ほうびん》を探し、ドワーフ語の本と珍《めずら》しい言語の本を探しに魔法街にまで探索《たんさく》を広げてみます』

ヴィーネがメッセージを返してくる。本探しか。趣味《しゅみ》は大事だ。ヴィーネにも自分だけの楽しいライフワークはあるだろう。自分の時間を自分のためだけに使う。これは重要なことだ。それもまた素敵《すてき》なところで毅然《きぜん》とした強さを持つ尊敬できる女性だ。愛とは、代償《だいしょう》なしに与えるもの。彼女からは十分受け取っている。俺のために魔道具を探そうと、市場調査は趣味もあるだろうけど色々と調べてくれるし。

『ん、古代竜さんに宜しく。バルちゃんがんばれ、わたしたちは大草原で食材集め中。ここで、シュウヤの戦闘奴隷《せんとうどれい》に喧嘩《けんか》をふっかけてきた冒険者《ぼうけんしゃ》がいた。だから、わたしがトンファーで成敗した。でも、カルードさんが怒って、マナーの悪い冒険者たちの武具をすべて破壊《はかい》して、その冒険者の頭の天辺《てっぺん》を剃《そ》って〝誰《だれ》の戦闘奴隷に手を出したか分かっているのか？〟と、わたしも恐怖《きょうふ》を覚えるほどの血の形相で相手を懲《こ》らしめていた。少しスッキリとした。ユイが途中で止めていなかったら相手は死んでいたかもしれない』

エヴァはシンプルだ。というかそんな事件があったのか。見たかった。

『了解。バルちゃんに宜しくね。将来、光魔ルシヴァルの守護竜になりそう。今、大草原でエヴァのお店で扱《あつか》う食材集めに協力中。その途中で、父さんがチンピラ冒険者相手に切れたりして色々と大変だったけど……肝心《かんじん》の食材集めはすこぶる順調だから安心してね。モンスター戦は対人戦と違って戦闘奴隷たちから学ぶところが多い。あと、その狩りの話と関係はないのだけど……今日、ヴェロニカから〈血魔力〉のことを聞いたんだ。なんでも、〈血道第一・開門〉を覚えるには〝様々な血を吸収し、フェロモンズタッチを繰《く》り返して己《おのれ》の武と魔を高めていくしかない〟と教わったの。〝成長を促《うなが》すスキルがあるなら別だけど、普通は時間が掛かるから焦《あせ》っちゃだめ〟とね。だから、この新しい魔刀の神鬼《しんき》・霊風《れいふう》でモンスター狩りと武術の稽古《けいこ》をがんばるから！』

ユイはヴェロニカと連絡を取り合っているんだな。そして、俺のような〈脳魔脊髄《せきずい》革命〉の成長を加速させるエクストラスキルはない。

『マスター、高・古代竜《ハイ・エンシエントドラゴニア》の鱗が欲《ほ》しいかも。どんな生態か気になるわ。あぁ、でもこちらはこちらで色々とあるから……少し愚痴《ぐち》を聞いてね。学生のミアが怪我《けが》をしてしまったのよ。回復ポーションが間に合ったから大丈夫《だいじょうぶ》だったけど。模擬戦《もぎせん》なのに相手を殺そうとする学生がいるなんて……その相手は、黒髪《くろかみ》の天才と呼ばれていて名がシルヴィ。大貴族の娘《むすめ》で美人の女生徒だけど……可愛がっている生徒を殺そうとするなんて許せない。と思わず、わたしがルシヴァルの血を使ってぶん殴《なぐ》ってやろうかと思ったわ。武術指導の教員も倒《たお》してしまうから調子に乗っているのよ。マスターが臨時講師に来てくれれば、武術指導の名目で、調子に乗っているシルヴィとその取り巻きにキツイ教育が行えそうなんだけどなぁ……あ、わたしがやれかと言わないでね。わたし、本の虫とか、おしとやかな可憐《かれん》な先生で通っているから。それに、動きが素人《しろうと》なのに変に目立つ行動してしまうとね……貴族の娘も多い学院だし、ただでさえミスティ、という名前だから……ヘカトレイルの昔を知っている子もいるかもしれない。だから、余計なことをして過去を詮索《せんさく》されたくないもの。ま、ばれたらばれたで、屋敷《やしき》に篭《こ》もることに専念できるのだけど。で、その屋敷、学院以外の話だと、ザガ&ボン君と一緒に行う予定の魔導人形《ウォーガノフ》作りもある。そのためのムンジェイの心臓を組《く》み込《こ》む設計図をこれから仕上げないと……白の謎肉《なぞにく》とわたしの血と魔力を徐々《じょじょ》に浸透《しんとう》させながら水晶粉《すいしょうこ》を混ぜる実験もやりたい……だから、忙《いそが》しいわたしの代わりに〝悪戯《いたずら》するバルちゃん！　怒っていたけど本当は大好きなんだからね〟と伝えておいてね。もう工房《こうぼう》で悪戯をしないと思うと……とても寂しい。今だって涙が……けど、バルちゃんのためだから。そして、あの子が残してくれたおしっこで加工した金属の研究も進めておく。あと成長したバルちゃんと一緒に空を飛びたいな』

　ミスティは学校と研究にと暇がなさそう。その黒髪の天才と呼ばれている女生徒が気になる……いつか、その学院に武術指導がてら、美人な女子を見に行くのもいいかもしれない。

『ふーん！　ハイ・エンシェントドラゴニアだなんて、どうして知り合えたのかしら？　昔、オセベリアの王太子が乗っているエンシェント・ドラゴンの姿なら遠くから見たことあるけど……ところで、わたしの眷属の〈筆頭従者〉の件なんだけど……メルとベネットに血のことを告白したの！　そうしたら、わたしの眷属の〈筆頭従者〉に入ってもいいって。だから、今度わたしの眷属にするつもり♪　別に話さなくてもいいと総長が言ってたけど、一応報告しておきます。やはり、わたしの愛《いと》しいルシヴァル神だしね♪　ま、これはヴィーネから何回か眷属について聞かれた面もあるからメッセージを送っているのだけど、でもそのヴィーネが神聖ルシヴァル大帝国《だいていこく》？　の参謀《さんぼう》にメルがいいとか……総長は本当にそんな国を作る気なの？』

ヴェロニカの女帝化《じょていか》か。しかし、ヴィーネ……俺に対して、そんなことは一言も言ってなかったが……ヘルメから影響《えいきょう》を受けていたか。そんな調子で、眷属たちと血文字のやり取りを終えた直後──暗くなった。前方で空を埋《う》め尽くすほどの凄まじい数のモンスターが争い合っている現場に遭遇《そうぐう》──空の生存競争か？

争い合うモンスターは大きな鯨、クラゲ、秋刀魚《さんま》、恐《おそ》ろしいほど毛深い長方形の物体、丸い目を持つ狸《たぬき》かムササビを巨大化《きよだいか》したような、背に六枚羽根を持つ生物の群れ、翼《つばさ》を生やした岩巨人《いわきよじん》が数体、田螺《たにし》のような目を持つドラゴン、ワイバーン、小さいドラゴンなどだ。空中で絶賛サバイバル活動中のモンスターたちを見た赤竜サジハリが両翼の形を変化させる。コンコルドのような形となった。そして、

「ファヅッロアガァァァァァァ」

「うおっ」

「にゃご！」

俺もだが相棒も驚くほどの竜言語魔法が炸裂《さくれつ》──。

続けざまに「ファヅッガァァァ──」と凄まじい唸《うな》り声のような魔声を発して突進《とっしん》を開始する、超《ちょう》が付くほど大きい赤竜サジハリは狙《ねら》った獲物を呑《の》み込むように喰らう。

興味ない物は無視するように体当たりで吹き飛ばす。

ムササビのような形の背に六枚羽根を持つモンスターに対して赤竜サジハリは、高速機動中に大きい翼や尻尾を振《ふ》るって潰《つぶ》すように倒していく。

サジハリの赤竜の硬《かた》い鱗は武器となると分かるが超巨大なドラゴンの大きさだ。体重がとんでもない。相対的に衝突しただけで小さい物は即死《そくし》だろう。しかし、空を飛ぶモンスターたちは赤竜サジハリが現れても逃《に》げたりせず立ち向かっていく……度胸がいいモンスターたちなのだろうか。匹夫《ひっぷ》の勇、無鉄砲《むてっぽう》のような気がする。赤竜サジハリは、そんなモンスターを容赦なく倒しまくり、喉元《のどもと》に巨大な魔力を集積させた刹那《せつな》、

「ガァヅッアガヅアガァァ」

と、竜言語《りゅうげんご》魔法だと思われる咆哮を発して、神獣ロロディーヌのような紅蓮《ぐれん》の息吹を吐《は》いた。

紅蓮の炎が空を浸食《しんしょく》。紅蓮の炎《ほのお》が空の一帯を支配したようにも見えた。

凄まじい威力《いりょく》だ……モンスターの群れを消滅《しょうめつ》させていた。小さい都市なら一瞬《いっしゅん》で壊滅《かいめつ》状態になりそうなくらいの威力か？　核攻撃《かくこうげき》を彷彿《ほうふつ》とさせる。凄まじい炎を発した超巨大赤竜サジハリは頭部と胸元と両翼の鱗の形状を長い杭《くい》状に変化させた。

長い杭状の鱗をミサイルのように大きな鯨《くじら》へ向け射出していく。長い杭状の鱗はサイドワインダーミサイルの軌道を彷彿とさせる。その長い杭状の鱗が大きな鯨と衝突し、その体をいとも簡単に貫《つらぬ》いた。続けざまに、他《ほか》の長い杭状の鱗がドドッと大きな鯨と衝突を繰り返す。大きな鯨の体は瞬時《しゅんじ》に穴だらけとなって、分裂《ぶんれつ》したように千切れまくり、幾《いく》つかの肉の塊《かたまり》となって落下していった。長い杭状の鱗を繰り出した赤竜サジハリは両翼から指向性のある旋風《せんぷう》を上下左右にいた空を飛ぶ岩巨人へ放った。

旋風が通り抜《ぬ》けた岩巨人はスパッと切断された。断面は鋭利《えいり》な刃物《はもの》で切ったように滑《なめ》らだった。続けて衝撃波《しょうげきは》を発しては、秋刀魚のようなモンスターを大量に吹き飛ばす。

一方的にモンスターたちを蹂躙《じゅうりん》していく。赤竜のサジハリは、超高性能戦闘機《ちょうこうせいのうせんとうき》の性能を遥《はる》かに凌《しの》ぐ空中戦闘能力だ。まさに空の工、空の覇者《はしゃ》としての姿。

そんな赤竜サジハリに乗っているバルミントは大丈夫か？

サジハリの後頭部にちょこんと乗っているバルミントはお尻《しり》に強力な磁石がくっ付いているかのように落ちる気配がない。サジハリから見えない触手《しょくしゅ》か透明《とうめい》な紐《ひも》でもバルミントの体に巻き付いているのだろうか？　何かしら落ちないドラゴン独自の仕組みでもあるのかもしれない。そんなサジハリの凄まじい戦いっぷりに触発《しょくはつ》されたわけではないが——「相棒、交ざろう。が、俺は直《す》ぐに離《はな》れるぞ」と伝えた。

「ンンン、にゃお～」

神獣《ロロ》は突進を開始——。同時に飛翔《ひしょう》しているロロディーヌからスカイダイビングを楽しむように離れた。

下降中の重力を感じながら〈導想魔手〉の歪《いびつ》な魔力の手を足下《あしもと》に生成。

その〈導想魔手〉を蹴《け》って飛翔——続けて〈導想魔手〉を足下に作り、ホップ、ステップ、ハイジャンプを連続して行って空中を駆《か》けた。

視界に捉《とら》えていた大きな鯨と激突《げきとつ》中の秋刀魚と似たモンスターの大群を狙おうか。

——右腕《みぎうで》を標的に伸《の》ばす。と同時に肩の竜頭装甲《ハルホンク》の蒼眼《そうがん》を意識。

魔竜王の蒼眼が煌《きら》めいた瞬間——魔力を盛大に込めて。

――《氷竜列《フリーズ・ドラゴネス》》と念じた。周囲の温度が急激に冷えた。腕先から〝龍頭《りゅうとう》〟を象《かたど》った列氷が生まれ出る。

――いつもと違《ちが》う。俺が魔力を込め過ぎたのか、成長の証《あか》しか不明だが――。

前方を飛翔していく龍頭たちは一つに集結し、アジア風の氷の尾《お》ひれを作る龍《りゅう》ではなく、複数の頭部を持つ西洋風のドラゴンに変化を遂げる。螺旋回転を始めた。

全身から硝子《ガラス》を鋭くしたような氷の牙《きば》を無数に伸ばしながら標的目掛《めが》けて飛翔していく。多頭の氷竜の《氷竜列《フリーズ・ドラゴネス》》は標的の大きな鯨と衝突、けたたましい轟音《ごうおん》が響《ひび》いた。氷竜は瞬時に凍《い》てつく大気となるように氷の世界を宙に作り出す。それを壊《こわ》すように極寒《ごっかん》の雪、鏡のように磨《みが》かれた氷、千万本の針のような霜柱《しもばしら》が周囲に弾《はじ》け飛んだ。凍《こお》り壊れた大鯨の破片《はへん》も交ざっている。秋刀魚と似たモンスターも見る影《かげ》もない。

この圧倒的《あっとうてき》な氷の絶景ともいえる光景を目にした赤竜サジハリも口に獲物を含んだまま動きを止めて見ていた。そのサジハリは頭部を上げながら獲物を飲み込んでから俺を見る。『やるじゃないか！』といった感じの咆哮を飛ばしてきた。風がここまで届く。凄い挨拶《あいさつ》だ。その強烈《きょうれつ》な咆哮に対して、俺の代わりに神獣のロロディーヌが、

「にゃおおおぉぉぉん」

と返事をしていたが、サジハリは、見向きもせず、他のモンスターに襲《おそ》い掛かっていた。

と俺も見ている暇《ひま》はない――ここは三百六十度の空中戦。

氷魔法《こおりまほう》の範囲外《はんいがい》にいた狸と似たモンスターが、俺のことを無防備に見えたのか近寄ってきた。狸のモンスターは、下半身の足先を硬質《こうしつ》なドリルの形状に変化させている。

そのドリルの先端から茶色のドリルの骨牙《こつが》を無数に射出してきた。

攻撃《こうげき》してきた。右手に魔槍杖バルドークを召喚《しょうかん》しながら〈導想魔手〉を足下に生成。

その〈導想魔手〉を蹴って横へ飛翔――再び、ドリルの骨牙が飛来。

〈導想魔手〉を蹴って斜《なな》め上に飛翔。空中を舞《ま》うようにドリルの骨牙を避《さ》ける。

ギリギリの距離《きより》で避けていく。身に纏《まと》うハルホンクが擦《こす》れて緑の火花が散った。

避けている俺の代わりに、神獣ロロディーヌが全身から触手を無数に伸ばし、狸型へ反《はん》撃《げき》。骨ドリルを放った六枚羽根を持つ狸型生物の全身に触手骨剣が突《つ》き刺《さ》さった。蜂《はち》の巣だ。しかしまだ生きていた。タフだ。血だらけで羽根が貫かれても、辛《かろ》うじて飛んだ状態を維持《いじ》している。が、丁度いい。

視界に、ふらふらと千鳥足のように飛んでいる俺に攻撃を仕掛《しか》けてきた空飛ぶ狸の姿を睨《にら》むように捉えた。その瞬間、〈魔闘術〉を足に溜めてからドゴッと鈍《にぶ》い音が周囲に聞こえるほどの勢いで〈導想魔手〉を蹴る――血だらけの狸の下へと急加速だ。

加速中に魔槍杖を握《にぎ》る右手に力を込めながら体を捻《ひね》り、トルネード投法を行うが如《ごと》く背中の筋肉を意識。そして、視界が狸で埋まるほど間近に迫《せま》った空飛ぶ狸の頭部を確認《かくにん》してから縦回転。その回転力を魔槍杖バルドークに乗せた〈豪閃《ごうせん》〉を発動させる。空飛ぶ狸の頭へ回転する紅斧刃《べにおのば》を喰《く》らわせた。狸型モンスターの頭から身体を、縦に真っ二つに両断。二つの肉塊《にっかい》となった狸の死骸《しがい》から茶色の血が周囲に弾け飛ぶ。

俺は空中に作った〈導想魔手〉に片膝《かたひざ》をつけるように着地。さすがに迷宮《めいきゅう》世界と違い、倒しても都合よく魔石は出ない。が、舞っている血は頂こう。足場にしている〈導想魔手〉を蹴《け》り、血が舞う空中へ跳躍《ちょうやく》。視界が血に染まる中〈血道第一・開門〉を意識して、周りの血のすべてを吸収——よし、と周囲を見る——。空飛ぶ狸かムササビ型モンスターの一体は倒したが、まだ周辺のモンスターは多い。神獣ロロディーヌは、まだ他にも飛んでいた秋刀魚型モンスターの群れが気になるらしく……群れの行動を見て、口から覗《のぞ》かせる鋭い牙から唾《つば》を垂らして目をきょろきょろさせると、俺から離れて追い掛けていった。気持ちは分かる。見た目が魚だし、美味《おい》しそうに見えるのだろう。……俺もやるか。反対の方向にいるあいつらかな。恐ろしいほど毛深い長方形の物体と、色違《いろちが》いの空飛ぶ狸が争っている現場に狙いを定める。今度は、光と闇《やみ》のコラボといこうか。普通の〈鎖《くさり》〉は使わない。遠距離から〈光条の鎖槍《シャインチェーンランス》〉を順次、五発発動。続いて〈夕闇の杭《ダスク・オブ・ランサー》〉を無数に発生させた。

恐ろしいほど毛深い長方形の物体は見た目通り毛が武器らしい。

その大量の毛を迫ってきた五発の〈光条の鎖槍《シャインチェーンランス》〉すべてに巻き込ませて途中で止めてきやがった。止められた光槍《こうそう》の後部がイソギンチャクのように分裂しながら光って鎖になるが、それも、無数の毛が絡《から》まる形で封《ふう》じられる。が、少し遅《おく》れた〈夕闇の杭《ダスク・オブ・ランサー》〉の群れは毛が絡もうとも無駄《むだ》だった。最初は〈光条の鎖槍《シャインチェーンランス》〉と同様に毛が絡んで勢いが止まっていたが、絡まろうとする毛に何度も衝突して、毛が摩擦《まさつ》で燃えるように消滅していく。次々と衝突を繰り返す度、毛が削《けず》れるように消滅。長方形の毛が徐々に崩《くず》れていく。空飛ぶ狸の方にも、無数の〈夕闇の杭《ダスク・オブ・ランサー》〉が突き刺さり、羽根の一部が破けると動きが鈍くなっていた。ここらで終《しま》いにするか。魔力をかなり消費するが……。

その二匹《ひき》を含《ふく》めて周りのモンスターを纏めて一網打尽《いちもうだじん》にするつもりで〈闇の千手掌〉を発動。黒い千手観音像《せんじゅかんのんぞう》の千手と化した〈夕闇の杭《ダスク・オブ・ランサー》〉。

掌底の〈夕闇の杭《ダスク・オブ・ランサー》〉の連続攻撃が、弱った二匹のモンスターだけでなく周辺のモンスターも巻き込みながら潰した。これで大半のモンスターの姿は消えた。サジハリも最後の大鯨を食べるように倒すと、先へ飛んでいく。置いていかれたと思ったのか、神獣《ロロ》は秋刀魚と似たモンスターを追うことを止《や》めて戻《もど》ってきた。俺の顔を見て、「にゃああ」と『早く戻ってこいにゃ』と言うように鳴いてくる——言われなくても移動中だ。と、先に旋回《せんかい》しつつ寄せてきた神獣ロロディーヌの背中へ飛び乗った。

俺を背に乗せた相棒は凄まじい速度で空を飛ぶ。

赤竜サジハリを追い掛けていく――。その相棒の触手に引っ張られ頭部に移動――。

眼下に見える景色の移り変わりが激しい。既《すで》に荒野《こうや》は過ぎ去り、見知らぬ丘《おか》の稜線《りょうせん》を越《こ》え、斜面《しゃめん》に鳥の群れのように集まっている白い家々が目立つ何処《どこ》かの都市と思われるところを通り過ぎていた。標高の高い山が見えてきたところで……。

速度を落としたサジハリ。太陽が山《やま》の端《は》に隠《かく》れて、星が輝《かがや》きを見せる夜となったのを合図にしたかのように山の中へ急降下していく。その際に山の一部から雲雀《ひばり》がぴいぴい囀《さえず》る音が耳に届いた。上にスキー場のような斜面を持った崖《がけ》が幾つか見えてきた。

赤竜サジハリは、そんな一つの大きな斜面を上昇しては、稜線に沿いつつ右斜めに下降を行うと、黒い輪郭《りんかく》を星空に刻む崖の下に回り込み、足先から魔力を出して静かに着地。

俺は相棒の触手手綱を斜めに傾《かたむ》けて、そそり立つ崖の下へ向けて旋回しながら下降するように相棒を促した。神獣《しんじゅう》ロロディーヌは崖下スレスレに、横合いから地面に後《うし》ろ脚《あし》を滑らせるようにして着地した。その際に神獣《ロロ》の四肢から伸びた爪先《つまさき》が地面を削る。二つのブレーキ跡《あと》のような太い傷跡《きずあと》を地面に作ってしまう。サジハリ、怒《おこ》らないかな？

「――こっちだ」

サジハリは人族風の姿に戻っていた。そのサジハリは、踵《きびす》を返して足下にいるバルミントと共に崖下の奥《おく》に進む。神獣《ロロ》が地面に作った爪跡《つめあと》は特に指摘《してき》されなかった。先を歩くサジハリの頭上から明かりが自動的に照らされていく。サジハリに反応しているのか？

「はい」

と、返事をしながらも周囲を確認……。

サジハリとバルミントが歩いている崖下は奥に進むほど先が窄《すぼ》まる洞窟《どうくつ》。

崖下は全体的に卵を縁取る岩壁《がんぺき》で形成されている。色合いは黒曜石。その岩肌《いわはだ》を専門的なレーザー工具で規則正しく削ったかのように岩壁の断面は非常に滑《なめ》らかだ。

上のほうにある軒樋《のきとい》と地続きの縦樋は洞窟の地面に続く。その雨滴《うてき》の跡の先には、美しくデザインされた水溜《みずた》め池《いけ》があった。今も水が溜まっていく。

先ほどまで雨でも降っていたのか、ささやくような水音が洞窟内に木霊《こだま》していた。

その水溜めにスライムらしき物体が浮《う》いている。ぷかぷかと浮いているスライムを無視して、新しく点《つ》いた明かりを注視。滑らかそうな曲線で縁取られたアルコーブの根元から、新しい明かりは発生していた。壁《かべ》の隅《すみ》に使い古された香木《こうぼく》、大皿、花瓶《かびん》、羊皮紙の束、本が乱雑に置かれていた。香木の上に積もり積もった埃《ほこり》と塵《ちり》から永らく放置されていたことを感じる。そこで……崖から外へ視線を動かす。山の形が闇に溶《と》けて稜線が見えない。カレウドスコープのほうがよく見えるが〈夜目〉を発動させた。緑豊かな山々が屏風《びょうぶ》のように立ち並んでいるのが見えた。まさに、隠者《いんじゃ》が住んでいそうな雰囲気《ふんいき》。魔素の気配はあるが人の気配はない。あの山の向こうに現地民がいるかもしれないが、サジハリは、

「……安心しろ、エイハーンの砂漠騎士《さばくきし》、砂漠のムリュ族、ゼルビアのグリフォン隊、竜騎士、雇《やと》われ冒険者も都市近辺と違いここではあまり見たことがない。しかし、亜神《あしん》ゲロナスを信仰《しんこう》する教徒たち、アブラナム系の荒神《こうじん》ゲシュミュルを信仰する教徒たち、特にこの荒神ゲシュミュルはアズラ側だから要注意だ。寺院圏内《けんない》に入ったら問答無用でゼルビア、エイハーン、構わず攻撃される。それらの宗教とは全く関係ないリザードマン、セブプーン、マーメイドたち、わたしが時々助けてやっているハザーンと主に対決をしている黒髪の魔術師《まじゅつし》と不可思議な使い魔たちが住んでいる地下迷宮がそれぞれにあるが、わざわざ、わたしの領域に近寄ることはないはずだ」

振り返っていたサジハリ。俺が周りを窺《うかが》う様子を見ていたのか、今の状況《じょうきょう》を分かりやすく語ってくれた。俺は跨いで乗っていた神獣のロロディーヌから鞍馬《あんば》競技を行うように足を揃《そろ》えながら着地。助けてあげている黒髪の魔術師も気になるが、やはり、荒神ゲシュミュルとアズラ側……か。アズラ側につかないでくれという、カーズドロウの言葉が呪文《じゅもん》めいた声で脳内に反響《はんきょう》した。

そんなことを考えた直後。神獣から体を大きく縮小させて、いつもの子猫《こねこ》の黒猫に戻っ

ていたロロがいた。

「ンン、にゃお」

黒猫《ロロ》は珍しく俺の肩上に乗ってこない。足下からサジハリの話を聞くように、サジハリのことを見上げている。そのサジハリは笑顔《えがお》で相棒の挨拶に応《こた》えている。そのサジハリの顔にある皺《しわ》が少しずつなくなっている？　美人度が上がっているような気が……契約した効果だろうか。俺の好みが笛を通して伝わっていたりして……その笛はアイテムボックスの中だが少しドキドキしてきた。〈夜目〉を解除しておく。その気持ちは表に出さず、気になることを聞く。

「荒神ゲシュミュルの名は聞いたことがないですが、過去に荒神同士が二つの陣営《じんえい》に分かれて争っていたと、聞いたことがあります」

俺の言葉を聞いたサジハリは美人顔から一転、視線を鋭《するど》くさせてきた……。

「……ほう、古《いにしえ》の荒神たちが起こしたアブラナム大戦を知っていたのか、ホウオウとアズラの争いを」

単刀直入に聞くか。

「はい、サジハリはどちら側ですか？」

第二百五十二章「新しい魔法書」

「ククク ッ……その聞きようだと……気になるようだね」

そりゃな、バルミントを産んだロンバルアは荒神カーズドロウに仕えている高・古代《ハイ・エンシェント》竜《ドラゴニア》だ。

「……はい」

「夜の瞳《ひとみ》を鋭くさせて男前だねぇ……だが、安心しろ。わたしはどちら側でもない……が、心境はホウオウ側といえるか」

良かった。バルミントの血筋はホウオウ側といえる。

俺もホウオウ側に協力してくれと頼《たの》まれていた。

「あ、そうなのですか、心境というと……」

「レーレバ婆《ばあ》が荒神ゲシュミュルと、その使徒と何回か戦っていたからだ。そして、そのレーレバ婆曰《いわ》く『高・古代竜《ハイ・エンシェントドラゴニア》は荒神同士の争いの余波で激減したんだ！　忌《い》むべき争いだね！　どの荒神だろうが潰すよ』と、キツイ口調だった。その元気だったレーレバ婆が亡《な》くなっても、未《いま》だに、その争いは続いているようだからねぇ……この地域の荒神ゲシュミュルを含めて力を持つ荒神、呪神、亜神はいる。特にアズラ側はその信徒を含めて、あちらこちらの魔界《まかい》の神、神界の神の関係者へ喧嘩を売るから注意が必要だ。ま、そのせいで自滅《じめつ》する信徒は多いが……」

先ほどの注意はそれか。

「……亜神ゲロナスも同じような感じの信徒が多いのですか？」

「同じだ。気持ち悪い造形の寺院を根城にしている。そして、わたしが時々助けてやっている黒髪の女魔術師が住む地下迷宮へ攻撃を仕掛けている連中の一つだ。その際に下僕《げぼく》の姿を見たが……あまり好きな姿では、ないねぇ」

魔術師は女か。気になる、特に黒髪……。あ、そういえば、スライムが水溜めに浮いていたのは……。

「水溜めにスライムがありましたが……」

「メッセージだろう。ここ暫《しばら》く放置していたからねぇ……まだ戦いは続いているようだ」

「見なくていいのですか？」

「いいんだよ。わたしゃぁ、荒野の魔女だよ？　基本は悪だ。気が向いたら助けているだけで義務なんてない。それに今は生まれて初めて契約を結んだ存在が目の前にいる。大事な大事なハイ・エンシェントドラゴニアの子供、バルミントもいる」

サジハリの俺を見る目力は強い。

「そして、久しく悪の混沌《こんとん》としての生き方しかしてこなかったわたしにとって……これは新たなる使命。もはや、お前たちの方がわたしにとってなによりも重要な存在なのさ……当時は馬鹿《ばか》にしていたが、今思えば、あの嘆《なげ》きの賢者《けんじゃ》が語る言葉は嘘《うそ》ではなかったのかもしれないねぇ……」

嘆きの賢者という者が存在しているらしい。サジハリの言葉は本物だ。

言葉の節々から漂《ただよ》う威厳《いげん》と物悲しさ。そして、悠久《ゆうきゅう》の時を生きた古き力を如実《にょじつ》に感じさせてくれた……。

サジハリならば、バルミントの良き母になってくれるはず。

「……少し安心しました」

「ククク、正直な男だねぇ、夜の瞳を持つシュウヤ・カガリ」

「可愛《かわい》いバルのためですから。ロロだっておっぱいをやり、俺の眷族《けんぞく》たちだって、皆《みな》、可愛がっていたんです」

俺は魔力の他に、偶然《ぐうぜん》だったが、血もあげた。

「そうかい。神獣も……その神獣の巨大《きょだい》な姿を見た時は、吃驚《びっくり》して腰《こし》が抜けそうだった……ん？　ということは、初めて会った時に話をしていた蜃気楼《しんきろう》な物を……神々の黄昏《たそがれ》、秘宝《アーティファクト》、神遺物《レリクス》を集めたのだな？」

集めたさ、ロロとの約束を守るために。聖王国で美女の願いを蹴り、魔境《まきょう》の大森林を駆け抜けてな。

「……確かに色々と集めて、植物の神サデュラと大地の神ガイアと会話を行い、ある酒をもらいロロに飲ませました」

「定命の世界によほどのことがない限りちょっかいは出さないセウロスの神々と対話を行ったと……やはり凄まじい男だねぇ。シュウヤカガリは御伽噺《おとぎばなし》の登場人物なのかい？　ひゃひゃひゃ、わたしはそんな男と契約を……ぐふふ」

うぉ、言葉の最後、突然《とつぜん》、強烈なプレッシャーが……そして……サジハリの顔の皺がまた取れている？　二十代と言われても分からないぞ……。

「——にゃおお」

ロロさん、黒豹《くろひょう》タイプに変身していた。神獣の話をしていると分かるのか、自慢《じまん》気な表情を浮かべている。そして、ふさふさの首の黒毛の根元から、黒い触手たちを若返っているサジハリへ伸ばしていた。触手たちがサジハリの全身を撫でるように触っていく。サジハリは、撫でられても昔のカルードのように微動《びどう》だにしなかった。瞬《まばた》きすらしない。そんなサジハリは優《やさ》しく触手を掴《つか》むと剥《は》がす。

怒っていない。微笑《ほほえ》みながら、片手で平たい触手の裏側をモミモミと揉《も》んでいた……

高・古代竜《ハイ・エンシエントドラゴニア》といえど、触手の裏に存在する肉球には勝てないらしい。モミモミしがいがあるんだよなぁ。

「そうかいそうかい……神様をねぇ、凄《すご》いねぇ。うむうむ。美味しい酒だったんだねぇ」

相棒は気持ちを伝えているようだ。サデュラ様とガイア様の合体話でもしているのか？

サジハリは笑顔で黒豹《ロロ》に語りかけていた。

「ンン、にゃおん」

ドヤ顔の黒豹《ロロ》さん。触手を収斂《しゅうれん》させて戻していた。機嫌《きげん》がいい笑顔のサジハリを見ながら、

「……先ほどの話ですが、この辺りには、地下迷宮が複数あるのですね」

「神々と対話したシュウヤも他の人族たちと同じように興味があるのかい？」

「ありますね。今暮らしている場所が【迷宮都市ペルネーテ】ですから」

「知らぬ名だねぇ。南方のマハハイム山脈を越えた先の都市か。わたしも迷宮都市なら幾つか知っているぞ。【ゼルビア皇国】が【ドンレッド蛮王国】の侵攻《しんこう》から守っている【蟲《むし》迷宮都市ハンブレイン】、【エイハーン王国】の【シャンドラの秘宮】……ここは宗教国家

の迷宮と不可思議なルートで繋《つな》がっているとか聞いたな。そして、もう都市ではないが、ここから遥《はる》か遠い北東の地……黒き環《わ》のザラープから出現した魔軍夜行により滅《ほろ》びた都市の地下にある迷宮がある。前に、そこの手前の森に暮らす嘆きの賢者クリストが『貴女《あなた》にもわたしにも運命の相手はいる』と語っていた……」

黒き環と嘆きの賢者か。サジハリと繋がりがある賢者……世界は広い……至るところに何かがある。

「そして、関係ないと思うが、黒髪の女魔術師もその辺りの地理を知っているような口ぶりだったねぇ」

サブリミナル効果ではないが、何度も出てくる黒髪の女魔術師が気になった。

「……その黒髪の女魔術師と会えますか？」

「ククク、同じ黒髪故か？　興味を持ったようだな」

「そうですね」

黒髪だから、もしかすると……。

「了解した。後でメッセージを見てから、連れていってやろう」

「ありがとうございます。その女性と少し話をしてから俺は屋敷に戻ろうかと……ところで、ここは家というより遺跡《いせき》に見えますが……」

黒曜石のような岩肌をなぞるように指で触《ふ》れながら話していた。

「ここは、昔、レーレバ婆《ばあ》たちと一緒《いっしょ》に住んでいた隠れ家《が》だ」

婆さんたちと暮らしていた家か。

「……昔、住んでいた場所ということは、お婆さんたちは……」

遠慮《えんりょ》気味に聞く。

「そうだ。レーレバ婆を含めて、わたし以外の一族の全員が死んでもういない……しかし、知り合いの古竜アルディットたちならば、まだ生きているはずだ。南の山脈に住むシュウヤなら、南の古竜の名は聞いたことがあると思うが……どうだ？」

一族……サジハリの孤独《こどく》か。先ほどの言葉の深みの理由が分かった。

そして、彼女《かのじょ》が尋《たず》ねてきたアルディットの名は聞いたことがある。

第一王子レルサンが乗っていた古代竜《エンシェント・ドラゴン》？　レムロナが守護聖獣《せいじゅう》アルディット様と、妹のフランと会話をしていたことは覚えている。

「聞いたことはありますよ。守護聖獣、人族の国からそう呼ばれて使役《しえき》されているようですね」

「使役だと？　何か訳がありそうだな。誇《ほこ》りある高・古代竜《ハイ・エンシェントドラゴニア》が理由もなしに、たかが人族に縛《しば》られるわけがない」

サジハリは、俺の親指を凝視した。彼女は高・古代竜《ハイ・エンシエントドラゴニア》だ。一瞬で、俺の親指に刻まれているバルミントの契約の証に気付いた。

「……他にも竜騎士《りゅうきし》も存在しているので、何かしらの魔法かスキルがあるのでは？」

大騎士や竜魔騎《りゅうまき》兵団《へいだん》の団長は喉《のど》に緑色の竜マークがついた特殊《とくしゅ》な布を装着していた。

「ある。昔から竜族の卵は奪《うば》われ続けているからな。その結果、幼い時から竜が人に飼われて契約《けいやく》を結ぶと現れる紋章《もんしょう》の研究も進み……独自の竜を従わせる印字魔法が発展し、更《さら》に、専用のスキルが確認されていったようだからな。砂漠のムリュ族が叡智《えいち》な力を持つのも知っている。しかし、高・古代竜《わたしら》に、その魔法とスキルは効かないはず。自ら望む場合は別だが……」

と、すると、アルディットさんは自ら望んだ結果か。オセベリア王国の王族と何か関係がある？

しかし、竜の卵を奪い使役して、契約の紋章の研究か。庭で飼っていたバルミントと、俺《おれ》の親指にあった紋章についてレムロナは見向きもしなかったが……バルミントの場合、俺を大騎士へ誘《さそ》う理由も兼ねて黙《だま》っていたのかもしれない……それとも、たまたま親指の爪《つめ》にあるマークに気付かなかっただけかな。サジハリは、俺の親指を凝視《ぎょうし》。高・古代竜《ハイ・エンシエントドラゴニア》だ。一瞬で、俺の親指にあるバルミントとの契約の証しに気付いた。

「……この契約の紋章の研究ですか」

契約の印、研究と聞くと、オセベリア国の最高機密とかにありそうだ。

「その通り……憎《にく》たらしいが、それも知恵《ちえ》であり力。寿命《じゅみょう》は短く脆《もろ》く弱いが……稀《まれ》にわたしも目を見張る人族がいることは知っている。だからこそ侮《あなど》れない。戦う場合は容赦《ようしゃ》はしない」

その言い方だと、人族の全《すべ》てを餌《えさ》として見下しているわけではないようだ。

「優《すぐ》れた偉業《いぎょう》を語《かた》り継《つ》ぎ、英霊《えいれい》に続こうと努力を続ける人もいますからね。で、質問があるのですが」

恐縮《きょうしゅく》しながら聞く。

「なんだ？　それと、その、なんだ、もう……べっ別に契約したのだから……気軽に話をしてもいいのだぞ？」

サジハリ、自分で言っていて恥《は》ずかしいのか、可愛い口調になっている。

「……それじゃ、その言葉に甘《あま》えて少しずつ。サジハリ。よろしく頼む。そして、この隠れ家に到着《とうちゃく》するまでに、地上で都市らしき場所が見えたんだが……そこが【ゼルビア皇国】の都市かな？　とね」

「そうだ。詳《くわ》しく言うと【ゼルビア皇国】の一部。旧【セントライン王国】辺りの都市のはずだ。【ゼルビア皇国】は馬鹿な竜を使い近隣《きんりん》の国々を攻《せ》め滅ぼし吸収している大国でもあるからな。しかし、所詮《しょせん》は人族だ。わたしの場合、高い無空、黒い世界に棲《す》むモンスター銀ブブの方が歯ごたえがある」

黒い世界というと宇宙空間？　銀ブブというモンスターは、前に俺が見たエイリアン？

「……さて、ここでの会話はもう仕舞《しま》いだ。家の中に来い。荒野のような、煌びやかな宝はないが、こちらはこちらで、お婆たちが集めていた物があるから特別に見せてやる」

レーレバ婆たちが集めていた物か。死んだと聞いたが、高・古代竜《ハイ・エンシエントドラゴニア》にも寿命があるのだろうか？

「ガォガォ――」

寿命のことを考えていると、バルミントが四枚翼を動かしながら俺の脛《すね》に頭を衝突させてきた。

「ン、にゃお～」

黒猫《ロロ》が鳴きながらそのバルミントの頭の上に乗っかる。

一対《いっつい》のお豆の形をした触手を前方へ伸ばす。そのまま触手をふらふらと動かしながら、

『あっちへ行くにゃ～』風に鳴いている。折角《せっかく》、洞窟の家の中に案内してもらっているのに。

「……バルミント。後で、修業《しゅぎょう》場所に案内するから遠くに行くな」

「ガオォ」

サジハリの言葉にバルミントは元気よく返事をしている。

「ロロも聞いたな？」

「にゃああ」

一応は分かったらしいが。

「ククク、元気だねぇ……しかし、わたしゃぁ、嬉《うれ》しい」

サジハリの顔が少し若返っていた。朗《ほが》らかで美人な母のような顔だ。

「バルミントも慕《した》っているようです」

「ふむ。あの子の気持ちは痛いほど伝わっているよ。殺戮《さつりく》を知らず純粋《じゅんすい》な愛だけで育ったようだがね」

それは俺たちの責任か。

「……すみません、もっと早く知らせるべきでしたか？」

「大丈夫《だいじょうぶ》だ。頭部に乗っていたバルミントはちゃんと狩《か》り中の激しい機動でも、わたしの狩りの仕方を見て学んでいた。しかし、子供を、本当に高・古代竜《ハイ・エンシェントドラゴニア》の子供を直に見られるとは、思わなんだ……」

切ない表情を浮かべるサジハリ。亡くなったお婆さんのことを聞こうかと思ったが、そんな表情を浮かべているのなら、聞けないや。

「……サジハリ、家にある物とは……」

「あぁ、そうだったね。こっちだ」

遊んでいるロロとバルミントを残して、そのままサジハリの背中を流れる長い髪《かみ》を見ながら家の中を進む。洞窟はだんだんと窄まり、天井《てんじょう》も低く、黄ばんだ横壁も狭《せま》くなった。

狭くなったが、黒曜石の壁の一部に造花のインテリアが目立つようになる。

造花とは異なるようだ。花の香りがゆるやかに鼻腔《びこう》を刺激《しげき》してきた。

いい匂《にお》いに包まれる。花は、鮮《あざ》やかな極彩色《ごくさいしき》の花となっていた。

美しい……洞窟内だが花畑を歩いているように感じさせてくれた。

さまざまな色彩の花々が、さながら絵のように対照を為《な》す。

そんな綺麗《きれい》な壁から生える花から放たれる明かりが眩《まぶ》しくなると……。

洞窟の闇が淡《あわ》く剥がれ落ちていった。

「この花は不思議だろう」

「はい……造花ではないのですか？」

「微妙《びみょう》に違う。レーレバ婆が作った永遠の花。わたしの鼓動《こどう》と魔力に反応する――」

先を歩くサジハリは、明るい照明を身に受けながら華麗《かれい》に腕を振るう。

リジハリの下にあった人影《ひとかげ》も泳いだ。サジハリは生活魔法の風を操《あやつ》ったのか、洞窟通路の玄関口《げんかんぐち》の澱《よど》んだ空気を入れ替《か》えるように、埃を風に乗せて外へ放出した。風が通った場所は、黄ばんだ線も消えて煌びやかな光が増していた。魔力の風だから？　掃除魔法《そうじまほう》？

瓢箪飾《ひょうたんかざ》りがある台所らしき場所を過ぎて、左に曲がる。

その曲がっている右壁の表面に、子供が悪戯《いたずら》で削り仕上げたような、子供と竜の絵と一緒に言葉が刻まれていた。

さ・じ・は・り・れー・ればー・だ・い・す・き。

サジハリが子供の頃《ころ》に刻んだ言葉か……家族の情景が思《おも》い浮かぶようだ。

切ない感情が身を支配するなか左折。

すると、岩をくり貫《ぬ》いて作られた開放的な奥行《おくゆ》きがあるリビングが出迎《でむか》えた。

「……ここが主な生活場所だ」

ズームレンズが引くように全体を見ていく。

天井の造花型の魔道具《まどうぐ》照明から淡い木漏《こも》れ日《び》のような光が落ちてきた。

明かりはサジハリに反応したのか。藁帽子《わらぼうし》が載《の》った大きなソファベッド。

小さいベッドが一つ。長方形のこぢんまりとした黒机が一つ。

背もたれ付きの黒椅子《くろいす》の数脚が黒机を囲む。椅子の背もたれに、厚い皮のケープと古風な手提《てさ》げ袋《ぶくろ》が掛《か》けられてあった。部屋に埃が目立つので、ここでもサジハリは風を起こし綺麗にしていく。埃が払《はら》われたソファは点々とした花模様が綺麗なソファだった。

爽《さわ》やかな風により藁帽子が空を漂《ただよ》う。蛻《もぬけ》の殻《から》といった印象だったが、がらりと変わった。

天井から柔《やわ》らかい曲線を描《えが》くように続いている横壁も綺麗だ。

その先にある扉《とびら》の前まで、サジハリは颯爽《さっそう》と歩く。ドワーフの背丈《せたけ》しかない、雰囲気がある円い扉を横にずらして開けるサジハリ。

しかし、それを開けても防護壁《ぼうごへき》のようなライラックの花と植物の蔓《つる》に入り口が覆《おお》われていた。同時に古びた紙の匂いが漂う。サジハリは流線のマークを生み出して、細長い手を、そのライラックの植物へ伸ばし魔力を放出した。すると、ライラックの蔓が布を絞《しぼ》ったような音を立てながら扉の内側へ収納されていった。

蔓の纏まった動きがカッコイイ。蔓の防護壁がなくなり、姿を晒《さら》した部屋は四角形。埃も舞うが、またも、サジハリが風の呪文を無詠唱《むえいしょう》で放つと、舞っていた埃はあっという間に回転しながら一つに纏まって端《はし》にあるゴミ箱の中へと納まる。

小さい部屋が綺麗になった。風属性は掃除《そうじ》が楽だ。そういえば、メイド長と副メイド長が生活魔法で掃除しているところを見たことがある。しかし、彼女たちは生活魔法を使う機会は少なく掃除を自らの手で行っていた。屋敷《やしき》の掃除風景を思い出していると、サジハリが白布を捲《めく》る。その下にあった家具は古風でどっしりとした書棚《しょだな》。

魔法書、本の束、短剣《たんけん》、翡翠《ひすい》のような縦縞《たてじま》模様の石、マグカップ、岩石の塊《かたまり》、足袋《たび》、透明な瓶《びん》に詰《つ》められた蛸足《たこあし》が飾《かざ》られてある。大量にあるわけではないが、本も積まれてあった。サジハリが見せたい物とはこれか。レーレバ婆が集めていた物……。

普通《ふつう》の本から、普通の魔法書、魔力を膨大《ぼうだい》に内包させている書物、魔力が周囲に漏《も》れている書物。魔造書の類もあるようだ。本のタイトルは……。

荒神大戦図解、セントライン薔薇騎士《ばらきし》団《だん》、クイルの隧道《ずいどう》、神玉の灯《あか》り、夜の歌、下位古代語、魔界《まかい》の八賢師《けんし》セデルグオ・セイル、ソンゾルとテルポット族概論《がいろん》、十二樹海《じゅかい》の結界と王樹キュルハの関係、地蟲穴《ちむしあな》、術神……、妖魔《ようま》使い、空飛ぶクラゲの目的、秘密の神ソクナー、天帝《てんてい》フィフィンドの内臓群、迷宮水晶核《めいきゅうすいしょうかく》と魔石の運用、神官王と竜《りゅう》族の恋《こい》。といったように色々な本が並ぶ。

「これらの本は人族から？」

「狩りついでに奪ったものとレーレバ婆は言っていた」

「へぇ、魔法書もある」

触《さわ》っていないが、属性が合い読んで理解すれば消える魔法書と分かる。

「言語魔法だと思うが……欲《ほ》しいなら、やろう」

「おぉ、なら……」

サジハリの言葉を受けて、魔法書を触り、俺と属性が合う魔法書を探していった。

魔力が感じられる魔法書は二つだけあった。

「この二つの魔法書をもらうとしよう」

サジハリに二つの魔法書を見せる。

「……魔力を感じられたのはそれだけかい？　全ての属性を持つわけじゃないんだねぇ」

意外だ、という口調だ。

「そうだよ」

「ふむ。属性は一点型か。そういえば、さきほどの狩りでも王級を超《こ》える素晴《すば》らしい氷魔法を見せていたな」

「ありがとう。一応、得意魔法の一つ。が、基本は槍使い。相手に合わせるタイプだ」

魔法よりも、神王位、近接のモンスターと戦う方が胸が躍《おど》る。

「……人族たちに、軍人、武芸者と呼ばれる人種がいることは知っている。その思考に近いのだな」

「八割はそんな感じだ」

笑いながら話していた。

「ククク、そうかい。さ、その魔法を遠慮せず、覚えるがいい」

と、魔法書に視線を配るサジハリ。その前に、なんの魔法か聞いてみるか。

あとがき

読者の皆様、お久しぶりです。「槍猫」19巻を買って頂きありがとうございます、健康です。今回もシュウヤたちの活躍を、ぜひ楽しんで頂けたら幸いです。

まずは恒例の、今巻の見所紹介から……加筆は毎回ですが行っているので、Ｗｅｂとの微妙に異なる違いも、探してみてもらえると嬉しいです。今後も巻を重ねていければ、ストーリー自体も多分、結構変わってくるかもしれないですね。

具体的には、劇中の『宴会クラゲ祭り』あたりでしょうか。ペルネーテで出会ったキャラクターたちの多くが、シュウヤの自宅に集まっての大宴会！　リコとの再会にレーヴェとの模擬戦は、特に書いていて楽しかった場面です。ちなみに、そのレーヴェとの戦いもＷｅｂ版から修正しているので、戦闘シーンがお好きな方は、どうぞご期待ください。

また、蚕のキルビスアとは、もっと違った展開もありかな？　と考えていましたが、長い話になりそうなので、あえてそのままにしました。そして、シュウヤの大事な〈筆頭従《選ばれし》者長《眷属》〉に加わるヴェロニカのくだりも加筆しています。個人的にアメリとシュウヤとヴェロニカのやりとりが好きです。アメリの清廉さにはわたしも感動を覚えるくらいですね。

次の見所としては、武術街互助会の慈善活動でしょうか。アーレイとヒュレミの猫ちゃんたちが花壇に向かう何気ないところが好きですね。慈善活動はリアルであまりやったことがないので憧れもあったりします。普段の生活の中で、咄嗟に困っている人々を助けにいける人になりたい。なんで体が動かないのか、と自分自身を責めることが時々あります。

と、19巻の見所はここまで。

続いて、最近見た映画の近況を。18巻から19巻までの期間が長かったので、その間に色々と観ました。最近では、「ザリガニの鳴くところ」がとても面白かった。全世界で累計1500万部売れた「ディーリア・オーエンズ」原作の同名ミステリー小説が原作です。原作は未読ですが、最後に『あぁ、そうなのか』と納得させられました。

次は、「ブラックアダム」。前述の作品とは全く異なるド派手なアクション映画。DCシリーズの最新作です。主演は元プロレスラーのザ・ロックとしても有名な「ドウェイン・ジョンソン」。主人公が悪ではあるが、純粋悪というわけではないアメコミヒーロー映画で、実に楽しかった。スカッとした気分で映画館を後にした覚えがあります。

引き続き印象に残ったのは、インド映画の「RRR」。英国植民地時代を舞台に、二人の強者の男が友情を結び、大きな使命を胸に豪快に活躍する爽快活劇。物語はしっかりしていますが、インド映画ですから、踊りのアクションがとにかく濃厚です。インド映画好きな方なら分かると思いますが……この踊りがホントに凄い。片足を組んで、蹴り出すようなポーズの踊りを繰り返していたんですが、私も自然と映画館で同じ踊りを行いたくなった（笑）。二人がスクラムを組むところはテンションMAX。それぐらいハイテンションな踊り。

……こうしてあとがきを書いている今も、ふと思い出すと踊りたくなる。それぐらい凄かった。

次は「ヘルドッグス」。日本発のクライムアクション映画。原作の深町秋生の小説「ヘルドッグス　地獄の犬たち」は未読ですが、こちらも面白かったです。岡田准一さんのアクションが、素晴らしく良かった。続いて「ＮＯＰＥ ノープ」。これは初め、あまり期待していなかったのですが、その予想を見事に裏切ってくれて実に面白かった。異質な化け物もですが、あえてネタバレ気味に言っちゃいますと、「チンパンジー」がめちゃくちゃ怖かった……と、観た映画は他にも色々とありますが、最後に謝辞に移ります。

担当様、市丸先生、書籍に関わってくれた関係者各位、今回もお世話になりました。感謝しております。市丸先生も少しご体調を崩されていたとのことですが、イラストを拝見する限り無事復帰されたようで、実にお元気そうな躍動感のあるものに仕上がっていて、一安心です。素敵な表紙をありがとうございます。口絵なども含め、多彩なお仕事にも、いつも感謝しています。

そして毎度ながら、ここまでシリーズを支えていただいている、読者の皆様にも強い感謝の気持ちを送ります。

黒猫《ロロ》からもご挨拶を！「ンン、にゃおぉ〜」（来年もよろしくにゃ〜）

２０２２年12月　健康

コミカライズも連載中の
スナイパー英雄譚！
著／かたなかじ
イラスト／赤井てら
漫画：瀬菜モナコ
原作：かたなかじ　キャラクター原案：赤井てら
発売予定!!

魔眼と弾丸を使って
異世界をぶち抜く!
第16巻 2023年春

HJ NOVELS
HJN21-19

槍使いと、黒猫。 19

2023年1月19日　初版発行

著者——健康

発行者—松下大介

発行所—株式会社ホビージャパン
〒151-0053
東京都渋谷区代々木2-15-8
電話　03(5304)7604（編集）
03(5304)9112（営業）

印刷所——大日本印刷株式会社

装丁——木村デザイン・ラボ／株式会社エストール

Printed in Japan

ISBN978-4-7986-2976-6　C0076